天水

邓彪发 著

作家出版社

邓彪发，男，1971 年出生于湖南省双峰县，湖南省作协会员。曾当过教师、村干部、从过商，社会阅历丰富。2015 年出版了第一部长篇小说《介江》，产生较大社会影响。

目　录

序：乡村变迁的历史图谱

　　我与邓彪发先生素未谋面，他托友人转达请我写序的愿望，我因工作忙，并未当即应承。一是小说并不一定要有序言，读者可自行到书中获得审美体验；二是不读作品不知如何着笔。在朋友的反复劝说下，加之对一个钟情于文学的农民作家的钦佩，我利用假期读完了长篇小说《天水》。

　　这是一部难得的农民写农村的作品。今天的农民或去城市打工实现自己的进城梦，或在本地亦工亦农实现自己的致富梦；没有梦想的便沉溺于乡间的牌桌上消磨时光。文学梦对一个农民来说，既是高不可攀的事情，又要耗费大量的时间和精力且没有多少经济回报，是很不划算的。如今在农村执着于文学创作的鲜之又鲜，更何况写几十万字的长篇呢。邓彪发是在田地里摸爬滚打几十年的地道农民，他竟然"逆潮流而动""衣带渐宽终不悔"，就着田野稻花的清香，写下了这部充满泥土气息的小说。我与邓彪发虽素不相识，却被他对文学的赤诚与热爱深深打动。邓彪发从20世纪90年代始，在家乡担任村主任二十余年。他的家乡，那个叫江口的湘中村寨，风光如画，山清水秀，历史上曾是商贾云集的水运码头。后因陆路兴起，水路衰退，这里渐显闭塞。近些年乡村旅游兴起，这里又获桃花岛之美名，邓彪发为桃花岛的旅游开发积极奔走。几十年来，他亲自参与了江口的建设，见证了江口从贫陋变得富足的历史。四年前他出版了第一部长篇小说《介江》，因此成为省作家协会会员。

他有着较扎实的写作功底和较敏锐的文学嗅觉。

邓彪发说："我生活在农村，本身就是农民，这里的素材取之不尽、用之不竭。写作，我一定要努力写出这个时代的精气神！"他立志要学习作家赵树理、柳青、周立波，写出一部充满新时代气息的农村题材作品。两年前，他便开始构思这部小说。《天水》以20世纪60年代末至今半个多世纪为时间段，叙述了皮家、徐家、张家、石家、黄家等家族几代人的发展与博弈、顺达与沉浮、爱恨与争斗，生动刻画了徐大海、徐剑父子等乡村基层干部形象，真实呈现了从传统集体经济到改革开放以来农村面貌、农民思想观念的巨大变迁。作品既烙印着鲜明的时代印记，又内蕴着深沉的家国情怀和催人奋进的情感力量，读来颇能引人入胜。作品所记录的这个时代和这些生活，正是我们从农村成长起来的同代人所耳熟能详的，这也是我阅读过程中感觉亲切的重要原因。它不时地唤起我的儿时记忆。同时，小说语言不失流畅、风趣，特别是湘中方言的适当运用，既不影响外地读者的阅读，又增添了乡土文学的韵味。

美中不足的是文字上还有些瑕疵，这些都有待作者在成书前进一步打磨、提炼。

中国特色社会主义进入新时代，新农村建设也进入了新阶段。希望三湘大地涌现更多像邓彪发这样热爱农村、钟情文学的作者，不辜负这个伟大时代，拿起笔，积极投身乡村振兴火热的现实生活，自觉记录新时代、书写新时代、讴歌新时代，从当代中国的伟大创造中发现创作的主题、捕捉创新的灵感，深刻反映我们这个时代的历史巨变，描绘我们这个时代的精神图谱，为时代画像、为时代立传、为时代明德。

夏义生

（作者系湖南省文联党组书记、副主席、秘书长，中国新文学学会副会长）

第一章 手势之谜

徐大海沉闷地叹息一声，脑袋垂在胸前，他一时解不开这个谜，只能封藏在心底。

徐剑记得大约是1969年初春。那年月似乎格外冷些，新正虽已过去，而天水大队那些稻草屋檐下的冰条还到处僵挺着，屋外见着的人，大多双手套在袖口里，口里呼着白气，骂着这鬼天越来越是个鬼天。

姐姐徐琴比他大了三岁，上午隐约听得机船响过，姐弟俩又匆匆地去了码头边。可结果依然是失望。

大前天，母亲突然来了一场急病，父亲徐大海背着她上了机船。

整整三天了！

这几天姐弟俩还没混上一顿饱饭，徐琴发觉米缸里只有可怜的一点大米了，便带弟弟去后山挖弄白茅根、野木瓜炖稀粥，此时徐剑的肠胃又叽里咕噜地响着，刺骨的冷风一扫，他牙齿磨得咯咯直响，好像蛇吞青蛙那样响着。

"只能等最后一班客船了。"徐琴实在有些焦灼不安了，拉了拉徐剑衣襟，"我们回去吧。"

徐剑怔怔地望了徐琴一眼，跟在后头。

回屋只听得满是窟窿的窗塑布响个不停，风，刮得越发猛了。徐琴在炉里烧起柴火。徐剑望望角落的小堆红薯，就道："姐姐，再煨一个吧。"

徐琴去神台下的香案上拿了几粒贡神的红枣来，她苦笑："红薯要留种用的，先填填肚角。"

徐剑很快就吃了，又听窗户上的塑布愈来愈抖得厉害，竟"哇"的一声哭叫起来，徐琴搂着他向胸前靠了靠，声音涩涩的："莫哭，娘很快就回！"

徐琴的话还真是不假。

下午4点许，徐大海把奄奄一息的妻子背了回来，他压住悲怆，问："你还有什么要交代？"

妻子嘴唇略微翕动，却挤不出话来，先前黯然无力的眼睛越睁越大，她显然还想说什么。

猛然间，徐大海感觉她手指在颤动，他赶忙松开自己的手掌，明明白白就见她竖起食指清晰地点了那么一下，她似乎怕亲人不会经意这一举止，还有意用下颌微翘短瞬，徐大海顺着她手指的方向望了望，似懂非懂地点了点头，又道："天晴我会去加盖一些杉木皮和稻草，楼板上那些东西，我也会好好料理！"

妻子会意地看他一眼，瞧得见她食指并无收缩之意，徐大海慌忙托住她手臂，让这根削尖的指头走完最终一刻。蓦地就见她手腕微微垂下，依然是那根食指毫不含糊地指向了下面，徐大海稍稍平移一下她的手臂，她还是那么执着地让食指朝向下方，徐大海语塞一阵，终于哽咽道："你地下有知，会保佑我和孩子的……"

可惜她还未完全听清就停下了呼吸，她眼光的最后一瞬相继倾洒在孩子的脸颊上，以至于徐剑永远抹不掉这稍纵即逝而又最后定格的眼神。那目光温暖、慈祥而忧伤。

"娘！……"

"娘！……"

带血的声音回荡在低矮的草屋里。

徐大海瘫坐在门槛上，一个劲儿地抽噎……他全身乏力，没有哭喊，只是双肩伴着喉结的抖动而不住地颤栗，稍后，听得他的低泣变成傻笑了……

有耳膜尚没有丧失功能的无疑能接收到这处草房里的响声。

天水大队第四生产队队长黄平最先到了，这里正是他的管辖地盘，他甩掉喇叭口旱烟，着实在徐大海肩膀上推上一把："老哥啊，你真是糊涂！起香盘缠还不烧？只怕阴魂不散！"

死者奔赴黄泉少不了香烛照亮和阴间财币，大规大矩谁都不敢怠慢，徐大海沉闷地点了点头，又极度愤慨起来："皮麻子……禽兽不如！活该红炮子穿心……"

黄平猛挠头皮，惊了一跳，他竖指嘘过一声："隔壁讲话老鼠听得清，老兄千万莫惹上嘴祸，你现在是队委会成员了，说话更要注意分寸，今年，为了让你在队里担任会计，我与皮爷咋磨嘴皮你清楚不？"黄平一脸诚恳。二十挂零的他，虽然是天水最年轻的队长，却办事稳重。此刻，他注视着徐大海，似乎并不想急于了解徐大海的愤恨缘于何故，稍稍停顿后，黄平继续道："那天皮爷就说，要是富农分子能够担任生产队会计，那么你队上所有贫下中农都可跑到西江公社去当公社干部了，我就直话直讲……大多数富农分子是读了几句诗书的，没事也要把算盘珠拨得喳吧喳吧地响，徐大海同志就更是冒尖的一个，队上前几任会计不是把工分记得一塌糊涂，就是把实物出进记得乱七八糟，幸好有徐大海同志才算有个结果。其实皮爷也是心知肚明，也就不再多讲。"

孩子们哭得嗓子都哑了。徐大海想着皮麻子出具的证明让老婆苦等了六个多小时，"显赫的富农分子"激励着众多贫下中农抢队，主治医生认为抢队也并不害理，这于徐大海而言，必然会得出武断的结论：贻误抢救的祸首便是皮麻子！

"帮我调上几个劳力吧！"徐大海瞧了黄平一眼，换了话题，他至今还摸不准黄皮两家的关系到底如何。

"好的，我马上调人。"黄平出门又甩下一句，"尽量从简从俭。人死不能复生……节哀吧！"

起香盘缠一烧，响过几声哀炮，人就渐渐多了起来。

徐大海明白自家米缸里的情形，低声低气地找上黄平："队长，您得帮忙从仓库里借点粮食，以后在我的工分谷和口粮谷里抵扣。"

黄平忧戚一阵，表态道："仓库储粮不足三千斤了，光是下种就得八百来斤，余下就是八十多个社员的依靠……新谷出来，怕要半年光景，不过，遇上这事也没办法，就五十斤早稻谷吧。"

徐大海点头的时候很有幅度，像一个鞠躬礼。再大的愤慨和悲伤都只能搁下，最要紧的就是让老婆入土为安。他本想弄副正儿八经的棺木，可富农分子这一称呼是上辈留下的唯一财产，他心底里只能祈求老婆原谅，今晚加班赶制的棺木都是些四拼八凑的旧式木板。除此外，他徐大海实在再无其他办法了。

正想着，大队副书记张唯民来了，他生着倒八眉，还配着一对明亮威严的眼睛，无形间就让人敬畏几分。徐大海连忙过去招呼，张唯民就用铁钳般的手掌握他好一阵，似乎要注入徐大海一份力量和勇气！

徐大海用另一只手掌在张唯民手背上拍了拍："唯民兄！中年丧妻啊……"他说话间眼泪又簌簌而下，发颤的手掌却是与张唯民同时用上了那股酸劲儿。

张唯民口里含混地哦哦着，而脸颊却侧向了别处，分明是在掩饰那份情绪。良久才听得他道："挺住……我相信你能挺住，为了两个火星子。"

二人一直没有松手，徐大海就拉他入座："老兄的话我永远记得，您从部队回来给我的水壶，我一直当作心肝宝贝哩！"

张唯民却并不急于下坐，硬要塞上几张粮票："拿着！五斤粮食不多，但关键时刻比金子还重要。"

徐大海一时语塞。眼睛热热地望着张唯民。

张唯民冗长一笑："老弟，你已经揭不开锅了，前天，小孩弄野食，我清楚，拿着！别啰唆！"

徐大海说过谢谢，也不多言，颤抖地把粮票握紧了。

黄平提着碾出的糙米来了，看见张唯民自然会过来寒暄："张书记，我刚才检查了一下仓库，一粒谷子都没受到侵害，消除四害完全是您的英明领导啊。"

张唯民仰头一笑："眼下正是备荒备战月份，就是要让这些不劳而获的畜生'户'横遍野。"

黄平近前一步，温和地笑道："尸横遍野吧？上回您在台上也是一句'户'横遍野，我还想提醒哩！"

张唯民脸色严肃起来："黄平同志，你就向个别右倾干部心慈手软，对待坏渣一定得心狠手毒！你呀，只想让他们一个一个死，我历来主张要让他们一户一户死。"

黄平张大嘴巴，傻乎乎地望着张唯民，最后才点点头，表明完全懂了，心想，别以为他是老粗，原来粗中有细。

晚上两桌豆腐席。水豆腐、油豆腐历来是天水一带的丧事主食，今晚的葬歌以及赶制棺木就全靠这顿豆腐席答谢，饭后，大家便各司其事了。

张唯民刚要辞行，本队石嫂却来了，她腋下夹着些白布，双手筒在衣袖里，左瞧一阵右瞧一阵，像侦探情况似的，很快就过来叫了声张书记，还客气地叫了声黄队长，她本是姓江，老少们却都叫她石嫂叫惯了嘴。

黄平横叼着纸烟朝她眯笑起来："今晚睡不下觉？"

石嫂本不腼腆，却被弄得腼腆了："咋……啦？看看热闹呀！"

黄平仍是那模样："嘿！看热闹还带上白布？"

石嫂结巴了："看热闹……就带不得白布？"

张唯民明白她去年死了男人还余了这么一点，便夸奖起石嫂来："一方有难，八方支援，革命的好秀花！"

"对的！革命的好秀花。"黄平朝石嫂高呼起来，"张书记说得很对。四队的人们都向你学习，向你致敬，把这场丧事办得圆圆满满。"黄平说话间还举起了手臂，眼睛里却溢出狡笑。

这下石嫂毫不拘谨了，全身振奋起来，她把白布大大方方交给徐大海："用得上，完全用得上，我女人家能力有限，就这么点意思，烧茶煮饭我样样内行。现在我就来帮上一把。"

徐大海忙叫徐琴给石嫂跪行孝礼，他摇摇双手，客气道："感谢感谢！人手倒是还有。"其实他心里掂量的是怕多浪费那几把粮食。

张唯民边走边下指示，并回头伸出了拇指："都是革命的好秀花！"

黄平赶忙用毛笔在墙壁的人事单上加了"江秀花"。

石嫂高兴得惊呼起来："队长，我叫江花啊！为啥要改了我名字？"

黄平仿着张唯民模样，跷着拇指道："秀花！江秀花……革命的好秀花！"

石嫂把衣袖一拂，忙着洗碗沏茶去了。

徐大海长长地幽叹一声，就由着她性子去吧……

很快，天水完小的金涛校长也来吊唁道哀了，平常他与徐大海老爱聚着拉上一把二胡，有时二人会边唱边拉，有时两架二胡也会同时拉响却不唱，不管怎样，都很默契，徐大海常道他们是叫花子掉在雪地里——穷快活，想必今晚这哀事他金涛定要露上一手。

金涛实在是风流倜傥，分头梳得油抹水光，没一根乱发随意翘露，白净的脸庞上眉清目秀。果然，他与徐大海悲戚地寒暄一番后，就主动从墙上取下了徐大海那把自制的二胡，他刚在大腿上调试弦线的时候，身边就围上了一堆人，其中自然有些并不会欣赏音乐却会欣赏优雅动作与优雅仪表的。

他起音很是低沉，动作也很柔缓，脑袋却是左偏右偏，闭上眼睛拉着弦线时，顷刻就鸦雀无声了。不知金涛拉了什么歌名的曲子，渐渐显得毫无节制了，仿佛是他内心本能的抒发，时而像深秋的凉风扫下红枫发出的悲凉；时而像暮色时分在深林中的孩子凄切的呼唤……半途又回到了低吟的那种沉浑，好像是脆弱的生命正在求生，如受伤的鱼儿那般在活水中翕动双鳃；到了高亢激越时，似乎会要天崩地裂，四周火光冲天抑或波涛汹涌……尤其是那颤悠的滑音似乎要把人的心脏撩掠一瞬。

金涛表演时完全没考虑到自己是什么样儿，时而摇头晃脑，时而仰望屋顶，时而弯腰前倾，时而压倒胡琴……整体过程就是要将在座者的感情毫无保留地拖拽出来，让悲痛得到很大解脱和释放。

足足拉了十来分钟，当他停下睁开眼睛时，徐琴、徐剑已在他膝下抽泣了。金涛掏出小手绢擦擦眼角，将二胡递给旁人，自己便手把手地拉起了孩子。

徐大海在里间难过得挺不住了，却听不到他的哭声，直至金涛进来问嫂子有无遗像时，徐大海的神经才从艰难的跋涉中苏醒过来，他摇摇头："我们连张结婚照都没有，你就想象着画个大概吧，请校长费心。"

金涛合拳拱道："实不相瞒，我也是为老兄的这点小事而来。回想往事，历历在目，五年前来你家第一次做客，嫂子就叫我涛弟，一定要送上她织制的手套。后来，因画一张女人肖像被批斗游行，她又叫着涛弟。去年我给孩子带来几个本子，她还是叫我涛弟，我愧对嫂子这一称呼……"金涛的声音颤抖了。很快，他就在蜡烛下铺开了画夹。

徐大海眼睛上仍是湿雾，只道一切辛苦涛弟！

徐琴突然进来道："爹，五十斤谷子去掉谷皮咋只三十四斤糙米？黄队长是不是动了手脚？"

徐大海一怔："三十四斤？你咋会晓得？"

徐琴一五一十说她用米筒舀量过，两次都是三十四筒，还说上次三十斤谷子都碾了二十三筒。

徐大海骂起了粗口："真不要脸，趁火打劫。"缓了缓，他又怕缺乏真凭实据，再说还得人家帮忙，就咽下一口冷气，"你小孩子别管闲事，我心中有数，千万不要乱讲。"

金涛或许也听出了大概，竟然停笔说起了典故："去年暑假，我在黄家义务帮着做漆工活，想不到他们天天用萝卜白菜糊弄，后来我把他猪舍里畜生打得嗷嗷直叫，黄平的老母亲一问，我就说刚才小解这些畜生出来咬人了，畜生是恨我抢了它们营养……那后，黄家才稍微弄点荤味。"

徐大海怕他画笔走神，也不多言什么。

外间起歌了，大都是些自由爱好者随意开嗓。但起歌者必定是这晚的主角，主角就得讲些规矩，不能随意乱唱，唱完引子还得押韵。里间听着好像是皮麻子的儿子皮才德到了。他是天水的民兵营长，凭着那副脆亮而不尖辣的声带倒是数一数二的葬歌高手。

出来一瞧，果然是他。徐大海赶忙过去作揖递烟。

皮才德并不分神，正用鼓锣开腔，铜锣竖在大鼓上，一槌顺锣擦下去，落在皮鼓中央，鼓锣就同时响了，只听得皮才德的声音时高时低，却不变音。

> 一锤惊动天唻，二锤惊动地。
> 三锤惊动三国大帝唻，四锤惊动四大天将。
> 五锤惊动五子行孝唻，六锤惊动六合迎春。

七锤惊动天兵七仙女哎，八锤惊动八大金刚。

九锤惊动九牛大造哎，十锤惊动十大都昌。

死得早哎死得苦，年龄有得三十五。

十七八岁嫁到此，个个跷起大拇指。

飞快看见要天光，哪想儿女添悲伤……

　　皮才德越唱越起劲，鼓锣敲得神采飞扬，徐大海让徐琴向他拜上几拜，显示着主家庄重的谢意。他心里何尝会忘记他父亲皮麻子种下的深深仇恨！尤其是刚解放那阵儿，皮麻子斗他父亲更是令人揪心：父亲只穿了单薄衣裤，被皮麻子为首的"积极分子"五花大绑架在大桌上，疯狂的篾条雨点般砸在父亲身上，父亲忍受不住，滚落在桌下的羊角刺上，衣服全是血迹斑斑，父亲滚到沟边想去饮水，却遭上皮麻子一脚……

　　深仇早已钻入骨子里！

　　这会儿皮才德撤下了，他接过石嫂递来的姜枣茶抿一小口就朝徐大海道："这茶让我润喉开肺，下半夜卯时我保证圆满收歌。"

　　徐大海默默颔首，又抱拳作揖，算是拜托和谢过。刚才接歌的是黄平，他音板不太标准，声音又干燥无色。只是态度还算认真，他眼睛微闭，一字一字地缓速而唱，好像在边唱边想，也像背诵课本那样呆板。这就让皮才德摇头感慨："黄平同志还要多多锻炼，平时不操练，出门大扫脸！"

　　徐大海又是颔首："皮营长不精心指导肯定不行。"

　　黄平唱过一阵，突然显得坐立不安，立身连敲几下，旁坐的常四就明白他的意思了，接过黄平手中的木槌和铜锣唱上了。常四三十五六还一直未娶着女人，葬歌倒是唱得有板有眼。

　　黄平拎拎裤头，过来与徐大海打着招呼："我先得回去一下，很快就来。”说完，射箭一样走了。

正好金涛提着画像出来，瞧黄平那模样，便朝徐皮二位道：“黄平同志的高级粪便从不丢在外家厕所，勤俭节约的好标兵！”说着他展开画像让二位过目……

真像，太像了。

徐大海老婆那幽深的愁绪都从眸子里清晰而神圣地流淌出来，心一下酸了，简直就像活人一般。他攥紧金涛手掌，哽咽出两个字：“谢谢！”

皮才德一边说着“神笔神笔”，一边给二位递上香烟，他自己也掏出一根，用烟头在盒子上碰撞三四下，这才点上。他吐口粗烟道：“金校长是大材小用啊！”

金涛噘嘴笑笑，打个招呼就要走了。

徐大海送上一阵，支吾半晌，终于道：“老弟，能不能借五块钱？还要两担石灰，一点肥肉……”

金涛不多言，从上衣里掏出个旧盐袋，数了数，道是八块钱全部拿着吧。

徐大海接过，半晌都说不出话来……他嘴皮动了几下，还是没有说。

凌晨过后，给歌师和木匠们热了点稀粥，黄平这会儿又来了，大家都明白他是这场丧事的最高行政长官，石嫂赶忙过去给他添了碗筷。

“黄队长回去拉屎了？”皮才德试探着金涛的猜测，便眉开眼笑地瞧着黄平说。

黄平讪讪一笑：“裤带打了死结，回去找剪刀呀！”

换在往常徐大海必定会搭言几句，此刻他更是深信徐琴那句提醒了，这小人至少拿了老子四斤糙米，他心里骂道。

石嫂过来道：“我得回去休息一下，明早再来，大海哥您一定要保重自己。”

徐大海应承一声，用手背朝她扬了扬，石嫂这才踌躇着走了。

翌日大清早，张唯民最小的儿子张铜提着个布袋到了徐大海跟前，他用食指卷成小圆圈，哦哦几声，就把袋子搁下了。徐大海这才记起张铜从小就哑了。与徐琴正好同班。他打开袋子一瞧，耀眼的黄豆！徐大海近前摸摸张铜脑袋，无限感激地点头道："谢谢你爹!"

张铜弯腰握紧拳头做了几个圆圈，徐大海明白这是要磨着豆浆制成豆腐，也就哦哦着点头，并竖起了拇指。

张铜高兴地拍拍手掌，指指自己，又指指外面，示意要走了。

徐大海摸摸他脑顶，甩甩手就让他去了。

不多时，常四弄了纸笔来："好记性不如烂笔头，徐会计还是留给借条好。"

常四是仓库保管员，这要求并不过分，徐大海立马写了五十斤稻谷的借条。

常四看过条子收下了，旋即道："看来我没半点希望了，石嫂昨晚就开始对你……射起了媚眼。"

徐大海听着反感，只道："别这么下流！乌七八糟。"

常四正在兴头上，朗声笑道："我们天水过去的黄十举人曾经说过，若不是为祖宗争光为后代争荣，我黄某绝不为此等下流之事。举人结婚那日他还说，娘子不畏风雪而来，好色之心久矣！……徐会计也像举人了。哈哈……"

徐大海无心调侃，抛去一句："你们都是贫下中农根子，般配!"

常四讪笑着摸摸后脑勺，欲言又止。

哭哭闹闹又弄了一天！

徐大海将妻子下葬在后山山脚下，这里林荫怀抱，草色滴翠，生前就是她常爱放牛刈草的地方，一小块自留地正在旁边，想必她地下有知，应当乐意安息于此。

三日后的一个晚上，徐大海在炉旁突然向孩子提问了："你娘断气的时候，指指天上又指指地下，到底啥意思？猜猜看。"

徐琴想想就道："天上下雨地下就湿，娘叫我们把旧屋顶弄好。"

徐大海摇了摇头："现在旧草棚并不很坏，不是她放心不下的。"

徐琴突然灵机一动，说道："老师有次指指天上又指指地下，说有些人不知天高地厚，娘是叫我们明白天有多高地有多厚。"

徐大海仍是摇头，却无语。

徐剑反问道："娘平常说天地良心到底啥意思？"

徐大海沉闷地叹息一声，脑袋垂在胸前，他一时解不开这个谜，只能封藏在心底。

第二章　新友乍到

　　金子放到石头里，发光的只是金子，石头放到金子里，发光的还是金子。

　　过不了半月，徐大海在路上逢着张唯民，他脱口而出："唯民兄，粮票与黄豆我记得，只是暂时偿还不了。"窘了窘，他又苦笑道，"要是我万一还不了，儿女都会还清您。"

　　张唯民板起了脸孔，语气倒还平和："别提粮票与黄豆，另外，你得清楚，这次有名知青放在你们四队锻炼，你不要过问人家的来历，但要关心人家的工作与生活，我跟黄平也说过……我建议这名知青在你家搭餐。"

　　徐大海感激地瞧他一眼，明白这个建议有多么大分量，黄平正向组织靠近，张唯民吭上一句，黄平定要服从。他又握握张唯民那只有力的手掌，只道放心就是。寒暄小番，就各自忙着去了。

　　徐大海跨过学校的八角门，正见金涛在偌大的礼堂里忙于木雕，细碎的刨花和木屑堆积于地。想不到他竟如此多才多艺："奇才！天生的奇才。"徐大海到了跟前就夸道。

　　金涛微微笑道："老床上的雕板旧得实在不行了，我将就着试探一下木工，这雕花不丑吧？文王访贤，杀猪宰羊，郭子仪家，十八相送……"

徐大海几乎不敢相信自己的眼睛,一块块都是活灵活现,栩栩如生,雕工足见细腻。只是金涛还未忙完的那块稍大的雕塑,徐大海见着不甚明白,一尊佛像盘坐于大鹿上,旁边还立着只大鹿,便问着啥寓意。

金涛缓缓道来:"佛暗指福,鹿同禄谐音,这就是福禄双至的寓意,雕刻和绘画本是一家,人物肖像、山水虫雀……都是预兆吉祥。"

他万万没有料到半年后,"福禄双至"倒成了他的万劫之灾……

徐大海便应附道:"大师齐白石原来就是木雕名匠哩!"说着,便将八元人民币递去,又道,"那日,金校长给予的信任和支持超出了我的想象呀,这钱还是先还了涛弟。"

金涛哈哈笑过,狐疑地望着他:"这钱……你咋有了?"

徐大海待他缓缓接过,也是一笑,他实在不敢说出这钱的来历,几天前他偷偷去医院卖血了。两碗!两个饭碗那么多。医生这么说,还说要他回家好好休息与滋补。那次他与老婆在医院苦等的时候,一位神秘的中年男子瞄上了他,他后来才明白,那位男子就是这里的血头,还留下了联络方式,早些天他就找上了这位血头,血头抽了一块钱好处费,徐大海心里却是乐意着。

金涛感觉他目光有点黯然失色,脸色也是皖白,又把钱退去:"老兄我还能支撑下去,继续用着吧。"

徐大海赶忙双手挡架,道是手头松了,感谢!

金涛轻叹着收下了。

有天,黄平领着一位年轻漂亮的姑娘来了,一瞧便知这是城里人。

"这位不是队长对象吧?"徐大海待他们在屋里坐下便问,他静静瞧上姑娘一眼,是个非常秀气文静的女孩,齐耳黑发优雅地衬托着她白净恬美的脸蛋，着装也很得体。

"大哥，我哪有这等福分？"黄平笑道。稍后又介绍了姑娘的大体情况，她叫肖燕，这次随县城十来个知青一起来到了我们天水，大队的综合厂与茶厂分别去了几名同志，余下几位便按大队革委会意见，下放到各生产队轮流锻炼。

肖燕很礼貌地朝徐大海点头微笑，说道："小妹还得请你们这些老兄多关照关照哩，我什么都不懂，其实……我从知青办接到通知后真的很茫然，这里没有任何熟人，体力也不行。"

徐大海明白她的话意了，城里人下乡确实不易，如大队或生产队领导稍有不满，抽调回城就是个难事。他记起张唯民的话，明白姑娘是很有涵养的，为人挺低调，便故意道："我们黄队长是年轻有为的领导，叫他与大队领导多沟通沟通，尽量让姑娘工作得轻松些，茶厂、卫生所、综合厂都可以，总比来生产队强。"

肖燕抿嘴笑起来："老兄不欢迎小妹？生怕我给你们惹上麻烦？"

徐大海赶紧摇头解释："不不不，欢迎欢迎！"

黄平道："我的原则是这样，工作办好了，我绝不说没有办好；没有办好，我绝不说办好了。当然，锻炼成熟了，我会帮肖燕同志说话的。"

徐大海听队长说得这么死板，知他说的是例行公事那种套话，就道："我看肖姑娘是读了几句书的知青，我建议人尽其才吧，现在队里的水田旱土统计很不准确，我认为可派肖燕同志做一次全面复核，当然队上还得配上一名同志。"

黄平略加思索，缓缓道："也行，你是会计，最懂数字，就由你协助。"

正说着，徐剑哭着从后面进来了，徐琴说："昨日我挖了很多土茯苓，被他吃了大半，现在他就屁眼痛。"土茯苓充饥容易便秘，他们只想肚皮满点儿，哪会清楚这弊端。

徐大海瞪眼骂着："蠢货，哪能让他吃上这么多？"

徐琴含着泪水，默默地给徐剑倒水去了，徐剑饮几口，道是越发胀痛了。

徐大海扒下徐剑裤子，叫他蹲着用力屙，徐剑一边哭着一边吸气下坠，却仍是丝毫不出，好像有石头堵在肛门里一般。

黄平阴着脸笑道："生崽只怕还没你这么严重。"

肖燕笑话道："队长哥哥，人家生崽你也见过？"

黄平道："我当然见过，在电影片子里。"

肖燕瞧着徐剑那副可怜样儿，就道："徐会计，以前我见过人家用肥皂帮牛牯排粪，理应人畜一理，不妨试试。"

徐大海赶忙寻了块码头牌肥皂来，又道："请妹妹指导一下，我确实不懂。"

肖燕用菜刀切下一长条，而后又削成槌形，她红着脸笑道："用这个插入肛门里，连续抽几下，大粒大粒的丸子屎就会下来。"

徐大海马上依言行事，他让徐剑抱住自己裤管半蹲半站着，肥皂条连续抽过几下，随着徐剑"哎哟"几声痛哭，果然，少顷便见黑色的丸粒下来了。

徐大海松口长气，谢过肖燕，又道："下次就明白了，想不到妹妹还如此见多识广。"

肖燕回之一笑，并不多言。

稍后黄平交代着徐大海："队上每月补助肖燕十二斤粮食，她的吃饭问题由你徐会计解决，至于肖燕的自付部分就由你们协商。"

肖燕忙道："徐会计，我们县里一起来的会统一将粮食送到这里，大概都是每月十八斤吧。要给老兄惹上麻烦了，不好意思。"

徐大海心里高兴，若不是张唯民出面，这种沾光的事不会轮到他头上，他收敛着笑意平静道："只要不嫌弃，我是非常欢迎肖燕同志的，只是住宿……这里差了点，不过，我还是乐意接待。"

黄平就道："我看队上保管室还算干净、宽敞，只是窗子还得修补一下，将就着还行吧？"

肖燕颔首道一切辛苦队长、会计做主，她乐意服从安排，事情就这么说完了。下午徐大海帮着将保管室收拾补修了一番，肖燕当晚就搬进了这间屋子。

徐大海送她至门口道："妹妹，煤油别节省，如果每月一斤指标不够，另外由我私人承担。"

"确实还得老兄帮忙，房子里太黑，我还真有点怕。当然，能节省的我尽量会节省。"肖燕边说着边开锁进去，突然，她极度恐慌地惊叫起来，她手里燃着的火柴顷刻熄灭了。

徐大海被这突如其来的惊叫吓出一身冷汗："怎……么啦？"他握着油灯过去，声音颤颤的，借着灯光，却并未看到什么异样。

肖燕一边惊叫，一边拍打着右腿："哎……呀，怪物……钻到我裤子里了。"看得出她正浑身筛糠似的抖动。

"别动，肯定是老鼠。"徐大海把握十足地说。

"哎……呀，我的天！它正向上蹿了……"肖燕险些哭了。

徐大海猜定这畜生同样受了惊吓，不知怎么出来了，就道："关好门，脱掉裤子吧，不要怕，我在外面。"徐大海说完掩门出去了。

里面听不到肖燕的惊叫了，投影在窗纸上正忽明忽暗地晃悠。徐大海猜想她正卸下裤子，偏又不好，一束明晃晃的手电光慢慢移近，徐大海猜定是皮家什么人来了，这号新式武器目前在天水还想不出第二位主人。徐大海故意粗吼一声，以免对方过来时不至于惊讶或怀疑，手电光立刻就被吸引到自己脸上。

"大海兄，搞什么地下工作啊？"来者果然是皮才德，声音脆亮而又拖长了腔板。

徐大海迎前几步，大声道："哦，皮营长呀，送一位同志来保管室哩！"

皮才德用电光朝房子扫了扫，问道："一位同志？知青吧？"

徐大海说："正是，她来我们天水还人生地不熟，我就带个路，这位同志来我们队上是大材小用哩！"

皮才德熄了电筒，笑道："哦？金子放到石头里，发光的只是金子，石头放到金子里，发光的还是金子，怎么就大材小用了？"

黑暗中皮才德递上一根香烟，那时候还没有过滤嘴，能抽上这类烟很算奢侈了。在点燃前，皮才德还是不忘用烟管在盒子上碰撞几下，徐大海在黑暗中都觉得他的动作很优雅。

突听得皮才德又道："嫂子过世，老兄除了节哀还要学会忘记啊！有合适的还可凑合凑合。"

徐大海沉吟道："向皮营长报告，咋能够忘记？列宁同志说过，忘记过去等于背叛，我可不能背叛呀！再说我女人并非突然死亡，而是有人要害死她。"

皮才德先是惊愕地"啊"了一声，再又急切道："谁？说什么鬼话？谁害死她？"

"徐大海！这个没心没肺的恶毒资产阶级！"说话间徐大海咬了牙齿，他只能把话说到这个份上。

这时，肖燕开门出来，她叫了声徐大哥，刚才她在里间肯定听到外面的声音了。

徐大海轻咳一声，就道："肖燕同志，快来认识一下我们皮营长。"

皮才德嘿嘿笑着，这才开着手电光在肖燕身上晃了晃。

肖燕近前几步说着皮营长好，还道改日与徐大哥一起去拜访皮营长。

皮才德鼻腔里嗯着，脑袋却仰望着繁星："多大岁数了？肖燕同志。"他说话时仍在看着天幕，而电光却像海上巡逻舰的探照灯一般穿来穿去。

"刚刚二十。"肖燕低沉的声音里也不乏阳光。

皮才德缓缓踱开步子，又抛下一句："好好干吧，年轻人。"黑暗中看不到皮才德的神色，但可感觉到他正在摆弄官腔。徐大海叮嘱肖燕一番，也走了。

往后很多个晚上，肖燕总爱带着徐剑伴宿，徐剑也在每个晚上听到了越来越多的童话故事。肖燕自然感觉徐家三口越发亲切了，有闲就要帮着徐家料理些洗浆缝补的家活。徐大海怕遭人闲话，老劝着肖燕多去生产第一线拣些稍轻的活儿干，肖燕倒不拈轻怕重，队委会安排任何活动她从不推诿。

黄平瞧着肖燕肤色越晒越像村姑了，有天便在自家以队长身份约见了她。当肖燕推门进去，就见石嫂带着孩子大毛也坐在里面。前些日子忙活时，肖燕多少与石嫂有点交往，已算熟人了。

黄平待她坐下就道："很多知青家属都来大队、生产队找关系，而你总是按兵不动，妹妹难得吃苦啊。"

肖燕先是微微笑着，一副自得其乐的样儿，突然又听黄平道："这几日太阳太毒，妹妹以前从没这样锻炼过，脸都成黄瓜皮了，我们不好向张书记交代啊。"

肖燕圆溜的眼睛瞬间被他此话感染了，未想队长年纪轻轻竟说得如此熨帖，往常听他说话总显得那么呆板……她心潮起伏着，努力抑制着眼泪不让下流。

黄平端来一杯凉水，让肖燕喝下才又道："其实你实在吃不消的话，也可跟我说一声。"黄平踱步转了转，样子挺老练。接道："石嫂是我们这一带的接生婆，肖燕你就跟她学几趟，以后我尽量把你推荐到大队卫生站去，卫生站正缺接生员，你至少要少磨些苦头！"

肖燕立身给石嫂鞠躬言好，又向黄平道谢，说是队里安排的事她绝不耽搁。

石嫂快口快嘴："容易容易！包你一学就会。"缓了缓她又亲抚着儿子脑袋说，"我生大毛的时候，身边没有接生婆。当然，我自己是内行。这小毛子拖着脐带落盆并不会哭哩，要是换在过去就有人说是怪胎。我内行不会信邪的，忍痛爬起来，提着大毛的小腿倒竖几下，再往小屁股上拍几拍，他哇地哭了，其实他口里的羊水倒出来就没事了。你们现在瞧瞧，五官上并不缺斤少两，也不差个三六九哩。"

肖燕再次向石嫂、黄平谢过，这才辞行回去了。

想不到中午徐大海屋里备上了一碗虾米小鱼，只等她回来好好消受了。

"天哪！哪儿来的？"肖燕瞧着桌面失声兴奋起来。

徐大海不紧不慢地给自己碗里盛上蚕豆杂粮，将米饭拣盛给孩子与肖燕，回桌间坐下道："想吃这道好菜不是大事，我制作了几个好把戏，用着挺好哩。"

肖燕脸上荡漾着微笑，难怪大早就见徐大海将破蚊帐撕成好几块，还见他将篾条削得纤细匀称，原来还是为了鱼罾这个玩意儿。肖燕拣了红光发亮的鱼虾给徐剑、徐琴，又冲徐琴道："下午跟阿姨网鱼去，我们再捉好多好多……"

徐琴点头道："好的，我专门嚼豆子，保证不吞。"

蚕豆做香料，鱼儿容易入，肖燕自会明白。未料徐剑抢着话头道："鱼食我来嚼。"他不满地射向姐姐一眼。

徐琴把脑袋摇得像个拨浪鼓："不行，上午你全吞了，我一粒都没吞。"

肖燕还是那么和蔼地笑望着两个孩子，并不多说什么，又见徐大海碗里找不出几粒米饭，就道："徐大哥，蚕豆、马铃薯你不能吃上独食呀？"

徐大海朗声笑过，道是杂粮好啊，菜都不用。

肖燕道："大哥，我也喜欢啊。"

徐大海岔开话题道："今下午就辛苦你了，队上不出工，我们就弄鱼。"

肖燕道："海哥，放心，捞鱼我是里手。"

徐剑小小年纪很会来事，惊讶地望着肖燕道："徐大哥、大哥、海哥都是我爹吧？"

肖燕红着脸摸了摸徐剑脑袋："马看前蹄，人看幼小，徐剑反应比石家大毛快多了，简直没法比。"

徐大海又问黄平找她何事，肖燕一一说了，又道："碰上这样好心的队长算我肖燕走运。"

徐大海脱口道："但愿以后能持续下去，人为财死，鸟为食亡啊！"

饭后，天空仍是飘着小雨，队里停工，肖燕就行动了，收获还真是不少，四个钟头就捞回一大碗。徐大海用两个小碗分得匀匀的，稍后就朝肖燕道："辛苦妹妹弄个饭吧，我去张书记屋里走走。"

肖燕笑道："大哥既然舍得放权，小妹就遵命。"

徐大海听着高兴，用大袋封着小碗去了，进去却见皮才德红肿着右眼坐在厅里，张唯民问他袋里包着个啥？徐大海取出小碗放下，问道："别看袋子这么大，好吃的只一点儿，好像老大一只柚子剥完皮就余下一点点。皮营长您这眼睛咋啦？黑珠子都不见了。"

皮才德讪讪道："昨晚出鬼了，醒来就睁不开眼皮，今天特意来试试张书记的手艺。"

张唯民一直懂些偏方，也不谦让，只见他不慌不忙地用未燃的烟头触在肿处数秒。稍后又在皮才德眼睛上闻了闻，再又把燃着的火柴梗放在皮才德的右眼边晃了晃。之后，张唯民微闭眼睛，吸着凉气道："说是火眼却点不燃香烟，说是屎眼却闻着不臭，说是风眼又吹不灭火柴，怪事……怪呀！"张唯民言毕，正襟危坐，既未言笑失态，又未疾首顿足，像位心平气和的讲师。

徐大海感觉张唯民有戏弄对方之意，万难才忍住笑，问道：

"营长，你不是被蜈蚣偷袭了？"皮才德却是摇头不语。

张唯民依然平静，微微笑过就道："要是蜈蚣偷袭，必定有青黑肿块，你这怪症我也试试看。"说完掏出一粒稻谷，他叫皮才德忍着点，接下就用谷尖猛刺皮才德肿处，痛得皮才德眼泪汩汩而出，小会儿后，张唯民掀开他眼皮，再刺眼睑内膜，皮才德脱口而出："舒服！"少顷就见他眼里汪汪一片泪水，"舒服多了！"皮才德又说。

张唯民拍拍手掌，轻笑道："肝火上逆，水道不通啊，不出一个时辰，肿就消了。"

皮才德嘴上谢过，立身问还要注意啥。

张唯民一本正经道："不去偷看女人洗澡就行，你才德啊，别的都好，可惜见不得女人。"

皮才德笑得很是尴尬，烟倒是递个不停。

回家却见肖燕愁眉苦脸，徐大海拖长了笑腔："妹妹咋啦？"

肖燕被他这么一笑，突又开朗了："黄平先前来过几次塘边，刚才又来这里视察过，还玩笑说要让他尝尝腥味，看来他还真有这个意思，我看……余下的这点大哥给他送去，明日天光我再去加班，呃，他还说有事找你哩！"

徐大海本是舍不得这碗小鱼，却也只能顾着肖燕的想法，再说张唯民交代在先，她来这里搭餐，徐家或多或少占上便宜，便点头说行，端着小鱼就去了。很快就见他脸色阴郁地回来道："世道怕是黑天了，我俩丈量一下田土都成了问题，皮麻子跟黄平说，我们想另立山头，队里必须切掉这种资产阶级尾巴。"

肖燕惊奇地瞪大眼睛："那要咋样？大队那份数据确实有很大误差呀！"

徐大海沉吟片刻，低声道："妹妹，千万别再坚持我们那份数据，这事我幸亏把黄平扯进来了，不然，我光是写出深刻的检讨是脱不开的。切记，有人来调查的话，你就说队长和会计安排你去的。"

肖燕忧虑地瞅瞅徐大海："老兄不会惹上麻烦吧？"

徐大海一边叹气，一边努力笑了笑："别多想，与你无关。"

肖燕语气仍是沉重："老兄，凡事都不要强挺。我愿意为你分忧。今晚我们知青在学校排练文艺节目，都看热闹去。"

徐大海瞧瞧两个沉默不语的孩子，道声好吧。

第三章　校园风波

课余，徐剑宛如一只孤雁，徘徊在走廊的过道上……

徐剑记得启蒙那年，只有老师才有正式课本，学生都使用油印本。徐剑、石大毛，还有皮才德的儿子皮柏同班，徐琴与张铜比他们高了三个年级，皮柏天生就爱好锣鼓，总爱模仿大人们平时那些敲敲打打的动作，一下课，他就会把文具盒敲得叮当发响。

有天，在上学路上，皮柏拾着根木棍去敲大毛的脑袋，大毛"哎哟"一声，晃了晃头。

徐琴赶紧呵斥着皮柏住手，道是你再敲，人家就会发哑火了，皮柏问哑火啥意思，手中的木棍仍往大毛头上敲去，大毛这回似乎受了启发，猛然用书包横扫过去，"咚"的一声，包里石砚正中皮柏鼻梁，顷刻便见皮柏鼻里鲜血直流。

大家吓蒙了，皮柏一手捂着殷红的鼻孔，一手指着大毛哭道："我爸爸会用驳壳枪毙了你。"

张铜连忙从路旁摘下栀子叶，塞进皮柏鼻孔，还用右食指在左手掌上指了指，像运动场上的裁判员宣告停住一样。皮柏闻着新鲜的芳香味，不哭了，也看不到鲜血再流。

徐剑朝皮柏道："你受伤了，作业就交给我吧。"

皮柏高兴起来，将书包往大毛肩上一挂，又道："你天天帮我背书包，我就不告诉我爸了，我爸有梭镖、驳壳枪，个个都叫皮营长。"

徐剑见大毛闷闷不乐地走着，就对皮柏道："哑火就是不太讲话的人一下子发了脾气，好像哑巴发火一样。"

皮柏哦哦着点头不语了，他看看张铜，就指着张铜道："好像他发火一样。"张铜狠狠瞪皮柏一眼，弓着食指在脸上刮了刮，大家一阵嬉笑。

过不了几天，学校突然停课了，皮才德带着几个基干民兵时而在大队各处查询，时而全副武装在学校操场训练，气氛显得沉闷了。

晚上，黄平才神秘兮兮地告诉徐大海一桩特大政事：林彪出事了！黄平说话时做了手势，他左手手掌平移，象征着飞机正在逃跑，右手握着拳头，象征着导弹正在追捕飞机，好像他便是现场目击者。"嚓的一声，毛主席在办公室按一下开关，导弹就在内蒙古追上了，嗨！机毁人亡。"黄平低低地说着。他这几年队长没白当，口才越来越风趣，办事也显得更加老练精干了。

徐大海道："就算林彪出事了，也不至于要学生停课啊！"

黄平却道："批林批孔的运动一开展，教师及队委会以上负责人都要积极参与，我们天水的宗祠庙舍过去拆毁还很不到位，这次要彻底清扫，学校里的孔庙也在劫难逃。"

徐大海摇头感慨："孔庙天井里那株罗汉松天生挺在石笋上，本算是奇迹，可上面领导说先生眉毛短后生屌毛长，非除不可……实在可惜啊。"

黄平脸色突然严肃起来，板着脸孔道："老兄，你现在是队委会成员了，千万不可翘出尾巴。上次丈量田土的事，我可告诉你，我要是不花上一笔开支，你富农分子不但要撤销会计，还要送到公社去游行、批斗。"

徐大海将信将疑地瞧他继续往下说："大队领导后来把事情压了，还不是我这张三寸不烂之舌？实话说，我差不多花了十块钱开支，你得从队上木船运输收入里扣留下来，我不能亏本啊！"

徐大海不管他话里有多少水分，觉得都是情理中的事，便答应下来。

不出几日，孔庙已成废墟。皮爷没事溜着便到了张唯民屋里，风水这玩意皮爷并不精通，倒挺钻研。上回有大师咬着他耳朵道石家的贞节牌坊正对着皮家大门，他心里悬着这事就讨主意来了："老弟，石家屋前的牌坊，四个立柱二道门孔三层楼式，就像弓箭一样对着我屋堂心窝啊，那牌坊虽是石家上六代的祖宗荣耀，按规定还是坚决要毁的。"

这贞节牌坊是道光年间由地方官府呈请旌表奉旨修建，四柱立于须弥之上，鼓石牢护立柱，鼓上倒挂古兽，下镇石龟，楼盖以巨石雕凿，上有兽头仰天长啸，既栩栩如生又坚固如堡。张唯民自会明白皮爷意图，便道："您屋堂与牌坊遥相呼应，依我看，正好去邪助威，当时御赐就是天意，天意不可违啊，如今您全家正人兴鼎旺，我建议不可舍本求末。"

皮爷微微笑着，抹抹白刺般的胡子道："近些看它确实像弓箭，请兄弟细细斟酌斟酌。"

张唯民笑道："强弩之末射不到您屋堂来，要是您不够稳心，就在屋前植上几株大树，就是草船借箭啊！"

皮爷从容道："牌坊当然与庙舍宗祠不同，老弟也言之有理。"

第二年上学的时候，有天课后，却让徐剑在校外墙角瞧见皮柏正学着抽烟，徐剑立马报告老师，老师问是香烟还是叶烟，徐剑道是不用包扎的那种，老师便恨恨地道："下午罚他打扫教室。"

临到放学时，却未听老师提起，徐剑就举起手臂："老师，皮柏偷着吸烟哩。"

老师敲敲桌子："下次发现再吸烟，罚他打扫教室一个礼拜，今天先回去。"

出来刚到操场上，皮柏便晃着手腕上那个明晃晃的铁圈嚷道："徐剑，你汉奸，我吸烟你能咋样？"那时候的铁圈套在男孩手腕上，本是祈佑平安的乾坤圈，就像小哪吒那样，却也是家势的象征，与后来很多女性套着金镯圈相似。徐剑手腕上虽然没有这玩意，底气倒不小，他回道："你妈的才是汉奸，下次我要告诉校长。"

皮柏猛然推他一把，徐剑一个趔趄倒下了。那双没有鞋带的破胶鞋也飞掉在地，露出两个窟窿来。按年龄和个头说，徐剑都比皮柏小，但他一点也不惧怕，挣扎起来冲向对方。皮柏用那只带着铁圈的手臂挥舞着，徐剑抓着皮柏衣襟的那一瞬间，突然感觉头冒金星了，硬邦邦的铁圈正击在徐剑腮帮上，他疼痛得蹲身下去，孰料，脑门又遭了一击，徐剑彻底趴下去了……

皮柏一边打着得意的哈哈，一边跨在徐剑身上来回走动，这一幕让徐琴出来瞧个正着，她不容分说，纵身一推掌，将皮柏摔了个"狗吃屎"。

皮柏匆忙爬起，正欲反扑，却被徐琴一记响亮的耳光打得脸皮麻辣："打死你这个小杂种，"徐琴狠狠地说道，"你仗谁的势？老子收拾你。"

皮柏愣怔地望她一眼，哭了。

徐琴拾着破鞋给徐剑穿上，大声道："下次这个杂种再要欺侮你，你用牙齿咬死他。"

徐剑道："我也要戴铁圈。"

徐琴到底老练些，第二日上学，她径直向校长作了汇报，还将皮柏用铁圈砸伤徐剑渲染了一番。金涛哦着应过就说会要严肃处理。

果然，等到全校学生做完广播体操的时候，金涛就在操场前端的讲台上发话了:"二年级学生皮柏课余吸烟,影响极其恶劣,立刻站到台上来。"

众目睽睽之下,二年级老师只好揪着皮柏往前台上罚站。

金涛见他站势傲慢,一副无所愧悔的样儿,便扫正皮柏足跟,再又厉声道:"立正!给我站得笔直笔直。"稍后,他又面向同学们训起话来,"大家千万要以此为戒,这个皮柏从小娇生惯养,二年级就学会抽烟,我估计到小学毕业就要学会杀人放火了。他依靠的是什么?……现在我正式宣布,放学后由皮柏罚扫礼堂三天。下次再发现屡教不改,立即开除,不管你是谁家的少爷公子……"说到此,金涛窘住了,因为操场后面突然站着一位家长,很多学生和老师都随着金涛的目光回过头去,这才发现长着密匝胡须的皮爷就站在后面。

皮爷从容走上讲台,声音也随着胡子的抖动而抖动:"同学们与老师们都给我听着,到讲台上罚站或者罚扫礼堂这点待遇并不难,我皮家可以天天让他到自家享受这种待遇。那么,还要老师和黑板吗?还有一点,请老师们听清,你们的学生是校长直接管教还是你们班主任管教?"

台下已是哄然乱动了。

金涛脸色很是难看,吹一下口哨,宣布散了。他并不向这位居高临下的皮爷解释什么,健步回了自己房内。几位民办教师仍然簇拥在皮爷与皮柏的周围,皮爷即兴道:"公社领导的话我现在复述一次,在中国目前的教育事业正处于青黄不接的时候,你们庞大的民办教师队伍支撑了中国教育的大半天地。现在我们国家还不算富裕,所以你们既要走上讲台,又要在课余走向田土,所谓辛勤的园丁正是你们这代平凡的教师。今后国家发展了,我相信你们会得到政府的重视,你们生在旧社会成长在新社会,都是在毛主席的红旗下长大的,前途是光明的!"

居然有了掌声,而且是非常热烈的掌声。

"所以你们就要站稳立场，辨别好坏，"皮爷继续道，"把学生拖到台子上，算啥本事？我们要坚决制止这种与人民为敌的歪风邪气。"这回没有掌声，却都在眼球里燃烧起跳跃的火光，这些火光都会意地向皮爷展示着青春的蓬勃和力量。

徐琴和徐剑旁听一阵，也观摩到其中的微妙，回家便向父亲细诉了这一过程："爹，您最好告诉张伯伯，不然，校长为了徐剑的事怕要吃亏。"徐琴以超出她实际年龄的老成忧心忡忡地说。

徐大海一点也不含糊，立马就去了。

张唯民听后叹道："金涛人才倒是一个人才，只是有点自命清高，教育学生就教育学生，何必指桑骂'愧'，人家皮爷也不是等闲之辈。"

徐大海没心情将"指桑骂愧"纠正为"指桑骂槐"，只道："唯民兄，你职权不在皮麻子之下，万一他对金涛报复，你可站出来说上几句公道话啊！"

张唯民出去瞧一小阵，进来谨慎道："武书记与他关系很紧，是有原因的。其一武书记一支笔主管审批，他是会计负责财务做账，俩人有利益驱使；其二姓皮的还会一点阴教，就是大家都不敢公开的迷信，武书记还暗下传扬他真人不露相，所以，书记一般不敢轻易得罪这皮老爷子。"

徐大海听着吸上一口凉气，半晌才讷讷道："我就不信共产党黑了天。"

张唯民抽上几口浓烟，终于表态："身正不怕影子斜！只要不犯原则性的政治错误，我谅他也不敢！"

徐大海点点头，这才辞行出来。门口张铜和善地朝他笑着。徐大海过去又在他脑门上摸了摸，并竖了竖拇指。张铜就高兴地哦哦点头了。

这段时间，皮柏基本不再与徐剑同路了。俩人在同一间教室里也不再相互理睬，就连大毛也跟紧了皮柏。有次，皮柏的黄帽上佩上了五角星，老师总用赞赏的目光瞧瞧这位小八路，石大毛也就学着用红墨水画上了一个不很规则的五角星。老师夸奖起来："石大毛和皮柏都是向往八路军的好同学，今后肯定是优秀的中国人民解放军战士。"

徐剑就悄悄地在下面道："假八路，大大的有的。"他曾经看过一场这样的人戏，台词也就无缘无故记住了。

"什么?"老师用教鞭敲响了讲桌，"给我站起来，徐剑带着典型的资本主义邪气！罚扫教室一个礼拜。"

徐剑泪眼蒙眬，但教室依然打扫得干干净净。扫到最后一天的时候，皮柏突然在放学时举起手臂发言："老师，有人打扫教室都把废纸垃圾堆到我桌子下面，我鞋子里都进灰了。"

老师过去瞧瞧，惊呼一声："哎哟！思想态度这么恶劣？徐剑你听着，加罚一个礼拜，再要这样，就……就用两个山字重叠。"

同学们都投来生疏厌恶的目光，又听得有同学在问："老师，两个山字重叠不是出字?"

老师坚决点头："对，就是一个出字，出去的出。"

课余，徐剑宛如一只孤雁，徘徊在走廊的过道上……

有天睡到半夜，徐剑突然想起妈妈的眼神和手势，他推推肖燕臂膀："阿姨，天上……地上，是不是真有天地良心?"

肖燕抹抹他眼睛，想让他好好睡下。哪知触到的竟是泪水，肖燕便把他搂紧在怀里，用嘴唇在他额角掠蘸一下，喃喃道："好孩子，困吧!"

第二天早上，肖燕到底问清了原委，徐剑恳求道："阿姨，您千万别告诉我爹，不然，他半夜都会起来喝酒。"

肖燕微微点头，愤恨起来："今天我要去找金涛校长，迅速要整顿校风、班风。"

徐剑却苦苦央求："阿姨您千万别去，上次因为我和皮柏打架，金叔叔帮了我，就怕人家会要暗害他。"

肖燕不由得"啊"了一声，微笑道："不会不会，金校长也是个好人，还指导我们文演哩！"

　　徐剑怯怯地看她一眼，心里既感到无限温暖，又忐忑起来，嘴上却不好多说什么。

　　徐剑下午才明白肖燕果真去了，放学后，老师把他叫去，目光直直地射在他勾着的头部上，徐剑心里咯噔咯噔地响着，老师围着他身子转了无数圈，一直无语。徐剑手心里冒出汗珠儿，一直不敢抬头，他多么希望老师痛快地骂他一顿，可老师在他身边踱着的时候只是偶尔按响了指关节，也偶尔朝地下吐口唾沫，再用鞋底擦了擦，约莫熬了五六分钟，老师这才俯首把那张拉长的脸凑近他眼前，徐剑瞧他眼神那么怪异，不敢正视过去，而心头如负千斤！又过了一阵，老师就说了两个字："回去！"

　　连续几日来，徐剑心底无限沉寂了，也第一次理解了什么叫真正的折磨。

　　往后从学校回去，他再也不敢多说了，有回在桌间父亲突然朝肖燕道："苏联和中国这场冷战打下去，中国人民吃了苦头啊！"

　　肖燕点头道："苏联政府背信弃义，发动冷战，目的是从心理上摧垮中国人民的斗志，幸好，毛主席啥都不怕！"

　　徐剑差点颤了一下，似乎明白了"冷战"是个什么概念。

　　这几天，老师既不叫他名字，又不望他，徐剑弄不清楚这老师到底会要对他咋样，他心里空虚起来。

第四章　戏外有戏

兔子不吃窝边草也只有两个可能，要么兔子病了，要么窝边的草已经枯了、黄了。

第二年阳春，黄平与一位外村姑娘正式结婚了。新娘中等身材，五官还算端正，她穿着件深蓝色卡其布翻领春秋装，领口却是翻得很大，尽最大限度地显露出她花白格子的衬衫。这天黄平把箱底那件很少露脸的黑毛卡其布中山装穿在身上，俨然一介新郎。

婚宴结束后，媒人皮才德真有些能量，居然能将区公所内唯一的一套戏班子请到新郎屋里来。天水的男女老少自然都爱帮凑着这场热闹，没料《智取威虎山》还没演到一半，皮爷竟跑到戏台前发话了："皮才德你千万莫疏忽麻痹，赶紧把接生婆喊到屋里去。"

坪中一片喧闹，皮才德老婆定是要生了。

皮才德慌忙去人群里喊着石嫂，石嫂又从人群中搜索出肖燕，说去就去了。连续一段日子里，肖燕也跟着学过几回了。这次石嫂只在旁边观摩指点，好在产妇以前生过一胎，这次又是顺产，肖燕便很轻松地完成了任务。

皮才德见是女娃，兴奋道：“头个有把，叫皮柏，二个没把就叫皮芝，你们看合不合适。”

肖燕洗净手，道女娃用上“芝”字，清雅而不俗。皮才德格外得意了，道是随口而出，过奖过奖。

石嫂提着胞衣（胎盘）对皮才德道：“去取个东西装着埋掉吧。”

皮才德拿了瓦罐煨子来，我们天水没人敢把人胞衣乱丢乱弃。再穷也得用瓦罐煨子装着埋掉，这是大规大矩。他很快就提着手电请石嫂去外面帮忙了，回屋寒暄过后，二位这才立身辞行。

皮才德忙道：“我清楚石嫂是人戏狂，你先行过去看戏吧，还让肖燕同志在这里留守一阵，稍后我送她回去就是。”

石嫂嘿嘿笑过，趁着月色走了。

皮夫人微笑着爬坐在床上，娃娃刚哭上几声，就被她用奶子塞在嘴里，嗷嗷吮着止哭了。

“让肖姑娘也早些回去吧，没事的。”皮夫人朝男人说话时，毫无那种分娩后的疲惫和痛楚，好像刚刚只是从她的肚子里排出大堆粪便一样。

皮才德露出橘皮笑，一边说着好的好的，一边出来将门扣扣上了。他请肖燕去客房里饮杯小茶，肖燕谦让不过，便跟着走过长长的过道，入了退堂后面那间偌大的客房。皮才德边走边介绍道：“这是皮氏家族遗留下来的公房，还行吧？”

肖燕就夸道：“真正的大户人家，让我大开眼界。”

客房里油灯一直开了大档，一块红布系着的梭镖斜靠在书架上，角落的雕花木床上挂着麻线蚊帐。

肖燕扫一眼书架上的革命系列，感觉里间弥漫着一股阴冷森然的书纸味。

“坐吧。”皮才德把热茶搁在桌旁长凳上说，“不嫌弃的话，今晚你就睡在这铺上。”

"不不不，我得回去。"肖燕连连摆手，她还是不敢坐下去，又道，"皮营长，没事的话我就走了。"

"你打算在生产队磨几年洋工再回去？"皮才德说话时并不瞧她，"就算是这个想法，最后回城也得我屋里老头子盖章签字吧。好话丑话只由得老头子那只笔杆啥个转动法，你不认为我在骗你吧？"

肖燕一怔，却不慌神，不高的语气中夹杂着威严："你到底要干什么？"

皮才德轻轻地拍了拍肖燕肩膀，像是安抚似的，突然那只手掌停顿下来，压按着她的臂膀了，而眼睛直直地锁定在肖燕那张烂漫且不失娇嫩的脸庞上。

肖燕惊栗地瞪大眼睛，身子不由得退却半步。皮才德又来橘皮笑了，嘘着手指不屑地道："肖燕，只要你依了，我就会把你推荐到天水完小去教书，今后回城你就能拣份轻松事儿了。"

肖燕嚷道："皮营长，你再不走开，我就要大声呼叫了。"

皮才德并不理睬，喘道："别怕，今天我只想与你好好沟通，不会过多伤害你，你要是喊救或是出去声张，你这辈子就冤里冤枉完了。你瞧，这根梭镖闪着金光呢！专门对付坏分子，你好心听着才有出头之日。"皮才德说话间已将手掌移向了她胸前那柔软而挺实的地方，"上次你伙同徐大海私量生产队田土又是啥动机？你们对大队革委会的清丈是持有怀疑还是想另立山头？告诉你，徐大海本人就是个资产阶级思想复辟严重的富农分子，你思想迟早要受到侵蚀，哼……"

肖燕终于动怒了："明日我就回去告诉我爹，让你受到严重惩罚，厚颜无耻的东西！"

皮才德后退一步，支吾道："你爹……？是谁？"

肖燕紧锁眉头，不屑道："你去问张唯民同志，我没有义务回答你。"突听得外面响起了徐琴、徐剑的呼喊，一声声"肖阿姨"

清晰可辨。皮才德还在愣怔间，肖燕便冲出了门外。

"你们咋会寻到这里来？"路上肖燕抚摸着徐剑的脑袋问。

徐剑亲昵地挽上她手臂，眉头一扬："大毛他妈早就看戏去了，爹就叫我们来接你。"

肖燕仰望一瞬繁星密布的天穹，拽了徐剑一把："那天晚上你咋会想到天地良心这个词语？"

徐剑确实并不懂，只是过去妈妈常爱挂在嘴边，那晚就神经质地在睡梦中说了，他"扑哧"笑过："阿姨，我也不明白那晚为啥会说。"

肖燕欢悦道："天地良心是有的。"

徐剑问道："在哪儿？阿姨。"

肖燕笑道："在好人身上，天晓得，地晓得。"

肖燕在他肩上捻了捻："振作起来，什么都不要怕，这几天咋的？阿姨看你不太对劲。"

徐剑差点想哭，但终于还是忍住了，只道："记住了！阿姨。"

不觉又到了黄平屋前，人戏正接近尾声，皮爷很快又登上戏台，振臂一呼："同志们，常四同志闹房是高手，现在就请他指挥新郎新娘现场表演节目。"

台下一时又来了掌声，常四虽是光棍，却很会油嘴滑舌，天水的热闹实在还少不了他。他大大方方上去，还把黄平和新娘子推搡到台子中央。他亮开嗓子道："我们天水过去有个大名鼎鼎的黄十举人，黄十举人就是黄队长的正宗前辈。为了发扬前辈的光荣传统，我先要说个笑话，举人结婚那日，也像队长今日结婚一样。他对娘子说，若不是为祖宗争光，为后代光荣，我黄某绝不为此等下流之事，还说娘子不畏风雪而来，可见好色之心久矣……晚上看见娘子蹲在马桶上，他就说，小解应顺桶而下，切勿窸窸窣窣，听之不雅……"

台下有人嚷道："老掉牙了的典故，没味，来点新样的。"

常四嘻嘻哈哈一阵，从腰间取下一副铜钹，从容而道："同志们，今日，我就要让新郎新娘在腰上缚紧铜钹，让小两口相互撞击肚皮，越快越重越有响声，达不到标准我就砸他们屁股。"

台下有了急切的口哨声，继而就是掌声。

常四像个插科打诨的小丑，手执扫把，轮流打着黄平与娘子的屁股，锣鼓响声果真铿锵起来，台下翻腾起笑浪……

肖燕拉了拉徐剑："徐琴与你爹走了，我们也该睡去。"

床上徐剑听了很多故事，很晚才迷迷糊糊睡下了。

梦中他仿佛见到了马桶，妈妈帮他拉下了裤子，口里还嘛咻地吹过不停，徐剑感觉下腹部舒爽极了，他有种说不清的好感觉，他听着热乎乎的尿响在马桶里，像雨水那般淅淅沥沥。尿完后身子就全部松弛了。

天亮的时候，徐剑感觉到了下面的温热，这才终于发现尿床了。

肖燕早就醒了，而且发觉到他已经尿床，只是怕半夜惊醒会让他着凉，所以一直蜷缩在还未弄湿的那小半张被褥里。

"肖阿姨……我把您的床上尿湿了。"徐剑红着脸低头道。

肖燕莞尔一笑："没事，你不是有意的，今天是晴日，洗洗就是。"

几日后的一个清早，徐家正准备早餐的时候，黄平串上门来。

徐大海不好意思地添了碗筷，因为菜就那么一点小鱼和一道蔬菜而已。

黄平嘿嘿笑道："我还没洗脸哩！"

徐大海便用脸盆倒了热水去，道是都在这里将就将就吧。

黄平也不客套，洗完脸就端上了碗筷。

肖燕夸张地打了声饱嗝儿，笑道："队长，请慢吃。"

黄平回之一笑："好好好！我正慢慢吃着哩。"

这几天，想不到儿子尿床越发上瘾了，接二连三。徐剑现在甘愿让姐姐去陪肖阿姨睡，就怕再次弄湿肖阿姨的床单，昨晚家里的床单又是水流滔滔。徐大海不急不行了。

早上，他径直去张唯民那里讨问起偏方来，进屋却见黄平在稀里哗啦地洗着脸儿，想必他洗完又会捞上早餐。

"队长好早呀。"徐大海客气道，脸上却不笑。

"还早？亏你说得出口，今早菩萨还没系裤，我就在水渠边转了两个钟头，现在水是个严峻的问题。"黄平说着把毛巾晾在架上。

张唯民出来笑道："田里的水是个问题，你队长就来我家用水了？"

黄平从容地坐到了桌旁，好像习惯了这种随遇而安，对于主家这种无关紧要的玩笑，他一笑了之。

徐大海说了徐剑尿床成瘾的事。

张唯民待黄平吃完走了才道："孩子是身子骨太亏才这样，我建议想法去弄个麂肚添些补药，理应有效。"

可是，这阵岁月哪里去弄麂肚？徐大海茫然了。沉思良久。又突然记得前两日肖燕与石嫂连日接生的事，便道："听说人胞衣很补，我去请石嫂帮忙，夜里把人家埋下的胞衣挖出来，不知灵不？"

张唯民眼睛放出光芒，连道："人胞衣也叫紫河车，很补的，只是很少有人吃上。再说我们农家都很忌讳，冤里冤枉都埋了，千万叮嘱石嫂，别走漏风声。"

"这还用说？我还得想好如何向石嫂启齿哩！"徐大海说着立身了。

"弄回切碎说是猪肚吧，不然让人发现会出大祸的。"张唯民眼里尽是顾虑。

徐大海点头称是，很快动身了。他极不情愿让肖燕承担这类风险，便径直去了石嫂那儿。

石嫂正安排大毛睡觉，徐大海见着就明说了，石嫂连说不行不行，还道再怎么着也不能想到去尝人肉。徐大海就说得悲壮了："行个好吧，嫂子，你看我屋里徐剑瘦得像只飞快断气的猴子，就因肾亏，天天把尿撒在裤裆里，你家大毛一闻那股尿臊味就不与他玩了。"

石嫂沏了热茶来："大海兄，你就这事找我来了？没这事会来找我不？"石嫂嗔怪地说话时，眼里的笑意绵绵地洒落在徐大海脸庞上，说着时，她把壁上的水烟筒拿给徐大海，道是干几把填填瘾。

徐大海抽水烟筒是好手，咕噜咕噜地连干好几把，觉得喉里舒爽了，这才抹净烟嘴挂到了壁上。

石嫂突然用异样的眼神扫了扫徐大海，柔声道："我屋里空着这根水烟筒，你喜欢就拿去吧。"

徐大海想着正事，拨亮着油灯道："不客气，我喜欢的是胞衣。"

石嫂把大门"吱嘎"地关上了，挨着徐大海坐下就笑道："你很久没沾女人了，憋着难受不？"

徐大海身上微发毛汗了，不安地侧头瞅了瞅石嫂。石嫂虽然并不怎么俊俏，但长得还算丰满白净。徐大海窘迫地再次瞅了瞅她，却见她脸色在油灯下泛上了红晕，笑意更似缠绵了："石嫂……告诉我，人胞……衣……？"徐大海盯着道。

石嫂没一点羞色了，拽了徐大海一把，道是去铺上再谈人胞衣。

徐大海额上沁着汗珠儿，他感觉自己的心脏在急剧地提速搏动："石嫂……我怎么能这样？不过……单身汉是不怕寡妇的！"

石嫂柔声道："别怕……傻蛋。我一直在等这么一个时机，偏偏今晚你就为人胞衣找上门来了，皮才德老打主意，我还不想招惹哩。"

徐大海反掠一下沾着汗津的头发，兴奋中夹杂着丝许玄虚，他佯作平静道："兔子不吃窝边草啊！"

石嫂正色道："兔子不吃窝边草也只有两个可能，要么兔子病了，要么窝边的草已经枯了、黄了。徐大海，我今年三十四岁，还不算枯草黄草吧？"

徐大海再次怦怦心动了，结巴道："那……你要……保证不影响孩子。"

石嫂嗔声嗔气地用指尖戳他脸颊，笑他胆小如鼠，天塌下来，她妇人都能撑住。说话间，她一手牵着徐大海，一手提着油灯入了卧房。

徐大海喉干舌燥了，说要喝点冷水，石嫂应声倒了杯冷水来，她不紧不慢地脱着衣服道："大海同志看来有些老经验，先要冷却内脏。"徐大海还是有点儿不安，生怕大毛这孩子看到什么。石嫂轻声道："放轻松吧，这就像你自家一样。"

徐大海嗯着回应了，在被窝里把里衣里裤都卸了。俩人什么话都不说，就像新婚夫妇似的传递着万般风情。俩人都陶醉在互动的那种有条不紊的节奏中，当舌头吮吸到一块的时候，石嫂突然摆正自己的姿势，让徐大海立即进入角色。在石嫂喃喃的啊啊声中，徐大海一副很会战斗的体魄，他就像大海的水手一般，随着澎湃的浪峰此起彼伏，一次一次地让她涌向高潮。尾后，俩人并不急着离开阵地，相跟着意犹未尽地缠绵好一阵。

石嫂舔舔嘴唇，摸着徐大海汗涔涔的背部道："想不到我还能真正体验到女人是什么滋味。醉生梦死……醉生梦死啊！"她说话时，细柔的笑意堆在她眼角，看得出石嫂还沉浸在那种甜蜜的幸福中，缓了缓她又细细道，"以后你想我了随时来就是，我随时都欢迎。"

徐大海听着心旌飘扬了，说是还要。石嫂兴奋得差点叫了起来，她突然记起大毛就睡在布帘那边的床上，这才止住叫声，又朝徐大海肩膀上重重地咬上一口。这回两人更是投入，如狼似虎。徐大海撤下时已大汗淋漓。他说时候不早了，得办正事去，刚想穿上短裤时他又问："人胞衣在哪儿？"石嫂一把从他手中夺过短裤丢在一旁，道是扯出萝卜就记不起土坑了，再温存温存她才讲。

徐大海无奈间只能依了，手臂枕着她后脑勺，另一只手抚着她脊背道："一夜夫妻百日恩，告诉我呀。"

石嫂黯然泪下了，低声道："你要真是个男人，就要隔三差五地来看我，看你急猴子一样老想跑，我就担心我俩只是一夜情而已。"

徐大海说不会，再在她脸上亲了亲，问着人胞衣到底在哪儿？

石嫂幽叹道："大队部的槐树边，两个煨子都埋在那儿，罪过啊。"

徐大海心里高兴，口气却是凝重："我来担当罪过吧。"

石嫂喃喃地说："要怪就怪这个吃不饱的世道啊。"

路上徐大海怕逢上熟人，挨到好晚才动手。在一块松软的土砾里下挖一尺见深，他看到了一个很旧很旧的瓦罐圆煨，徐大海兴奋地将两个血糊糊的胞衣掏了出来，四周一片静寂，黑暗中他顾目四望，只有远处皮家的黑狗在凶凶地吠叫，他心里一时紧张起来，赶忙用手掌将土粒拨弄下去，他担心铁锄会发出响声，就只能委屈着双手，而后他又踩了踩那堆刚刚填过的土砾，并将旁边的几根干枝丢在上面。

胞衣发出难闻的臊腥味，徐大海脱下外衣，血糊糊的东西就裹在里面，回家推醒儿子，他兴奋得大呼大叫了："起来，屙尿。"

徐剑揉揉睡眼惺忪的双眼，说道："今天真的没尿，几点了？"

徐大海随意回道："2点88。"

徐剑难得见到父亲这么高兴，回道："那我6点88分起来。"

第二天早上，徐剑、徐琴刚去学校，石嫂就来了。她脸上泛着潮红，而眼里布满忧愁，她瞧瞧外面，旋即气呼呼地抱住徐大海亲了亲，这才低声道："你手脚为啥这么不利落？一小段零散脐带掉在地上，天光我有意路过那边，皮家的黑狗正叼在嘴里。"

徐大海结巴起来："这……这样？我的老天！那正是皮家的胞衣呀……"

"但愿黑狗吞了再回去。"石嫂说话时，一脸的紧张不安。

第五章　能屈能伸

应该承认徐琴是个好孩子，小小年纪就老于世故了。

翌日下午，徐琴和徐剑又带回一个可怕的消息：金涛被一大群人五花大绑押到公社去了，还扛去了一些木雕。

徐大海"啊"了一声，又赶忙跑到张唯民那儿去了。

张唯民在里间紧锁着眉宇道："事情来得太突然，人家是蓄谋着要制造事端啊。"

徐大海问了半晌才知来龙去脉，有教师举报金涛诋毁伟大导师毛主席，那尊佛像没有太大的肚皮，只有高耸的额角和显眼的肉痣，很像主席，而两只大鹿就是讽刺主席碌碌无为。

"欲加之罪，何患无辞！"徐大海满腔愤慨，又道，"难道不分青红皂白？"

张唯民轻叹一声，又道："武书记想把十六岁的儿子武卫安排到学校教书。可金涛一直拖拖拉拉，不给明确答复。所以武书记肯定会采信皮爷的意见，麻烦不小啊。"

张唯民的处境徐大海心里有数，也不想过分为难他，闲聊一阵就告辞出来，路上，他双腿如铅一般沉重！

数百米远的地方，正见一小孩在他徐家的自留地坎边摘弄桑叶，他箭步上去吼道："哪家小子乱摘？桑叶长在我的土边。"

小孩被吼声惊得瑟瑟缩缩，大毛！原来还是石嫂的儿子，难怪他家养那么多蚕子。他语气柔缓下来："下次记得说上一句，大毛。"

大毛圆溜溜地瞧着徐大海，洪声道："海爹！我记得了。"

徐大海一怔："你娘让你叫我海爹？"

大毛哦哦点头："娘问我叫你干爹好还是叫你海爹好？我说叫海爹好。"

徐大海愣神片刻，笑道："干爹是把爹吸干，海爹好听多了。"

"海——爹！那我走了。"大毛跟着一笑，像捞了很大便宜似的欢蹦着去了。

徐大海一整天都心不在焉，时不时地瞄上石家屋堂几眼，生怕皮家什么人会跑到那儿去找上岔子，挨到暮色渐渐笼罩下来的时候，徐大海走走停停又去了石家，在忠节牌坊前，正见大毛端着蚕盒在玩弄，他笑吟吟地唤了声大毛，大毛就竖着手指嘘了一声："海爹……皮营长正在里头哩。"

徐大海后缩一步，惊奇地瞪上一眼："皮……皮营长啥时候来的？"

大毛声音仍是很低，似乎是要为母亲与他海爹的关系保密一样："那个皮营长，鬼一样，从后面山路上下来的。"

徐大海心里打鼓，轻声道："大毛，听你海爹的，快点进去，不要出来，皮营长不走，你就不要动。要是他欺侮你娘，你就喊救。"

大毛连声应承，还道："海爹，您放心，我明白了，也不会说您半个字。"

徐大海走的时候再又叮嘱："皮营长讲什么你都记着，晚点再来告诉我。"

大毛点头而笑："好的，我吹一下哨子，你就出来。"

徐大海在家刚吃过晚饭，外面果然吹起了口哨，他赶忙出来问情况，大毛挠挠头皮道："没事没事，我娘还说不要多想，也不要自己吓住自己。"

这年队上秋收还算勉强，亩产保持在四百斤左右，关于各户粪肥上交情况却进行了一场激烈的评比。常四和徐大海都在指标上稍存差距，队委会及激进社员们必然会严厉指责他们二人的这种怠慢。

常四却在会上说："我出门做手艺，工钱半数交给队上，粪便屙在主人家，我并不是有粪不交啊？"

黄平抵挡不住多数人的意见，就道："该扣工分的还得扣，下回你记得屙完屎再出去。"

徐大海明白自己是队委会成员，凡事都得以身作则，便道："该扣工分就扣吧。不过，我徐某历来不造假。人粪就人粪，绝不掺狗粪、猪粪、牛粪，也不掺水。握秤的都清楚，一尺就足有十寸，绝不会九寸九。"

黄平抱歉道："承认扣工分就行，有人讲肖燕同志的粪便大都落在你屋里，有人还问为啥徐会计屋里的粪便也会血红一片，我不太懂，没有回答，后来有老经验的人告诉我，说人家知青每月不要过节吗？"

徐大海无语了。

事情却并未平息。

后不久，有人瞧见徐大海在自留地里刨出一个一斤八两的红薯，大队革委会听后马上核查了事情，真相还果真如此，难怪粪便都肥到他徐大海的自留地去了，岂有此理？名副其实的小资本主义，武一守在大队部拍起了桌子，一定要抓住典型，进行严厉教育，皮爷就附声道："不抓不行啊！"

自从卫生所唯一的天平秤读出这个红薯净重为九百一十克后，

这红薯就被当成标本，用铁丝挂在徐大海脖子上去游行示众。皮才德这次却没有露脸，只是指派了两名普通民兵。皮柏却朝游行的徐大海打着小石子，徐剑想上前去揍他，徐琴拉住弟弟，说："皮柏小杂毛，我们以后再找他。"

肖燕擦擦眼角，一手牵着一个，说："我给你们做了新布鞋，回去试试吧。"

徐大海游行经过肖燕与孩子身边时，昂着头挺直了胸脯，眼光刚向这边投来，脑袋就被后面几双手掌连拍带按地压下去了。

徐琴叫着："爹……爹！"

徐大海也望她一眼，点了点头，可脑袋被人"砰"地敲着响了。

肖燕说："孩子们，我们回去吧，去试试鞋子。"

石嫂过来低低地道："求你们别把他脑袋打糊涂，不然队上的数目也会一塌糊涂。"

常四嘻嘻哈哈嚷道："不会，绝对不会，我们不会借公报私。"

徐琴擦着眼泪道："好的，爹爹看到我们总想抬着头，后面就有人敲他脑袋，要是我们不在，爹爹就不会去摆威风了。"

徐剑在路上道："常四也是坏蛋，老是按着爹爹的脑袋。"

晚上，徐大海却若无其事地在桌间道："记住，任何时候都不要在困难面前低头。留得青山在不怕没柴烧。"

肖燕道："留住了青山，就留住了有生力量。人就要能屈能伸。"

有天，天快暮色了，却未见肖燕过来，徐大海便问着孩子，徐琴说肖阿姨去河边码头洗衣服了，去了将近个把钟头。徐大海一路小跑就到了河边，几十米远就瞅见肖燕蹲在一块大青石板上搓揉着衣服，她旁边无人，便放开嗓子在唱了。

妈妈教我一支歌，没有共产党就没有新中国。这支歌从妈妈心头飞出，这支歌伴随她走遍祖国山河。啊啊啊……这支歌伴随她走遍祖国山河，我唱妈妈教的歌……

徐大海几乎被她脆亮婉转的嗓音陶醉了，他记起这是《妈妈教我一支歌》，她准是思家想着妈妈了。

肖燕还在重复哼着，把最后一件衣服放在水里一淘一摆，这才起身拧干丢入桶里。

"肖燕!"徐大海走近她后背喊道，"天都快黑了，你不怕?"

肖燕裤管已挽至膝盖处，露出一双白皙圆润的小腿，她放下裤管，说："走吧，大哥，刚才我锻炼嗓音，你听到了?"

徐大海从她手中接过桶子，称赞道："想不到妹妹的歌声这么富有情感，这么富有感染力! 你想家了吧?"

肖燕沉默不语了，只有那双凉鞋响在地上的咯噔声。

"你爹娘身体还好吧?"徐大海又问道。

肖燕眉毛飞扬起来："挺好! 欢迎老兄有机会去我家做客。"

徐大海欣然点头，又道："妹妹涵养这么高，一定是书香门第。"

肖燕甜甜地笑过一声，沉吟着道："大哥别抬举，算不上书香门第，不过还算得上革命家庭。"

第二天早上，黄平突然过来跟肖燕说道："领导叫你去大队部一趟。"

肖燕含混地应着，狐疑道："啥事? 你队长理应清楚。"

黄平摇摇头，临走又叮嘱一句："说话注意分寸，思想上也要有所准备。"

徐大海忐忑起来，送她数百米，再道："妹妹，我估计大队领导是对你进行政治教育，必要时你就表态，说不再到徐家搭餐，坚决不与富农分子走到一块。"

肖燕眼睛里一片晶莹，语气却是坚决："我就不信他们如此挑剔，人心都是肉长的啊。"

徐大海心里涩涩的，回家一直等着消息。

中午时分，肖燕终于回了。她脸上明显蒙上了那层发泄委屈之后并有事遂人愿的快意。她细细道："有人想一点一点给我扣上帽子，反革命分子组织的文演啦，另立山头啦，为小资本主义著作挺身而出啦……我毅然反驳，武书记拍桌子的时候，张书记只讲了一句，后来气氛才完全扭转。"

"张书记咋讲？"徐大海迫切地等待她的回话。

肖燕窘了片刻才道："他说同志们，上次我们干部多余的煤油指标和白糖指标，都是革委会主任亲自批到公社的呀。"

"你爹是县长？"徐大海惊愕地望着她。

"前面还有一个副字，原来在部队的时候，曾是张书记那个连的连长。"肖燕说话间又做了手势，"千万别外传。"

徐大海心里无限欣慰起来："想不到我富农分子还能这么近距离接触到县长女儿，而且是这么长时间。"

肖燕呵呵笑过，并不多言。

有天早上，徐剑想不到大毛会主动来搭讪，他握着个冒着热气的水蒸红薯，趁着没人的时候道："拿着吃下，我娘说的。"

徐剑迟疑地望了大毛一眼，不敢伸手，只问："你的帽子呢？上面还画了五角星的那个。"

大毛没有回答，只把红薯递来："拿着吃下，我娘说的。"

徐剑手心冒着汗珠儿，口中的消化酶却是不住地涌向喉部，他再看看大毛那双眼睛，真诚而迫切！徐剑说声谢谢就接下了。他一边狼吞虎咽地啃着，一边和大毛走在上学路上。

"你爹……"大毛突然回身抱了徐剑一瞬，还道，"正是这样抱着我娘。"接下来就听到他乐呵呵地笑着。

"你亲眼看见？"徐剑朦胧地感觉到爹和石嫂的关系了，却又羞羞地问，"我爹经常去你们屋里?"

大毛还是那样笑着："我装作打鼾，你爹就钻到我娘的床上去了，哈哈……"

不知怎么徐剑脸色一派通红，似乎是爹爹做了对不起他娘的事一样，嗫嚅着："你还高兴……?"

大毛兴奋道："我叫你爹是海爹哩!"

徐剑细细想了想，便道："那我俩比好朋友还要亲!"

大毛回之一笑："是的，我们比好朋友还要亲!"

不知什么时候，皮柏气喘吁吁地跟了上来，他在后边叫道："大毛你这个叛徒。可耻!"

大毛偏把手臂搭在徐剑肩上，也叫徐剑把手臂搭在他肩上，俨然一对亲兄弟似的，他回头应道："你才是叛徒! 把我的帽子都抢着给了别人……我不会再做假八路。"

皮柏又晃动着手臂上的铁圈，叫嚷："给老子把信纸还来!"

大毛从书包里把大队干部常用的信纸还了皮柏，又道："有啥了不起，还你。"

皮柏气恼地又嚷："老子叫爷爷用神掌打死你。"

大毛也不示弱，回道："海爹叫我把衣领扣子解开，两个大手指掐着手心，鬼都不怕!"

皮柏突然似笑非笑地叫道："你娘是偷人婆，偷了野男人。"

大毛和徐剑都急了，不知如何是好，谁知人家越叫越凶。

"揍他!"徐剑情急下怒道。

"打死他!"大毛停下，回头握紧了拳头。

皮柏望着他们正怒目圆睁，休口了，不敢再近前一步。

"下次你再叫，我俩揍死你。"徐剑向皮柏跟前迈上一步，"那天你放肆朝我爹扔着石头，我还没有报仇。"

皮柏低下头去，悄悄地走了。

有天，徐剑刚到家，徐琴就出去跑了一趟，回来便握着针线对徐剑道："刚才我向肖阿姨学会了缝补，你把袜子脱下来吧。"

徐剑嗯着依了，徐琴从屉里找出与袜色相仿的碎布片，用剪刀裁后，一针一针地缝补起来。忙乎一阵，就看不到袜上窟窿了。徐琴细细瞧瞧，抹着缝布道："哎，还好，只是针脚还稀密不匀。"

徐剑穿上道："姐姐，舒服多了，鞋子你也要补一补。"

徐琴越发兴奋了，似乎她的劳动成果一下就得到了消费者的及时认可，她赶忙又找块粗厚的土蓝布，裁好套在鞋跟上，这回她格外细心了。针脚密密匝匝地像打靶一样，每缝一阵，她都要稍稍拉紧一下线头，尾后才打下线结，算是完工。

徐大海进屋见着便道："好孩子，真正懂事了。"

徐琴鼻子一酸，热泪在眼眶里转动着，无声地滴落在那排新鲜的针眼上。

天已擦黑，又到了点燃油灯的时候了，徐大海突然朝孩子道："快看，这是啥？"伴着轻轻的"咔嚓"声，屋里瞬间有了奇异的亮光。

"灯泡！"徐琴惊呼起来，她晶莹的泪光里似乎在闪耀着灿灿金星，不由得兴奋道，"外婆家里早有了，外面是玻璃，内面是灯丝。"

徐大海拉几下控制线，灯泡便时亮时灭，他说："今天我们队里正式通电了。用电是要交钱的，所以，我们该尽量节约。"

难怪墙上开了孔，唯一的这只灯泡放在孔中央，里外房子就都有光线了，徐琴趁着灯光找了麻线，它便成了徐剑的鞋带。"爹爹，我不想上学了，帮您干活吧。"徐琴突然恳求道。

徐大海沉闷地叹过一声，思量着道："你还干不了田里活，再读一期吧！"

徐琴噙着泪水道："爹爹，我可以刈草、砍柴、看牛、洗衣、缝补、煮饭、喂猪……我完全会的。"

徐大海沉吟小阵就道："我清楚你是个好孩子，只是成分不好，得不到学费减免款，成绩在班上都数一数二，没关系！再读一期，就是正式毕业生了。"

徐琴突然跪下了哭道："爹爹，求求您，毕业生又能……咋？"

徐大海哽咽半响，才道："好吧……以后你可别怪爹。"他心里说不尽酸楚，女儿何尝不愿待在学校里，只是窘境逼着她这样跪下了，他欲哭无泪地拉起徐琴，道是爹爹对不住你呀。

不多时，张唯民串门来了，徐大海又闷闷不乐地将刚才的细节复述给张唯民，他一边说着，一边将放有一撮烟叶的小纸条递过去。张唯民接过便熟练地卷成一根烟棒，点上就朝徐琴道："你娘过去都读过两年中学，你十二三岁就想步入社会，对得住你死去的亲娘吗？"

徐琴此刻一点也不悲沉了，铿锵道："伯父，我在学校再也灌不进半点知识了，如果再去磨洋工就真对不住爹娘了！"

张唯民枉费一阵口舌，仍是无济于事，最后就道："鸡蛋煮熟没变了，你自己想清楚吧。"他这样说话时，完全把她当成自己女儿了。

徐琴很有礼貌地向张唯民鞠躬谢过，道是她完完全全想清楚了。

"应该承认徐琴是个好孩子，小小年纪就老于世故了。"肖燕晚上听后就感慨道。徐大海也是点头默认，最后就只好轻叹一声。

在去保管室睡觉的时候，肖燕轻轻拍拍徐琴肩膀，又道："阿姨每期都支持你学费，你能不能答应阿姨好好读下去？"

徐琴静静地听着，眼泪双流了："阿姨，求您别劝了……正如您说的，人就要能屈能伸。"

徐大海今晚很难入眠，他的思绪是漫无边际的，就像天水河道泛滥奔波的洪流……很久很久才在那些散乱的思绪中进入梦中。

翌日大清早，徐琴格外懂事了，弄熟稀粥，才催着弟弟与父亲下床。稀粥是在不多的白米中掺入些黑高粱，色彩就黑白相间了。徐琴舀着出来凉一凉，又在碗里撒些盐分，筷子搅几下，就即将成为四人的美餐了。

徐琴上午跟着肖燕挖了很多白茅根回来，屋子里也收拾得非常整洁，徐大海看在眼里，恻隐于心，口里却道："傻蛋，千万莫让徐剑又屙不出屎来。"

徐琴一边在洗衣板上搓揉着衣服，一边答话："这白茅根不是土茯苓，张伯父说还能清热凉血，再说掺在稀饭里，也能省点粮食哩。"

徐大海明白一家三口全凭他那点工分分粮，每遇荒月不想方设法省粮，这一年的日子就难以到头，可见女儿真的懂了，幸好肖燕情愿让他徐家占上便宜，不然还真是难撑。"天无绝人之路吧！"徐大海既像自言自语，又像要说给女儿听。

转眼间就快到了第二年的深春，青草的嫩芽早已钻开湿润的地皮，准备出头露脸，徐琴越发勤快了，里里外外做得完全像个当家人，只是个头还小，队上每日工分还只能认定五分，虽是主劳力的一半，徐琴却满心欢喜。

第六章　真情实感

　　他仰头的那一瞬，还见常梅那清澈的目光里飘来些余光，徐剑感觉身上陡增了温热和力量。

　　清明节这天正好周日，徐大海打算带着孩子去县城转一转。

　　徐琴却道："我不去，半票车费、船费也要三毛，再说中午我要煮潲水喂猪，你们去吧。"

　　徐大海哦哦着带上礼香和儿子出门了，他们先到了后山坟前，坟头上蔓条及柴丛不久前已被清除过，徐大海点上香烛，口里喃喃道："老婆啊！老公和孩子都来看你了。"想着往事，他眼睛又湿了……徐剑跪下叩了十来个响头，他幼小心灵里只觉得群山默哀，微茫里似有无尽的哽咽……

　　走下山坡，徐大海窘住了，他松开布裤带，原来裤带上系着个小褡裢，这褡裢口小肚大，易进难出，徐大海用两个指头在里面掏了老一阵，掏出一团皱巴巴的纸币，他吐口稀沫在右手指头上，一张一张地数了一遍。

　　"家底就这七元五角。"徐大海朝儿子道，"等下给你外婆一块，给你舅舅一块，给你五角买东西。"

　　徐剑仰头思考小许，就道："那正好还剩下五块，不行不行，回去路费没有了，五毛钱当作路费吧，爹爹，你哪儿来那么多钱?"

徐大海反手捶捶后背，低声道："爹爹上个月又卖了一次血，这是第二次，第一次是在你娘上山的第十天，我还清了金校长的债务，这次医生说我只卖了一大碗多一点，总计九块，回来买一头猪崽就花了一元五角，好在爹爹眼下还挺得住。"

徐剑心里酸酸的，伸手去揉爹爹的背脊了。"爹爹我不要买糖了，我会想着是吃你身上的血。"说着，他蹲下去哭了。

徐大海不语了，良久，他才用手掌去抹自己的眼睛，他真是后悔不该告诉儿子，让他小把年纪就背上压力，他好不容易才把徐剑拉到路上，并笑道没事，一切都没事。

"爹爹，一碗血要多久才能长出来?"徐剑又在揉他后背，问道。

"三个月吧。"徐大海在岳母屋前停下了，反头叮嘱道，"爹爹卖血的事你知道就行，要是别人知道了，爹爹的血就卖不出去了。"

徐剑瞅见了爹爹微微泛着泪光，什么话都说不出来了，只是在喉管里呜呜着，头很沉重地点了那么两下。他又窘下脚步道："爹您不能去卖血，答应我。"徐大海就嗯着应了下来。

徐大海进屋叫娘的时候，眼角已挂着微笑了。舅子刚好从蚕丝场回来，老太婆搂搂徐剑，眼泪又来了："我的……好孙都瘦了，快扶外婆到里面去坐下。"老人家说话时，没有牙齿的嘴巴时左时右地嚅动着，像正在嚼着什么东西似的。

徐剑的外婆佝偻着腰身，一手搭在徐剑的肩膀上，颤悠到了一间阴暗的房里，里面摆着一只偌大的木尿桶，尿氨气乘鼻而入，这会儿，老人家正打开搁在尿桶旁的一个糖罐，掏出一包金黄的片糖来。

徐大海与舅子对饮了小杯，临行时，徐剑的外婆硬要塞上整包片糖和两个煮熟的鸡蛋，道是路上再吃。徐剑高兴得欢呼起来。

徐大海给钱的时候，老人家坚决拒收。她老泪纵横道："儿呀，你留着两个火星子，我晓得你很苦，钱就花在孩子身上吧。"

徐大海费了很大功夫才勉强笑了，说："娘和老弟要是不把钱收下，今生今世我就再没骨气和勇气活下去，现在我还好着哩。"

老人家与舅子到底还是把钱收下了，徐大海的舅子又找出几件蚕场发放的旧工作厂服和一个崭新的电筒，用帆布袋包着给了徐大海。

到家才发现，今日肖燕和徐琴又弄了大碗小鱼，徐剑亲昵地叫了声阿姨，把手电筒递去："以后您就别用火把了。"

新正很快就过去了，曾经夸张地支撑起春节喧闹的天水人们，又在元宵节后恢复了往昔的低沉。大户小户里又很难见到拜年待客常用的丰收牌香烟了，丰收牌香烟虽然并不贵，一毛三分钱一包。但要天水的老大哥把自种的旱烟冷落掉是不可能的事情，县城里返乡的知青也都陆陆续续按部就班了。其实很多在新正头儿日就独自下来拜年了，与基层拉好关系是关乎他们抽调回城的一大要素。

可是，肖燕到月底才来到天水，大队领导们好像也并无异议。

徐剑回来正见她教着姐姐织衣，他喜出望外地大呼一声阿姨，肖燕就笑着立身搂了搂他。今日肖燕身穿一件米蓝色绒衣，下着一条酱色涤纶布裤，脸色更加白净了。她很快问起了徐剑的学习情况。

徐剑道："新学期我们换了老师，我非常高兴，今日老师还扎实表扬我哩！"

"为啥表扬你？"肖燕一脸的认真，"看来你以前很少受过表扬。"

徐剑把高分作文递了去，说道："老师说我达到了高年级水平哩！"

肖燕便细细看了看。

天刚蒙蒙亮，广播里放着《大海航行靠舵手》，我心情多么兴奋呀，记起主席教导我们：深挖洞，广积粮，不称霸，备战备荒为人民！于是我扛着粪箕，仔仔细细打量着路上，堤坝，坟堆，树下的每一个角落，走呀走，寻呀寻，我终于在坟堆上拾到了好几堆狗粪。有团粪上，还冒着热气哩，这正像有机化肥厂的烟仓里冒出的烟雾哩，我甭提多高兴。赶紧三下五除二，把喜人的果实扒进箕里，又想狗儿为什么会把这胜利果实藏在坟堆上呢？我就想起了毛主席的教诲，从实践中来到实践中去，狗儿就喜欢在坟堆上实践。人家大寨看病不出村，买货不进城，用水手一拧，晚上点电灯，抬头向前看，远景更光明。我扛着粪箕回家时，天上已是晴空万里，一览无余，金色的麦浪，正在阳光下翻涌，迷人的麦浪，迷人的狗粪，啊……

徐剑凑近她跟前，希望再次听到夸奖。

谁知肖燕脸上并不怎么晴朗，她摇头轻叹一声："看来越是华而不实的东西越会受到吹捧，真情实感的东西不知跑到哪儿去了？"

正说着，徐大海散会回屋了，见着肖燕自然会惊喜不已。寒暄着聊过老一阵，徐大海突然道："前日县委办收了一封来自我们天水大队的信件，这信是皮才德给县委领导的一种建议，县委已高度重视，还要西江公社给他奖励哩，皮才德反映的是农村胡乱对待毛主席画像的问题，请上级针对这项严肃的政治任务进行全面检查。"

肖燕不屑道："这是皮才德政治上进的一种表现，民兵营长也不是长久之计，再说老头子皮爷年纪也不小了。"

徐大海顺手将黄桥县委的红头文件打开让她瞧了瞧：

转发皮才德同志给县委的一封信

各公社党委、大队支部、机关、厂矿、学校支部：

兹将西江公社，天水大队皮才德同志给县委的一封信转给你们，这封信中所提出的问题和意见，是很好的，我们要学习皮才德同志这种无限热爱毛主席的精神。

毛主席是我们的伟大导师、伟大领袖、伟大统帅、伟大舵手，毛主席是全国全世界人民的革命灯塔，所以对悬挂毛主席的像要看作是一种非常严肃的政治任务。不能马马虎虎，对报纸上、党刊上以及一切书报上印制的毛主席的像，要妥为爱护和保管，更不得随意使用印有毛主席像的报纸去贴窗户，写大字报等，各级党组织要对这件事认真进行一次全面检查，凡有这种情况要坚决立即纠正，让我们更高地举起毛泽东思想伟大旗帜，时时刻刻都永远忠于我们伟大领袖毛主席，忠于毛泽东思想。

中共黄桥县委

1973年1月

肖燕慨然道："刚才我正批评徐剑的作文形式主义严重，矫揉造作，想不到皮才德更是风头出尽，但，这是政治，我们只能在这里讲。"

徐剑浑身都说不出滋味，但他心底里并不否认肖阿姨的观点。

第二日刚上课，老师就指着一位新来的女孩子说："同学们，这位女同学原来叫戴梅。从前天开始，她随妈妈来到了常四这个温暖家庭，以后我们就叫她常梅，希望同学们都能和她团结友爱。"

大家都把目光投向这位陌生的女孩，她与皮柏同一张课桌，正低下头去，徐剑注意到这是位非常清秀优雅的同学，她脸色白净，动人的眼睛似乎能够说话。还有那绺小辫很是精致，偶尔在那件花格灯芯绒后领上晃动，头顶上那淡蓝色绸布就将这根小辫收拾得很是熨帖。

徐剑不敢久看，生怕老师和同学会留意到他这走神的目光，又听得老师在讲："同学们，昨天我们写的是《可喜的劳动》，徐剑同学写得很好，今日我们要写一篇《我最怀念的人》，大家赶紧动笔，一节课完成，下午评比。"

徐剑思索小许，肖阿姨那个"真情实感"的词语瞬间飞入他脑海，他急速地写道：

> 我最怀念的人是我的妈妈！
>
> 妈妈离开我已经整整四年，然而妈妈身上的许多东西至今让我难忘。
>
> 妈妈平时最怕我和姐姐挨饿，总要我们先吃，她自己就弄一碗热水把最后剩下的那小点东西混合着喝下去。有次我对妈妈说："妈妈，你今天不先吃，我就不吃了。"不料，妈妈说："乖孩子，你不先吃，妈妈怎么能吃下去？而且，妈妈最喜欢吃的就是饭锅底下的那层黑宝贝。"
>
> 这次我就看到妈妈用开水将饭锅底那层黑黑的东西泡着吃了，她脸上还露着微笑。
>
> 最后一次妈妈病了，她喉咙里好像有什么东西堵着似的，显得气喘吁吁而说不出话来。
>
> 我叫了妈妈，妈妈眼角湿润了，她吃力地用一个指头指着屋顶，停顿了一会儿，她又用这个指头指指地面，我和姐姐还有爹爹都清晰地记得她临死前的这个动作。很快她的眼光从我和姐姐的身上滑过，永远离开了我们。

我回想她那目光似乎还有很多话还没有说完……当时，我心里多么痛苦呀！

现在，我总会想起妈妈的那个指头留下的动作，可是我实在想不出结果。不知妈妈临终还有什么放心不下的，我常常在思考，常常在追寻。

妈妈，您的儿子永远爱你，永远想你……

放学的时候，老师在台上静寂了好几分钟，而后又用小布巾擦擦眼角，台下也是一派静寂，都注视着老师，不知老师会说什么，突然就见老师捧着一个作文本读了起来，声音低沉而柔缓，最后几句竟成了颤音。

徐剑低下头去的时候，发现老师的眼光投向了他，渐渐地，就有了很多双眼睛都跟着投向了他，他仰头的那一瞬，还见常梅那清澈的目光里飘来些余光，徐剑感觉身上陡增了温热和力量，他从心底里感激老师，也感激在意他的同学们。

大毛居然在桌间粗声道："徐剑老弟的笔杆子谁不佩服？我挖煤炭一样，他就三下五除二。"

老师瞧了瞧大毛，同学们的目光也瞧上了他。大毛依然昂首挺胸，打记忆起，大毛第一次这么大胆说话，第一次这么昂首挺胸，也是第一次用这种违反课间纪律的方式引来众多目光，好像今日徐剑的荣誉就是他大毛的荣誉一样。

老师轻轻地敲敲桌子，说道："你们多向徐剑学习……放学。"

徐剑和大毛并排走出校门。如今大毛比他高出了小半个脑袋，大毛的手臂很长，绕过徐剑的双肩竟然还能夺拉在徐剑的胸前。走不出百余米，大毛出神地望着土坎边一条水渠窨住了，他把书包放下，边脱鞋子边道："老弟，你帮我看着，我去帮你捉些鱼。"说完大毛瞬间跳下了土坎，他卷起裤管走进水渠的缺口处，那个缺口正向下边田块放水，一条摇头摆尾的鲫鱼就冲向了下边。

"老弟，能不能去弄个篮子来，到处是鱼。"大毛脱下了外衣。

徐剑四下张望一阵，就道："我回家去拿吧。"

大毛灵机一动，说是有了，立刻就见他从土坎边抱起一捆干竹丛堵住缺口，竹丛四周他就用泥团封得严严实实，水流就从竹丛的小缝间穿过，他又跑到水渠上游七八十米远的地方，找准一个狭窄处用泥团石头封口了，很快就见封堵的这一段水位正急剧下降。

"老弟，把我的书包递来，东西先放你包里。"大毛兴奋地招手了。徐剑跟着兴奋起来，很快就将他的空包扔了过去，大毛接过挂在颈口处，弯腰去渠里捉鱼了。一条条鲫鱼、刁子鱼、小鲤鱼……

徐剑大呼一声："我大毛哥还真有一手！"逗得大毛在渠间呵呵地笑个不止。

皮柏跟着常梅正好过来见上这一幕，忍不住停下了。

"哇塞！"常梅见大毛捉上一条就朝徐剑这边晃动一下，她禁不住欢呼着，眼睛却时不时地瞅上徐剑一眼。

徐剑友善地朝她笑笑，但他依然不想理睬旁边的皮柏。

皮柏显得尴尬了，就道："常梅，我们走吧。"

常梅并不清楚他们之间的别扭，只道："急啥，大家一起走吧，别说捉鱼，看着捉鱼都挺有意思。"

徐剑并不侧头，目光仍在凝视着大毛那边，嘴上说："确实有趣！要不我们大家一起下去试试。"

皮柏听着"大家"一词也就舒展了面容，客气道："你们去吧，我来看守东西。"

徐剑这下朝皮柏笑了笑，又道："大毛已经弄脏了衣裤，那我们就在这里等着分鱼吧。"

过一阵，大毛上来了，大家一瞧，又是一阵欢呼。

徐剑笑道："见多分多，见少分少吧，我们各人拿几条。"

大毛傻傻地望着徐剑，好像徐剑就是主人一般。稍后憨笑道：“以我老弟说的为准。”

常梅就道：“明日礼拜天，我们一起去捉，带上桶子再分吧。”

皮柏今日格外客气了，说道：“手捧着回去也不好，明日一起去捉着再分吧。”

徐剑记得父亲前日的叮嘱，便道：“明日你们去吧，我真的没空。”

常梅失望地瞧了瞧徐剑，等他继续说下去：“我和爹爹要去县城边缘看望……”徐剑瞧着皮柏又警觉地把“金校长”三个字咽了下去，转道，“一位非常值得尊敬的人。”

大毛又憨憨笑道：“大家想吃鱼可以随时找我，昨天我为啥会迟到？大清早弄了两大碗。”

三位便异口同声地“哇塞”一声，向大毛都投去赞许的目光。

到了岔路口，常梅看着徐剑道：“你明天去看望那位尊敬的人吧。”

徐剑点点头，又礼仪性地朝皮柏挥了挥手，皮柏也很客气地挥了挥，似乎从今天开始，他们都懂事了许多。皮柏突然窘下步子，回头朝徐剑嚷道：“是不是去看望金校长？”

徐剑心一阵狂跳，支吾道：“不不不……干吗要去看望金校长？”

皮柏居然也会噘起嘴角，轻轻地笑了一下，少许后才与常梅走了。

回家大毛把鱼倒在徐家木桶里，稍稍洗了洗书包就晾在外边：“老弟，明晚我再来拿。”说着，大毛拔腿跑了。

晚餐后，肖燕无意间又看到了徐剑今日的作文本，沉寂良久，竟提笔在本子上写了几行娟秀的文字：

尊敬的老师，徐剑是位感性很强的孩子！此文情真意切，敬望老师予以鞭策、鼓励。万分感激！

徐剑的阿姨：肖燕

床上徐剑头次辗转反侧了，实在后悔不该透露去县城，连皮柏都猜测到了，想必他回家会告诉大人们。上回他嘴里骂着石嫂偷人婆的时候，准是他家里大人漏出来的话语，父亲本来早就叮嘱过，去看望金叔叔千万不能说出去，不然，怕会扯上一个串通反革命分子的罪名，越是这样沉重地想着，就越发不能入睡了，挨至半夜才迷迷糊糊合上眼皮。

第七章　野人不野

哪朝哪代没有忠奸之分？哪朝哪代又没冤假错案？所以我们应该每时每刻都要超越凡俗，超越阴暗，向往光明……

第二天晌午，徐大海带着儿子在劳改林场见上金涛时就听得他道："天无绝人之路，我看得开也想得通，甚至还忘乎所以哩！"

金涛神色依然如故，乍看胡须长发却成了野人，但绝非世人想象的那么颓废憔悴，他从脏兮兮的铺板下取出个线装记事本，一页一页地翻着道："我庆幸自己带了一支笔和这个本子，山水树木，蓝天白云，小溪流水，石崖独桥……都是我的精神食粮，我不会像屈原那样认为世人皆浊我独清，也学不到范仲淹的先天下之忧而忧，我满脑袋装的只是这个大自然。"

徐大海沉吟一阵，说："老弟，你光有精神食粮可不行啊，这荒郊野岭你总得另想法子填饱肚子吧。"

金涛反掠一下长发，苦笑道："我们二十来个犯人圈押在这个望不到边际的场子里，有时确实还得偷偷弄点小灶。我经常捉鳍毛蛇补补身子。鳍毛蛇并不属于蛇，长着四只小足，又胖又短，样子像泥鳅，一点也不毒。嘿嘿！我挂虑的就是老婆孩子，还有你们这些亲人般的朋友。"

徐大海慨然道："想不到金校长在这等情况下还是充满诗情画意，山水人物在你笔下如此活灵活现！"

金涛回道："作画最难得形神一体，如果画山就像山，画水就像水，这只是入门功夫而已。"

徐大海诧异道："难道要画山不像山，画水不像水才好？"

金涛捻须而笑："其实你说的确实是基本功上的突破，最后看上去画山还是山，画水还是水，意境深远，超凡脱俗，这才是高峰境界。"

徐大海就似懂非懂地哦哦点头，眼睛里却尽是怜悯和忧戚。

金涛沉思良久，又黯然伤感，好久才道："子不教父之过。你们今后不管遇到多大的困境，一定得竭力培养好孩子。我愧对我自己的孩子，这是历史原因啊！"稍后，他看着徐大海父子又道，"有回，林场附近一个生产队的几头水牛让我照管，我却在一块大青石板上画得入神，几乎忘却了一切，收工时才知走失了一头耕牛。场主便指着正缠住两树之间的一根山藤说，金涛你要免于受罪的话，最好就在这根山藤上自吊。我谢过场主关心，只讲再严酷的惩罚总比这根山藤轻松，若没有妻室子女或许我自会把颈脖套上去，后来，有人就让我戴上纸糊的高帽子，颈上套了写着牛鬼蛇神字样的木牌，赤脚在林场山下的沥青马路上接受着烈日与管工的磨炼。中午游行到一个学校附近时，有个熟人对管工说，这同志脚底流脓了，让他在这里给我们演奏一回风琴，饱饱耳福吧，管工终于良心发现，悄然去了厕所，我经不住劝惑，手指头颤抖地按上了键符……"金涛停顿下来，居然发出了唱腔，双手在空中滑动着手指，好像前面正摆着一台风琴：

河边，林间，夜莺在歌唱。

歌声充满悲怆！

可爱的人儿最难忘，

勇敢进取莫忧伤。

唱吧，唱吧，尽情地唱吧。

驱散人世忧伤……

"有点像野猪林里的英雄呀？"徐大海叹道，"他眼睛里虽然有了湿雾，而声音却是洪亮，听众肯定被优美的风琴声打动。"

金涛沉吟着道："幸好那头牛很快跑回来了，事情总算平息。"

想着皮麻子的险毒，徐大海忍不住又咬牙切齿道："皮麻子与我们兄弟俩是血海深仇，我就不信他有好下场，老弟原先在校内八角门上雕刻的那个龙飞凤舞，被他带人用木板钉死后，还用红漆画上了大叉，可恶到了极点！"

金涛又稍稍平静了，说道："还仇不如看仇，君子报仇，十年不晚，哪朝哪代没有忠奸之分？哪朝哪代又没冤假错案？所以我们应该每时每刻都要超越凡俗，超越阴暗，向往光明……百万年前的深山密林聚居的是猿猴，长着尾巴，叽哟叽哟地用眼神手势传递情感，无忧无虑地都为生活而生活，吃的是大自然赐予的野食野果，现在我在思考着百万年前那种真挚的生活。"

徐大海把舅子赠予的几件工作服连同十来个馒头都放下了，此刻正见管工向这边吹哨，沉浑而又带着火气的嚷声在那边响起："差不多了，就算是死人官司，你们也计较清了。金涛！去背木头。"

金涛抓住二人手臂站立了，又从破棉絮袄袋里掏出只旧怀表，擦净眼泪道："我身上唯一值钱的就这么一块旧怀表，请大海兄留个纪念吧。"徐大海把这块带着体温的怀表握在手心里，点点头，道是后会有期！

"后会有期！"金涛举起右手臂，像要宣誓一般……

过了林场，一只乌鸦伴着哀长的嘎嘎声掠过他们头顶，瞬间就见它栖落在数十米远的一棵苦楮树上，树并不很高，枝头上正

066

挂满诱人的成串苦槠果。

徐剑停下道："爹，鸟窝里肯定有鸟蛋，我去取下来。"说着就用双腿夹紧树干，双手牢牢往上攀缘如蚯蚓一般爬行着。

徐大海脸带笑意地看着儿子灵活矫健的动作，他希望儿子能爬上去摘些苦槠果，因苦槠果熬粥既鲜又补，肖燕和他们徐家三口的肠胃好久没受过这种刺激了，待儿子爬坐到最粗的主干岔口处，徐大海便笑吟着道："我递根棍子给你，把苦槠果打下来就是。"

徐剑接过棍子就试探性地戳了戳鸟窝边缘，先前的那只乌鸦猛地从窝里扑翅而起，悲怆的嘎嘎声迎空响过后，一团湿臭的鸟粪便掉落在徐剑头顶。徐剑哭笑不得，抹掉粪便又想去探取鸟窝，然而盘旋在头顶的那只乌鸦时而俯冲下来，龇牙咧嘴地朝徐剑吼叫，时而又飞到旁边的树枝上，一副垂死挣扎的样儿。

徐大海赶忙吼道："别再碰鸟窝！千万使不得，赶紧打些苦槠果下来。"

徐剑一愣，一边打落着苦槠果一边问："爹，为啥碰不得鸟窝？"

徐大海忙不迭地捡着苦槠果，过一阵才回道："下来再说，差不多了，快下。"他脱下外衣，裹了很大一包苦槠果，又从裤布带上撕下一小段，将包裹系得牢牢实实。

"我想起来了，你娘指指天上，又指指地下……你八字很大，你娘问过很多八字先生，都是一种说法，高山莫取鸟，深河莫洗澡。"徐大海说话间跷起了食指，"这就是高山……千记万记！"

徐剑仰视片刻，乌鸦已立在窝边，像位神圣的母亲为保卫儿女的安全正在凝神地站岗放哨。

徐剑一直沉默不语，他在继续感悟母亲那个手势，他感觉父亲那话刚才不无道理，但又似是而非，想着想着他还是摇了摇头……

黄桥县航运局最后一班公交客船快到天水的时候，他远远望见，远处的山，高低起伏，苍穹下的暮色正如一根墨带将山庄、草房、河流、村落勾勒出一幅淡褐色画卷。迎面而来的河风并不很冷，只夹杂着丝许凉意和阵阵湿气，他们父子离开了配有玻璃门窗的船舱，都伫立到外边甲板上，一任河风吹拂着他们身子，船头向两旁披刷过去的波浪一漾一漾地涌向岸边，偶尔就见得岸边泊着的小鱼舟在嘭嘭声中高低起伏着……

"爹，娘的手势绝不是您讲的那个意思，天上不是高山，地下也不是河流。"徐剑望着前方突然说。

徐大海沉吟一阵，含混着道："我仅是猜想。"

上岸不多时，常梅从供销社出来，她惊喜的眼光里含着好奇，徐剑轻轻叫了声常梅，常梅就在他跟前停下了。

"今日你们看望一位什么人？昨天你吞吞吐吐。"常梅待他父亲走了便问。

徐剑未想她竟如此细腻，便详述了有关金校长的情况，最后又叮嘱道："答应我，千万不能告诉任何人。"

常梅静静地听着，很快就非常诚恳地点了点头，她皱紧了眉头，居然受了很深的感染，她角膜上分明有了层泪光，只听得她细细道："原来我爹和金校长一样，都是英雄，了不起的英雄！"

徐剑一惊，忙问："你爹后来呢？"

"死……了，死在大牢里！被人家迫害。"常梅两行泪水流至腮边，"两年前才去世，他是我最怀念的人，但是我不能写在作文里。"她用衣袖抹抹眼睛，道是得走了，犹豫片刻，她又道，"既然你相信我，我就更加相信你，不要对任何人说，好吗？"

徐剑点了点头，又怜悯地瞧她一瞬，说道："别哭……别想……快黑了，走吧。"

晚上的苦槠果熬粥让肖燕回味无穷，饭后就邀着徐琴歇宿去了。徐剑刚把常梅的遭遇向父亲一说，大毛就脏兮兮地闪了进来。昨天他外裤上的那累累泥痕仍是清晰可见，他叫过海爹，又唤了声老弟，就问作业本和书包了。

徐剑明白他渐渐厌学了，往常的作业也很是吃力，便道："我都帮你收拾好了，可你一点都没完成呀。"

大毛挠挠头皮，憨笑道："老弟帮个忙吧，我在这里等着。"

徐大海笑吟着过来在大毛肩上拍了拍："大毛今晚你就和徐剑睡，把作业抓紧做好，明早再一起去学校。"

大毛兴奋起来，忙用衣刷狠狠地擦着泥痕，见徐剑也乐意接受，他就自告奋勇道："海爹，明早我去捉好多鱼回来。"

徐大海笑而不言，踮脚出门就听得大毛在脆亮地吹着口哨了。大毛的口哨其实能算一绝，婉转动听而又音域广阔，刘海砍樵、孟姜女哭夫、铜锣补锅……这些调子在他口里一吹，简直不会相信这是位成绩较差的十二岁男孩。

徐大海径直去了石嫂那儿。往常每去一次，石嫂都用粉笔在门板上添上"正"字的某一笔，这两月他去得少了些，因他觉得自己像头耕牛，在人家的田地里这么深耕细犁，家里的田土就少了精力去打点。

他在贞节牌坊前逗留小许便进去打了开场白："大毛今晚在他海爹屋里歇住哩。"

石嫂先是佯作不予理睬，看也不看上一眼。

徐大海从壁上取下水烟筒，把烟斗抽了抽，又敲敲废渣，自言自语道："水烟筒经常得换换水，不清洗不行啊。"

石嫂瞪他一眼，语气硬邦邦的："你干脆拿回去，就不必往这儿跑。"

徐大海轻声笑笑："到你屋里来抽上几口，我还可活动活动身子骨哩。"言毕，就过去在石嫂肩上捏了捏。

石嫂沉闷着并不回话，很快就在徐大海脖子上狠狠拧了一把，继而，两个拳头就像是暴风骤雨似的击落在徐大海肩膀上，她呜呜的哭声中带着撒娇般的粗野："你这个没良心的……这个时候才来看我……"

徐大海热乎乎地吻了她，道是我今天不是来了吗？他一边说着，一边迫不及待地掀着石嫂的衣服，石嫂小会儿就热切响应了……

徐大海在幸福的快感中喘道："我要你永远做我的女人。"

石嫂像树藤似的缠住他腰杆，只道闭嘴吧。临到她松手时，俩人已是淋漓尽畅，他们侧身而偎，石嫂时而在喉管里颤动着几丝模糊的喃喃声，像是梦呓般，徐大海便把她拥得更紧了……

天刚拂晓，石嫂就下床忙活了。徐大海听着响动声，也是睡意全无，下床洗漱一番，道是该走了。石嫂塞上两个热馒头又道："我不强求你来看我，但我会天天想着你。"

徐大海忍不住拭一把泪，过去抱着吻她一阵，而后才道："我欠你太多，真是个没良心的。"

石嫂开了门板，在徐大海后背上拂了拂灰尘，嘱咐道："保重！"徐大海踏出门槛，点头回道："你也要多多保重！"

野外弥漫着稀薄的清雾，还很少见到行人。两边的门板大都还在紧闭着，徐大海伸伸懒腰，舒爽极了，心想自己哪怕今生一世毫无业绩，可他还有值得骄傲和怀念的东西，而不至于像有些人，可以回忆和夸耀的仅是自己年轻时候那几把死力气。握着馒头路过天水供销社的时候，徐大海瞧见一堆人挤在墙前的一块宣传黑板前，他便凑过去瞧了瞧。

幸福不忘毛主席，节约储粮谱新篇

西江公社天水大队第四生产队四十岁的贫协副主任常四同志，是在苦水里泡大的。他三岁丧父，八岁随母下堂，讨米，卖零工，从小过着吃不饱穿不暖的流浪生活。解放后，在党和毛主席的英明领导下得到了彻底翻身，生活像甘蔗一样节节甜。他翻身不忘本，幸福不离线，紧跟毛主席，革命路上志不移，光荣地两次出席省贫下中农代表大会，使他进一步懂得了节约储粮的伟大意义。全家从1966年以来坚持计划用粮，节约用粮，八年共结余粮食一千五百多斤。他节约储粮的经验是：坚持餐前节约一把米。1968年他做了一个"节约筒"，每餐量米下锅，就往节约缸内倒一筒，第一年就节约了两百多斤，同时还坚持先算后吃，一年口粮作十三个月安排。忙时多吃，闲时少吃；忙时吃干，闲时吃稀。杂以青菜、萝卜、瓜豆、芋头、番薯之类，先算后吃留一点，种好瓜菜补一点，主杂搭配代一点，易风易俗省一点，农闲多余，农忙少节，滴水成河，使储粮逐年增多。

张唯民正从里面出来，徐大海上前就道："唯民兄，我看这是胡编。"

张唯民脸色凝重，用利剑般的眼光射着他："现在正掀起反击右倾翻案风，你千万不要随便胡说。"

徐大海点点头，又说了昨日看望金涛之事："现在的金涛看上去像野人一样，但情志举止倒不像野人。"

张唯民拉他到僻静处又道："你没有收藏金涛的雕刻品吧？还有……有人举报你屋里有个啥怪物，还是你丈母娘那边打发过来的，有没有这回事？这几天开始，又要逐户清查，重点是你们这些成分稍有问题的对象。"

徐大海一怔，岳父曾是国民党军官，遗言要将一个金蟾伏虎的木雕当作女儿的发亲物。迎亲那日果真还见着了这么一个油光闪亮的木头木脑。大约在六七年前，大队领导和工作组来清查的时候，老婆说已经当柴烧了，并当众将木箱外壳劈得粉碎。当然，徐大海明白老婆已将东西拆散丢在旮旯里，这堆废物早就没吸引过他眼球了。

"以前清查的时候，我老婆不是已经把它烧了？"徐大海说话时凝神地瞧着张唯民。

张唯民低声道:"没有烧掉的话就注意转移一下,越隐蔽越好。各生产队的龙灯狮灯都要捣。你好自为之吧。"

徐大海内心充满感激,但他实在忍受不了这种胡作非为,便道:"难道他们还要私闯民宅翻箱倒柜?"

张唯民情急间又说错了字眼:"电灯总是引诱飞蛾扑向那里,何况这是政治,为啥个别人老是记着这回事?说明这个别人总是带着目的和意图。"

徐大海如梦初醒,回家费了好大一阵工夫,终于在旧楼板上和黑地窖里找到了这尊拆散多年的木头木脑。地窖里他划一根火柴,在方形座身上看到了几行正规的隶书阳刻:

此乃千年沉香奇木修饰而成,绝非平凡木雕虎身,
神形兼备,背伏金蟾,故全名金蟾伏虎,木质坚硬细腻,
有红、黄、黑三色之美韵,更有淡雅桂香之奇趣。

徐大海心情激越而又紧张了,这么多年他从未在意过这尊笨重的木货,甚至还没细看过它的全身,想着老婆临终前那冗长的挂虑和手势,眼下,他终于茅塞顿开乃至如释重负了,外界居然仍有居心叵测的人记得这堆木货,至少可见老婆的忧虑是深远而凝重!

这木货绝不是简单的木货!他头次在心里说。也无端地深责着自己,这么多年了,咋就没想到这个金蟾伏虎呢?

夜深人静时,徐大海朝儿子详说了此事,他感觉长江后浪推前浪,儿子的少年老成与敏感完全超越了这个时代的同龄人。

徐剑睡意全消,在床上盘坐而道:"娘真伟大!她的手势就是这层意思,以前咱们咋会这么愚昧?"

"问题是……不知藏到哪儿最稳妥?"徐大海又是长声叹道,

"就怕那帮强盗进屋就搜角搜缝，不但保不住它，到时还要把我富农分子，金涛反革命分子……的事全部扯上麻纱来。"

徐剑差点颤了一下，嗫嚅半晌，突又飞扬起眉头："有了！有办法了，大毛今天给我介绍了一个非常隐蔽的石洞，他只告诉了我。咱们找他去，我相信他不会骗人，更不会骗我。"

徐大海想着白天不便行动，又不便寄放别家民户，只好依了。

大毛对于这等事简直是块天生的料。他轻手轻脚而又从容有力，雷打石山腰的那个石洞口他很快就找着了。路上徐大海一直没有吸烟，也不敢用手电或火把，只借着天上那点星光，摸索到了石洞口，他心里估揣着：此处正是大队的集体山林，平常少有人迹。

"目前还没人发现这个洞，就算发现了，也找不到这个东西。"大毛领他们弯腰进去时轻声道。他用手电在洞内大胆地晃照一番，想不到里面十分空旷宽阔，到处是奇形怪石和石笋石柱，壁上时有小股细流渗出，里间就显得湿气重重。完全是传说中的水帘洞一般。大毛又在一个石笋后面找准了一处小洞穴，说道："这小洞只能爬进去，差不多七八米，咱们用棍子把东西顶进去，过一段时间我再爬进去系上绳子，用绳索拖出来就是。"

徐大海连连点头，道是大毛真有脑筋。一切就绪后，大毛又在小洞口塞满石头，这才道："海爹，放心吧，我还去弄几条死蛇丢在外边洞口，就没人敢入这个黑洞。"徐大海轻轻笑了笑，在洞外舒了口长气，因他看到大毛又熟练地用撬棍将一块很大的麻石遮掩了大半个洞口。

然而，事情远非他们想象的那么简单，只是过后一段时间里，徐大海暂时安稳地睡上了好觉。

第八章　聚散无常

在静静地离开那一阵，她回了很多次头，也挥了很多次手，徐大海和徐琴一直伫立在门口，直至她的身影消失在拐弯处尽头……

张唯民的话一点也不假。

不出两日，武一守就亲自挂帅来到了徐家。皮爷、张唯民、黄平和几位民兵应急队成员也如约而至。

首先发话的无疑便是武一守："徐大海同志，今日是公事公办，请你配合，凡属一切牛鬼蛇神的木制品、铁制品或其他形式上的怪物都要彻底没收、毁灭，你是乌龟吃萤火虫——自己心里明，到底是主动把牛鬼蛇神交出来，还是让同志们亲自动手？"说完他用中指刮一下牙根，一块绿色的葱片就被飞弹出去。

徐大海见武一守两道眉头挤得很近，突然想得一句谚语：眉头相交，莫与结交。但他只得和善地笑道："我徐大海草房子里收不住牛鬼蛇神的，领导要是不信，你们就去翻箱倒柜吧。"

武一守直率道："开口人罪重，动手搜查吧。有人曾把我名字里的守字改成首长的首字，我也不反对，为首的就应该公事公办。"

皮爷双手反剪在身后，一副月牙形的眼睛嵌在两边，这样的眼睛要是生在女人身上，准是一块勾引男人的磁铁。他微笑道："一守改成一首完全合乎逻辑与事实。"他说着时扫了一眼民兵应急队，常四也是成员之一，他正在修剪着指甲，突见得皮爷猛然跺脚，声音不乏尖辣，"常四你是来剪指甲还是出来工作，吊儿郎当！"

常四腾身而起，定是吓了一惊，赶紧带队去里间搜寻了。

忙了老一阵，几人头顶和背部沾了些蜘蛛网出来。常四手上黑黑的，想必是去过地窖，因地窖里曾放过些煤炭，他手里拿着本旧书，封面却是毛主席头像。

武一守见他们没啥收获，就道："你们是帮人家打扫卫生的，蜘蛛窝倒是赚得不少，人家的书本啥时候犯了你？"

常四将毛主席封面晃了晃："这是徐家族谱，我本来不想拿，就怕几大汉子没发现一点问题，早几日皮营长不是向县委写过信，反映农村胡乱使用毛主席头像的事。大海同志你应该加强认识，伟大导师毛主席的头像就任你这样糟蹋？"

武一守严肃道："这确实是个问题，公社专门为才德同志反映的问题奖励过勋章，可徐大海仍是我行我素。不写出书面检讨是不行的。"

徐大海干咳一声，解释道："这族谱上都是我的前辈，我的亲人，连我的祖父徐一鹏烈士也在里边，可我的这些亲人前辈远远排在毛主席后面，没有毛主席就没有我徐大海今日，所以我就把主席摆在前面的封面上。"

皮爷双掌合在膝上，双目微合小许，稍后就见他睁亮眼睛道："徐大海，你是不是对我老头有很深意见，甚至仇恨？我也由着你咋想咋干，不过话得说在前头，我皮某人历来明人不做暗事，你自己斟酌去。"

徐大海瞧他颧骨上两粒豆大的黑麻点越发刺眼了，却还耐着性子道："皮爷，我对任何人都没有意见，更没有仇恨……刚才皮爷闭目养神，不是神掌发功吧？我的老天，您千万使不得。"

皮爷被这玩笑弄得进退两难，他感觉自己刚才那神态让人家逮住了话柄，便努力挤出点笑声："大海同志，现在是共产党的天下，讲究的是法律、政治、科学，千万莫扯上迷信。"

武一守考虑着如何收兵了，便瞧了瞧张唯民："唯民同志，关于这族谱你表个态。"

张唯民平和笑道："现在反对宗派主义和家族主义，只不过徐一鹏烈士确实是历史名人，加之这个徐大海刚才也说了一堆臭理，我看就由他当面口头检讨吧。"

徐大海的话语还算响亮："下次关于毛主席头像的事，我保证第一时间向书记汇报，下不为例。"

人员一退，黄平却杀来个回马枪，问道："按实物账上的理论数据，储备仓库里还有多少谷了？"徐大海思量一番，就道："要是除去工分谷，口粮人均就不足五十斤了。"

黄平轮轮指头，道是离双抢还有三个月时间，明日先发放人均二十五斤口粮吧，叫社员们多向常四同志学习，人家的节约用粮为何这么到位。

徐大海想着好多社员在闲月里都睡得早起得晚，目的就只有一个：省去早餐，这个份上再要省下去，怕是支撑不住了，他想了想就道："明日按队长的意见发放口粮吧，顺便叫社员在自留地里多种些杂粮。其次关于蓖麻的种植面积，我们不能纯粹跟着上面的指挥棒运转，有些领导是好大喜功啊！"

黄平正色道："这点你就错了，蓖麻油在工农业上应用广泛，刹车油、润滑油、喷漆、农药、绝缘导线……都少不了它，十个蓖麻子可抵一斤铜，蓖麻饼又是很好的有机肥料，每百斤相当于硫酸铵三十斤。上面三令五申在推广，还鼓励每百斤收购价为三十五元，奖食油指标十五斤，氮肥指标二十斤，机不可失啊。"

徐大海明白再说也是枉费口舌，弄不好倒要弄僵关系，他心里清楚，如今黄平在队里跺上一脚会有多么重的分量，这些年来，他黄平陡增的不单是胆识和魄力，更有主观意识上的武断，于是徐大海就迎合道："千兵以将为主，队长是一队之主，我遵依老弟的。"

礼拜天的上午，黄平把口哨一吹，肩挑箩筐的社员们就出阵分取口粮来了。箩筐都得称出重量，我们天水都叫称皮。黄平一个挨一个地称皮，又一个一个地将数字告诉徐大海。刚完，就有社员把箩筐倒转着拍了拍，生怕称谷的时候被杂质挤占了重量。

大毛无意间在人群中嘟哝了一句，道是格外粗大的箩筐为啥会轻几斤。这话不偏不倚正好被黄平的耳朵逮住了，他把秤杆往地上一摔，吼道："大毛你这小畜生说啥？"

大毛偏又回道："你队长的箩筐又粗又大，咋就只有八斤？"

黄平把秤杆一摔："小杂毛你来握秤，下次通知群众分粮你全盘负责，每次补你十斤，老子长汗短流，多分两斤犯了王法？"

徐大海看不下去了，只道："队长，跟小孩计较啥？其实多分两斤是没问题的，你比其他同志多辛苦一点，但最好说在明处。"

黄平不语了，小会儿又发起了牢骚："下次你掌秤，我来记数。"

肖燕过来笑道："你们老搭档怄啥子气？"

徐大海耐住怨气讪笑道："没事没事，队长是根直肠子。"

谁都不说了，口粮照样得分摊下去。

午间在桌旁肖燕突然道："老兄，明日我得回城了，这里手续已经办妥，我家里寄了一斤嫩尖头茶和两斤白糖来，算是给老兄一点谢意。"

徐大海被突来的这一消息弄得惊栗不已，却又明白天下没有不散的宴席，人家回城也是人生大事，便合拳道："妹妹前途无量，这几年老兄沾光就让妹妹受罪了，危难之际全承妹妹关照，愧颜呀！"

肖燕笑道："别再客套，茶叶和白糖都是指标货，你享受享受吧。"

徐大海记得她曾想去看看雷打石石碑，不想让她留下遗憾，就提议了这一想法。肖燕立马欣然应允，道是大哥还真算得上汉子！

两人步行二十分钟就到了山下。毛路宽约二米许，杂草丛生，灌木少许枝叶已横叉路中，看来这段路很少有人上去了，俩人就踏着杂草缓缓而上。

"走走多舒爽。"肖燕微张着小嘴笑了笑，那白匀的牙齿像在熠熠发光，连同那双发出柔灵光束的眸子都很叫人喜爱。

行了百余米，但见山腰里如白纱银絮般的缕缕轻雾漫卷轻舒，仰望群峰，却似屹立在白浪翻腾的大海之中，肖燕道："昨日经过了雨水的洗礼，今日我们来得正是时候。"

徐大海点头而笑，又回头指了指山下那口水塘和连绵挺拔的峰峦，说道："妹妹，你瞧，这意境就是郭沫若笔下的'一池浓墨沉砚底，万木长毫挺笔端'……你看是不是？"

肖燕用手绢擦擦前额，立在前头轻轻一笑，道是很像！只是水塘还小了点，与郭老师所要表达的大气还相差儿分哩！

徐大海想想也是，夸着肖燕有敏锐的洞察力，他一时感觉到脊背上有汗涔涔的水汽了，便道："前面不远处就是祭雨坛，我们上去歇息一会儿吧。"

肖燕松了长呢衣扣，双手握着领子当纸扇一样扇晃着，道是腿都酸了，不歇不行了。小会儿就到了祭雨坛，坛前很是平坦空旷，微风送来，极为凉爽。她索性脱下长呢外套，搁在方石上，紧身毛衫里显露的就是婀娜如水的身段。

"舒服！真的舒服！"肖燕高兴地笑道，一副童心未泯的样儿，双手不住地迎风舞动，随着身动，她线条的柔美感也在奇特地变幻着，妙不可言！徐大海瞧着她暖色的毛衫和白润的脖子，忍不住感叹道："好美！可惜我不会画像。"

肖燕仰头大笑。突然仰头"哇塞"一声，原来前面右侧正立着块十来米高的巨石，她又道："瞧瞧去，好雄壮！"

"那石头以前叫作飞人石，只因石头上留下了一双鞋印，有人猜测这是外星人留下的。"徐大海捡着老人的话介绍道，"后来祭雨坛建成，头年正逢上大旱，有天，附近百姓在坛前跪拜求雨，突然雷电大作，一个惊天霹雳从石头上擦身而过，接着就是倾盆大雨，人们吓得惊魂不定，石头就被雷电削成两块，中间还留下了刀一样的裂缝。从此，就叫雷打石。后人还在上面刻上了'神恩浩大'。"

近前一瞧，果然有刀劈般的裂缝，两只鞋印也分外清晰，绝非人工所为，肖燕止不住惊叹一声，说道："奇迹！真是奇迹。"

徐大海双手合抱胸前，他指着两旁对联道："天上雷公如此威猛，人间鼠贼岂敢猖獗？写得很有神韵啊！"

下山时，徐大海仔细打量着两旁的岔道，终于在不远的右翼，他瞄见了那晚仓皇走过的小径，当时，他还折断了几根野黄柏枝头，现在瞧得见正枯黄地悬挂在杂丛上，他顺着那条小径一边缓缓地走着，一边毫不保留地向肖燕详述了金蟾伏虎之事。肖燕感谢他的无限信任，又啧啧不断地道："好人自有好报！你千万要不惜一切保住它。"

洞口依然是那个洞口，徐大海怕弄脏她衣服，就劝着打道回府。肖燕道："这里面的溶洞今后必定会成为摇钱树，以后我一定要进去看看。"

回家肖燕又与徐剑、徐琴聊了很多，最后她竟然擦着眼角朝徐剑道："你一定要发奋读书！为徐家，也为你自己……阿姨还会来看你。"

徐剑喉里带些湿锣音，哦哦地应个不停。在上学路上，他都一直回想着这几年肖阿姨给他留下的那些美好记忆。

翌日早上，肖燕阔别了这间草房，她坚决不让徐家人送去码头，她怕码头边会感染自己的情绪。在静静地离开那一阵，她回了很多次头，也挥了很多次手，徐大海和徐琴一直伫立在门口，直至她的身影消失在拐弯处尽头……

很快过了几月，初秋乍到那几天，天天彤云密布，阴雨霏霏。一切繁重的农活，在这种气候里都姑且被搁置下来。随处毛棚里偶尔要挤些无聊的庄稼汉。徐大海提着个灰萝卜往石嫂屋里去了。灰萝卜是公社分配下来的，每个队委会成员两个，据黄平介绍道这灰萝卜营养价值挺高，淀粉含量高于普通萝卜两倍，今年四队社员的杂粮种植都被该死的蓖麻害惨了，红薯、高粱、马铃薯、玉米……少了许多面积。他清楚石嫂和大毛也该补补肠胃了。

"海爹，明日开始我就去河里弄鱼。"大毛说话时，正把一个木盆与一只较大的橡胶圈组装在一块，这学期他没上初中了，每逢周末总要来找上徐剑闲聊一番。

徐大海透过窗户瞅见了石嫂，却故意大声道："大毛，你娘呢？"

石嫂就在里间大声应道："进屋坐坐，在哩！"

大毛过来道："海爹，那木头在洞里睡得安安稳稳，今日我还瞧过。"

徐大海越发喜欢上这个孩子了，竖指嘘了一声："你告诉哪些人了？"

大毛摇摇头，指着里间道："连我娘都没告诉一声。"

徐大海进去把灰萝卜的食用价值介绍完就放下道："这个季度我帮你多记了二十个工分，实在跟不上口粮的话，就去弄些苦槠果补充补充。"

石嫂幽怨的眼神里突然就有了亮光："队长咋会同意？"

徐大海今日不愿久留，边出门边道："我帮他多记了三十个工分，他当然同意，这话可就不能出去乱讲。"

石嫂追出来问："今日咋不抽水烟筒？"

徐大海没有回头，只道："今日喝水喝得太多，就怕打嗝。"

大毛憨笑着答道："海爹，我明白你为啥喝那么多水，明日有鱼了，你就少喝一点。"

中午时分，徐大海差点吓了一跳，一个乞丐般的野人突然立在他客房门前，若不是那副熟悉而时刻荡漾着才气的眼神和那个如希腊人一般高耸的鼻梁唤回徐大海的记忆，他确实很难辨认这就是金涛。

金涛进来把门掩上了，从他发焦的嘴皮里拱出两个字：兄弟。

徐大海赶忙递上热茶，又叫徐琴来叫过叔叔。

金涛笑道："今日我刚好三十三岁，陪我饮上几口再说。"

徐琴简单地弄了些下酒菜，就过来陪客了。徐大海举杯敬道："今日既为你洗尘，又恭贺你红日高照，从今日起，你又改颜换面了，三十三上消一消，洞庭湖上打飘飘，这是老话。今天一过生日，老弟就会万事大顺。"

两人饮上大口，金涛回敬道："难得有你这样的兄弟，感谢！这几年改造也并未白白受罪，思想上的飞跃已经传递到我的画笔上，内心的感悟只可意会，难以言传。"

徐大海油然而生敬意，详述了几年过来的诸多琐事，再道："这面是长寿面，今日你得粗鲁点，全部吃光，兄弟对改造还能有这样豁达的心态，必然会要闯出大业。"

金涛谢过夸奖，又道："这次要不是当地几名大队干部帮我出面说话，不知还要扛多久，有时候觉得，人生就像一场聚散无常的戏剧，说不准，很难说准呀……"

对饮差不多了，二人都已红光满面，徐大海叫他去里间洗个澡，换掉衣服。金涛依言跟着去了，徐家别的不算好，洗浴间却是摆着个大浴盆，徐大海帮他往盆里倒入好几桶热水，金涛简直无法抗拒这热水的诱惑，急迫地脱掉脏衣脏裤，疾速地浸泡到盆里。啊！金涛瘫软着身子感叹了，他闭上眼睛，微张着嘴唇，双手极轻极缓地搓洗着身体，似乎怕热水会溅落盆外似的，他从容地不断往肩上、脸上撩泼着温水。整整二年了，他的身子还第一次这么极端快乐地享受着，他快乐得想放歌，想欢叫……他贴着桶壁喘息一阵，舒开四肢，身上有了一种奇特的感觉，宛如羽毛在空中飘浮……

徐大海从门缝外伸进一只手，把最好的一件长呢衣递了进去。

金涛在里间又刮掉胡须，出来时，显得风流倜傥了，一件花格衬衫上套着蓝棉马夹，外披一件长呢衣，煞有派头！

徐大海笑道："头发向后面再反梳一下，就像上海滩的绅士了，三分长相，七分衣装呀！"

金涛哈哈笑道，做上海滩绅士还得兄弟打发皮鞋，徐大海就道皮鞋没有布鞋倒有。再道："现在我是智力投资，你得加班加点，帮我弄堆草稿纸来，算是学徒练习。"

金涛突又忧叹一声："这几年老婆带着孩子躲到新疆的远亲那边去了，好坏都不清楚，我在县城借了单车，想去看看我娘。"说完便辞行出来，金涛在外边单车上按了按铃子，却不响，他便说笑道，"看来这个松鹤牌单车，除了铃子不响，其他部位乱响。"

徐大海就道一同去瞧瞧老母亲，反正路程并不很远。金涛高兴不已，连说上来吧。

不多时就到了，一个叫梅山的乡下，金涛停好车，不急于进去，在房子四周观察了半晌，茅屋仍是茅屋，稻草长期在日晒雨露下泛出枯腐的黑褐，檐下还乱七八糟地吊着些随时都极有可能掉落的稻草条，墙壁上的坑坑洼洼正是蜘蛛、蝉雀、蜂虫喜爱的栖居之所。

"娘！"金涛兴高采烈地唤了一声，他不愿让老人看到他的落魄和伤感，他自信身上这装束会给她带来惊喜，金涛的母亲听到声音出来了，她不知外面是什么人叫嚷，这几年过来，她头发全白了，听觉功能也差了甚多。

"娘！"金涛终于看见母亲站在门槛边，他母亲一手撑着门框，讷讷地问："同志，找哪位？"

金涛在六七米远的地方笑道："娘！我是金涛呀！您看不清了？"

"啊？"她跨出门，伸直脑袋看了良久，这才呜呜地哭颤着身子扑过来了，"呜呜……金涛……真是金涛……呜呜……"

金涛点头说我正是金涛，你儿子哩，说着时，他抱着母亲进屋去，金涛感觉身上这团身子就像劳改林场里一根七十斤左右的枯木。

"哭啥呢？儿子回来你应该高兴呀。"金涛放下她说。

金涛母亲不哭了，用尖黄的指头在儿子脸上、肩上、胸背各处抠了抠，抠了又摸，摸了又抠，突然，她又呜呜哭了……

金涛用衣袖擦擦她的眼泪，哽咽道："娘，怎么又哭了？"

金涛母亲生怕弄脏儿子的呢衣，不让他擦，哭道："刚才我发现你的身子骨还那么结实，太高兴，就又哭了。"

徐大海泪如泉下，过去叫过婶娘，又着实在茅屋里聊了老一阵，这才与金涛母亲打过招呼，闲散着步子回天水去了。

到家听得徐琴道："爹，肖阿姨一走，屋里像缺了啥，心里慌着哩！"

徐大海嚼着"聚散无常"那几个字眼，一时还真有这份感觉了，便含糊道："是啊！"

第九章　步履维艰

毛主席教导我们有些同志，做了一点成绩生怕别人不知道，时而在同志面前表功，就像半桶水淌得很，我希望才德同志能更上一个台阶。

这个月，天水大队办起了石灰厂，武一守的儿子武卫担任了厂长。有人说，武卫本可以招工为煤炭工人，解决城镇户口的，但武书记只有这么一个儿子，总怕地下煤窑里会出个啥闪失，就留住儿子在天水发展。

石灰厂是大队领导根据几个湖北匠师的思路着手打造的，包括厂部及窑场、料石场的选址等，武卫同志虽是知识化、年轻化，但还远远算不上专业化。按皮爷的话头说，武卫人不错，可惜还嫩了点，我建议从大队革委会的同志里抽调专人去协助协助。武书记当即拍板：民兵营长皮才德同志去兼任石灰厂财务会计，第四生产队队长黄平同志去兼任出纳。

厂子一开工，力气、汗水就能变钱了。凿石放炮的、挑担上窑的、转运煤灰的、出窑卸货的、装船卸船的……其实天水还没有外通公路，仅有一条三米见宽不足一公里的人力板车道，板车道将石灰厂与河边码头连成一线，众多挑脚工的喘气声和叽叽咕咕的板车声，就在这路上绵延不断地响着。

烟尘和灰雾也时常弥漫在路旁的空气中，但所有卖力工谁都顾不上这些烟雾和灰尘，只能大口地吸着这些空气。因为只有这样，他们才能把力气提上来。渐渐地生意红火起来，码头的扩整美化也就应运而生，武书记、皮爷及张副书记在码头边逛了一圈，武书记当众道："干得好，干得不错，这是我们进出物资的港口，好比天水人们的咽喉。"

皮爷附和道："人有多大胆，地有多大产，天水要搞活，码头必须配。"

张副书记颔首笑笑，不多言什么。

腊月的一个周末，徐剑跟着姐姐和父亲做挑脚工去了，连续两个月来，徐琴总是天刚微亮就去了厂部，重量不断从每担八十斤，一百斤到一百二十斤……这样累加上去了，她的肩胛上已经有了厚厚的一层茧，徐琴今日不准徐剑上窑，她道："窑上到地上的这根木桥一晃一晃的，你力没稳，一不小心就会摔下来，这么高，挺险的。"

徐剑却道："我已经十三了，个个都说窑货划算一些，我一定要试试。"

从窑上挑货下来，有点儿艰辛，每百斤八分钱，自然要比平地上力资高点儿价格，徐大海也不同意儿子刚开始就上窑，道是我和你姐把窑上货过秤后，你就小担小担地挑到码头去，先练肩胛皮再练腰劲和腿劲，力稳了就不怕，徐剑这才哦哦着依了。

徐琴在石灰窑上挑着块灰小心翼翼地走着，可每担一过秤，竟不下一百二十斤。徐大海的筻箕格外宽大些，窑工说他的筻箕是强盗筻箕，徐大海便笑答："懒汉挑重担，其实我比人家少了几个回合，每担也没超过二百斤。"

徐剑明白父亲并未比人家少走几个回合，仅仅搪塞别人而已。他按父亲的意思，起先挑了八十斤左右，走一程，感觉还消受得住，只是肩胛皮被扁担压得阵阵发胀，走到半途，他感觉透不过气来，便靠着树旁歇息下来。

皮柏不知从哪里拱出来了，他提着个小桶见着徐剑便道："你也担灰？见鬼！"稍后，他拾着徐剑的扁担钩往扁担上很有节奏地敲了敲，皮柏模仿敲鼓时，眼睛微闭着，口里不住地哼着唱腔："哆咪咪啦嗦咪嗦，哆咪咪咪咪啦……"

"皮柏，你提着桶子干啥？"徐剑问道。

皮柏道："煮蛋呀。"说着他从裤袋里掏出两个生鸡蛋，再从筬箕里取出两团小块灰，原来桶里已备着些水，瞬间就听得桶内噼噼啪啪地响着，烫人的热气扑面而来。

"哈哈，熟了！"皮柏一边笑道，一边倒出桶内的散石灰，给上一个熟蛋，"豆子放到里面爆几下就熟了。"皮柏很得意。

徐剑吃得太快，嘴皮烫了一下，他就用舌头将嘴皮舔了一圈，忍不住又拍拍皮柏肩膀道："谢谢！好香啊！"

离码头还有百余米，刚才歇了那么一阵，还补充了一个鸡蛋，可力气仍没增加什么，徐剑感觉肩上压着一块烙铁似的，他急吐着粗气坚挺着，近了，近了……越来越近了，他非常后悔没有少挑一点重量，离目的地相差约许四十米时，徐剑实在不行了，将担子一股脑儿甩下了，有几块小块灰从筬箕里滚溅，他瘫坐一会儿，伸长着脖子，像长颈鹅一般喘着气。

武卫从大货船上下来，见着就道："徐大海的少爷为啥像堆牛屎一样！告诉你，小子，掉在地上的团团块块，你不捡到筬箕里就会扣重少钱的，明白吗？"

徐剑早就认识武卫，虽然年龄只相差七八岁，但在体魄和面相上对比就好似叔侄的辈分，当然徐剑心中有谱，便道："武厂长，你不要把我爹的名字当歌唱，平时你背书包的时候总是海叔海叔的，我体力不行，脑力还是跟得上。"

武卫轻咳一声，样子并不恶毒，又道："你还不是吃菜的虫，长了屌毛再出来。"

徐剑立身的时候，见着大毛肩上背着根长绳出现了，长绳拉着叽里咕噜的单盘轱辘车，石嫂就在后面把持着方向。大毛虽然还不到十四岁，但他身上黝黑的肌肉足以显示出青春期的朝气了，个头也高出了徐剑大半个脑袋，他倾斜着身子到了徐剑跟前，咧开大嘴笑了笑，并不说什么，徐剑印象中大毛一直是这么个形象，不爱笑，笑的时候憨憨的，又带些凝重，他越发感觉俩人心底里有了那么一份相互关照之情。大毛见他歇息在那，就过来道："老弟，我来帮你一把。"徐剑今日却很顾体面，只道："不用不用，我吃得消哩，老兄忙你的吧。"大毛犹豫着，就罢了。

轱辘架子上放着个破箩筐，两百来斤块灰就放在筐里，石嫂在码头边选下地盘才把货物卸了，她回转见上仍在蹲着的徐剑就道："光靠几个死力是不行的，待会儿告诉你爹，就说大毛屋里还留个轱辘车，叫他拿着用去就是。"

徐剑站起谢过，道是婶婶真好，稍后又思量，为啥她在窑旁不亲自告诉我爹呢？徐剑挣扎着把余下的路程走完，在码头的一个角落边倒放了货物，汗水早已透背，他觉得口干喉焦了，双手便捧喝了几口河水，这才满身困乏地向石灰窑那边走去。

窑下空坪前已堆放着很多个小山包，其中最大的要数爹爹和姐姐堆放的那个，徐剑疲劳地走至跟前，几乎不敢相信自己的眼睛，问道："姐姐，多重了？"

徐琴并不责怪徐剑迟缓，只道："二千来斤吧。"

徐大海过来朝儿子道："还愣着干啥，这么好的机会不抓紧干，要一个礼拜才能挑上一回。"说着，他从袋里掏出个黑高粱面馍给徐剑，道是先填肚，下午再回去吃饭。

晚上，徐大海饥肠辘辘地扒下几碗米饭，眉开眼笑道："今日拼出了六块五角，除去队上扣留二成，还余五块二角，明日带你们去王裁缝那里做套衣服。"

徐琴提上建议："徐剑正长身体，衣服适宜稍微大点儿。"

徐剑摸着发疼的肩皮道："爹爹，你去石婶那儿，借辆轱辘盘车子来，下礼拜我去拉绳呀！"

徐大海这会儿换了口气说："我现在就瞧瞧去。"说着果然就去了。

徐大海刚把轱辘车拿回来，他突然就产生了把茶叶当人情送给武卫的念头。再说武书记正在台上坐着头把交椅，兴许这嫩尖头茶在武家老少口里嚼着的时候，能留下些美好的回忆。昨晚他试着尝了一杯，好香好脆，嗓眼门儿都似乎润滑了。相信无论是老书记黑得发斑的老齿，还是武卫黄得发亮的黄齿，都会要细细体验着那咝咝的响声……

到那正见武一守在包制着一个个炸药小笼包，炸药和雷管无疑来自石灰厂，难怪这几天河面上总是响起隆隆的炸鱼声。

"书记，这嫩尖头茶你拿着享用享用。"徐大海春风满面地凑过去道。

武一守微笑着瞧上一眼，也不谦让，问道："大海同志，哪来的嫩尖呀？"他正把一根四厘米长的导火索插入小笼包的雷管上。

徐大海沉吟小会儿便道："县城里朋友寄来的……书记，我的天！导火索这么短，点燃就得扔开才行啊。"

武一守煞有介事地介绍着经验："导火索长了，鱼儿跑得无影无踪这里才响，岂不浪费成本？点燃后成一个弧形丢过去，在空中耽搁两秒，再接触水面一秒就响，这才是最佳手法，五米之内牛大的鱼也休想留下活口。"

徐大海递上丰收牌香烟，恭维道："绿豆大的胆，就千万莫痴想这桩买卖，富贵险中求啊。"

武一守听着熨帖，继续传授着绝密："要是炸药刚到水面就响也不行，要么就是空天炮，要么就把鱼群炸沉到河底去了。只有炸药下沉一秒，差不多吃水一米再响，炸死炸伤的就全要浮出水面。有次在雷打石正对面的一个河洲上，他妈的，三百来斤草鱼全沉了。我差不多在水底下潜了四十多次猛子才算捞了大部分，幸亏洲滩并不深。"

徐大海的眼睛瞪得像牛眼珠一样，笑道："有时河中空天炮一响，我的草棚子险些要倒塌，像原子弹一样。书记，您在现场经受得住？"

武一守若无其事地笑笑，沉吟一会儿才道："大海同志，其实皮爷性子还算耿直，当然……不能说他没有缺点，但总体还是好的。"

徐大海赔上笑意，忙道："我没说皮爷啥长短呀？"

武一守脸色阴沉下来，嘴皮上并不冷淡："你对人家还是有些成见的，明眼人还是看得清楚，他是大会计，你是小会计，应当心灵相通，你孩子今后还得政审，何必呢？"

徐大海猜定黄平嘴上甩过什么，偏又平和道："我对皮爷是不带任何观点和意见，理应是他对我另眼相看……这也理解，富农分子嘛。"

武一守严肃起来，说道："实不相瞒，有人硬说你屋里藏了个墩头虎脑的啥怪物。警告你一句，提起四两，放落千斤，总莫露出把柄。那日我其实是网开一面，你自己琢磨去。"

提起四两放落千斤，是能重能轻之意。徐大海听得出权势的震撼力，并感觉到他大有言过其实之意。金涛都平反昭雪了，就不信黑白颠倒永无休止。但他还是不敢表露声色，只道："书记的关心帮助我徐某永生记得，现在我这所谓的富农榨得只有一副空壳了，还望书记多多关照！"说完就像江湖义士一般抱拳作拱。当他辞行出来的时候，只听得武一守在里间抛来一句："慢走。"算是武家最大的礼仪。

翌日，徐大海去石灰厂又卖着力气了。武卫端着专用茶杯过来，笑吟着道："那茶确实挺好！"

徐大海听着舒畅，又想着肖燕的实心实意了，就道："头等嫩尖，理应不会砸牙。明年开春，我再给厂长弄些来。"

武卫春风满面，嘀啰嘀啰地饮一大口，又道："窑上窑下都是重力活，采石场上的绞车工我正想换人，你要是乐意接管，我打个招呼就是。"

徐大海满心欢喜，想着徐琴委实够苦，这样一来，他们父女间就可轮流替换歇息一些，再说采石场用不着等班，出勤率自然高多了。于是他就千恩万谢地答应下来。

武卫带他去采石场的绞车旁，对这个极为简陋的机械进行了一番详细的操作介绍。而后又把微驼着腰背的常四唤来道："四叔，你虽然是勤俭储粮的典型模范，但是为了多快好省地建设社会主义，公社企业办不会同意您弯着腰板掌机，您得理解支持一回。"

常四恳求道："我背是弯了点，手脚蛮勤快，当然，我服从厂长的安排，厂长理应不会让扁担把我的腰板压得更弯吧？"

武卫的嘴巴准是受过嫩尖头茶的刺激，说话很是利落干脆："四叔确实手脚勤快，抢锤子、凿炮眼准行，再说您弯腰凿孔的时候，就不像人家那样费力费神了。"

常四有口难辩，只道："我这楷模越当越缩了，看来还得向您老爷子多汇报一下贫下中农的思想。"

武卫拍拍杯底，掏出茶叶细细嚼着，道是尽管汇报去吧，机房钥匙还是交出为好。

徐大海接过钥匙，不好意思地朝常四说："老弟，别怪罪老兄，真不是我要抢你生意，这是厂部的安排。"

常四平淡地道："不怪你不怪你，提醒一句，小心点！"

下午徐大海试着开了好一阵，感觉还算顺手，只是锭轮上的钢索很易跳槽，需偶尔停机撬正，于他而言，这不算难事，相信徐琴操作更会灵泛些。正这样悠然地想着，厂部前面就响着隆隆的鞭炮声了。放眼一瞧，众人正簇拥着皮才德雄赳赳气昂昂地向厂部这边迈进了。胸戴大红花的皮才德跟在张唯民和武一守后面。徐大海近前才发现厅子里已经摆放着一台罩了红布的新式小机器。还在纳闷间，就听得武一守朝众多工人介绍道："皮才德同志一直忠于党，忠于毛主席，他写给县委领导的书信已引起上级高度重视，所以啊，我们石灰厂作为天水大队的核心工业区，一定要珍惜爱护好毛主席头像。这台新式搅浆机是县委政府专门奖给皮才德个人的，但，皮才德热爱组织，热爱集体，说利不可独享、谋不可众议。这台搅浆机就捐送给厂里，我们大家都可用它将红薯、豆子搅出淀粉、豆浆……蛋……什么质？"

"蛋白质。"皮才德搭腔了。

武一守随即道："才德同志既要珍惜这次荣誉和奖励，又要戒骄戒躁。毛主席教导我们有些同志，做了一点成绩生怕别人不知道，时而在同志面前表功，就像半桶水淌得很，我希望才德同志能更上一个台阶。"

皮才德一个劲儿地点头道谢，脸上就像一朵绚烂的花朵。

这会儿，常四瞅机把旱烟送到武一守的嘴边去了，嘀咕了好半响，徐大海便明白常四有啥动机了。

武一守粗粗地吸上几口，烟雾几乎遮住了他那方形大脸，半响就听得武一守在洪声道："万一炮眼你吃不消，就去林场守林吧！"

常四得意忘形地谢过，眯眯笑着，他驼背就显得更加弯了。

徐大海见着高兴，想着老书记表态还算周到，既尊重了儿子决策，又帮常四打了圆场。看来，芽尖嫩茶果真还有点儿作用。

不多时，黄平在办公室门前向这边张望，徐大海正有点儿口渴，便过去道："黄领导弄杯热茶喝喝。"

黄平在桌间提着杯子沏了热水来，今日俩人都格外客气，握着手掌还相互摩抚了小阵，俩人手上那层双茧都挺硬朗，似乎在摩抚中都体验到了生活的艰辛。

徐大海喝下一口，感觉是人家喝过的余茶，难怪刚才并未见黄平添加什么茶叶，便道："队长你别坑我啊，人家喝过的。"

黄平正经道："水烟筒的烟嘴一个接一个地抽下去，没出人命吧？"

徐大海笑道："服了你！严监生的关门弟子……"

黄平佯作生气状："你才是严监生弟子哩，提醒你，不要以为绞车是个轻松活，出不得半点闪失，好多人都在绞车边穿来穿去。"

徐大海默然点头，心却无缘无故紧缩了一瞬。

第十章 天地昏暗

　　徐大海突然转入一片庄稼地，找了一个四处看不见人的地
方，抱头痛哭起来！旷野悄无声息地聆听着他的哭泣……

　　晚上，徐大海在饭桌上说起了揽下绞车活的消息，道是机会
来了。徐琴自然跟着高兴，道是明日就去试机，家里轮番着就可
天天赚钱了。徐大海叮嘱着千万得格外细心，不可粗心大意。徐
琴点头应过。

　　往后，徐琴就很会安排时间，生产队的工分活和石灰厂的工
钱活她都安排得有条不紊。有时她为了做到两不误，就和父亲计
商着轮番换人。徐大海不得不折服女儿了，常道大算由命小算由
人正是如此。

　　徐琴虽然在艰辛的劳动中磨砺，而身材相貌却越发俊俏了。
现在，她那苗条丰满的身体更给人一种健康的美感。她牙齿刷得
雪白，内衣经常换洗得干干净净。一身灰土之中，散发出芬芳的
香皂味。太阳暴晒时，她会用块粗湿巾扣在一顶凉帽下，所以至
今她脸色看不出半点黝黑。开着绞车时，徐琴会戴上一双白手套，
麻利地掌控着开关。工资每天虽然只有六角，队上每天还需扣去
二成，但她并不嫌少，甚至生怕失去这份工作。因这工种出勤率

很高，她和父亲几乎就能天天不会闲置。偶尔厂里有单身男人老爱蹲守在徐琴旁边闲聊，其实是在窥视她的动作与体貌美。徐琴常爱绽开一点微笑，让人心底无不赞许……

有天上午，天色格外灰沉。黄平不知从哪里领来大袋黑纱袖章，他朝徐大海极为忧郁哀沉地道："毛主席他老人家过世了……就在昨日，0时10分……"

徐大海顷刻明白黑纱袖章是上面发放下来的，便道："毛主席一死，只怕地球都要抖三抖，队上是否要组织一次集体悼念活动？"

黄平道："你迅速发讯，统一在晒谷场集合，我来布置设施。"

徐大海应声去了，先用铁铃急骤地在各处敲了数十遍。这铃声就像学校的上课铃声一样，不用多问，上午敲铃就意味着男女老少都得快速赶往晒谷场。队里好久没听到过上午铃声了。常四便在路上人流中玩笑道："铃子敲得这么紧，是不是又要躲日本鬼子了？"

大家一到，立马明白了。

大坪前方已用松枝、竹条围着一张很大的毛主席画像，中间做了祭台，旁边还有人别出心裁地用青松做了拱形门道，拱门及画像四周配上了纸白花。

黄平见人员基本齐全了，便逐个发放袖章。并在台前声泪俱下地说了几句，他的话很有感染力："同志们，毛主席老人家离我们而去了。我们在大海航行的时候就失去了舵手，这艘社会主义大船最终会驶向何方啊？今天，我们四队的全体社员怀着无比悲痛的心情给他老人家叩拜送行，让毛主席的思想光芒永远指引我们前进！"言毕，黄平便领头叩拜起来。

人群里显得肃穆哀沉。有人拭起了眼角边的泪水，还有些许抽噎，如同失去了亲人一般。接下，大家鱼贯而行，都穿过拱门在毛主席的画像前虔诚叩拜。

石嫂的拜式引人注目，很是投入。她先是立着号叫几声，跪下叩拜时，双手触着额头，大幅度地同时击叩在拜包上。单数她用手背触着额头，双数就用手心触着额头，连拜了六七下。

常四瞧见就道："革命的好秀花！拜相比庵堂里尼姑还要拜得正规。"

大家都在哀沉，谁也不敢发笑，黄平就以队长身份批评了常四："石嫂是真正的贫下中农根子，翻身不忘本，对毛主席的忠诚是从内心里迸发出来的，不像个别人乱讲怪话。"

常四也不多言，唯恐再扰乱这别开生面的庄严场面。

大家正在哀沉间，突听得武卫惊慌失措地叫道："不得……了，徐琴出大事了……"

徐大海还在愣怔间，就听得武卫气喘吁吁道："不得……了，徐琴出大事了……"

徐大海身子如触电一般，极度惊栗过后便无声地涌出了泪水。

上午10点许，石灰厂突然停电，绞车辘盘上的钢缆跳槽了，徐琴万万没有想到，就在她矫正钢缆的这一片刻突然来电了，一瞬间，她二分之一的右手掌就活生生地被钢缆碾削掉了。目前，厂部已安排人员将伤者送去了区人民医院。

事情发生半个钟头后，武卫才找上徐大海："海叔，我起先是一片好心，想把这份稍轻的工种留给您和徐琴，想……不到竟毁了徐琴，以后她右手没有了，握不了锄头、筷子……"武卫尾随着徐大海登上货运轮渡时异常沉重地说。

徐大海泪如泉涌，想着徐琴十三岁辍学就没有轻松过上一天。眼看着十七岁的女儿越发成熟俊俏了，他心里高兴。这高兴劲儿他不跟任何人说，他做父亲的暗暗藏在心底。想不到，做梦都没有想到她在这节骨眼上竟要遭上一场凶祸，没有右手她怎能活下去？命？难道这就是命？一个无情残酷的命！

在医院门口，武卫紧握徐大海手掌的时候，一个装着一百二十元人民币的小塑料袋也被塞进了徐大海掌心里，武卫再次歉疚地叫了声海叔，还道："伤后营养费厂里会重点考虑。"

徐大海点点头，擦尽泪痕，进入病室里去看徐琴了。

徐琴斜躺在床栏上，断掌已缠满了白纱。她热乎乎地叫了声爹爹，脸色一派惨淡。失血过多和剧烈疼痛是不言而喻的。

徐大海心如刀绞，嗯着点了点头。他竭力不让泪水涌现。轻抚着徐琴断掌上那包扎得很厚的白纱，徐大海手掌在颤抖，想着过几天这白纱缠布一掀，再也见不到那五个可爱活泼的指头了，针刺般的尖痛再次袭击着他的神经。缓缓挨着女儿坐下时，他颤着声音本想问女儿是不是痛得厉害，话到嘴边却蜕变为斥责："开关没有关掉就去操作，你脑壳进水了？"

徐琴沉默间掠过一丝泪光，她咬着薄薄的下唇，抑或在懊悔自己的粗心大意，抑或正在痛楚中煎熬，抑或是在父亲的斥责中感到委屈……

武卫拿着三四个热面馍进来道："徐琴，趁热吃下吧。"

徐琴摇摇头，道是没半点胃口。

徐大海鼻腔和眼睛里涌动着一股热酸味，他粗声道："人家怕你挨饿，一片真心实意，你咋就这样？"

徐琴嗫嚅道："爹您吃下吧，您早点回去，我大后天就回来，别为我操心难过……"

徐大海背转过去，双手握着生锈的窗棂钢管，一任泪水扑簌而下，他再也抑制不住内心的酸涩。病房外面的红枫正随风飘逸着枯叶，透过红枫的枝叶，他看见了破碎的蓝天，乱针般飞散的阳光，以及一朵朵被撕碎的铅云……轻风吹拂着树枝，像千万双小手在飞扬。偶尔间传来几丝哔叫……一切在徐大海布满泪水的眼里，天地和他的情绪融合成一片同样的昏暗。

武卫安慰徐琴一番，打了招呼出去了。

徐大海擤着鼻涕涂在窗台上，又用衣袖擦干了眼睛和脸颊，这才回身把面馍分了。他嘴里叼上一个，手里握着一个，把余下的两个给了徐琴。他暖言道："听话吧，就算是逼也要趁热逼进肚子里。"

徐琴喉管颤栗不已，刚才分明受了父亲的感染，她啃一小口，声音沙沙的："爹您真不要为我操心，回去吧。猪栏里还没放上猪食哩。我能走能动，完全能照顾好自己。"

这时，医生进来道："费用你们不用考虑，武厂长叮嘱过了，伤好了再回去，伙食你们也不用担心，医务人员会送的。"

徐大海心里稍稍好受些，想着武卫为人还算可以，大是大非前并不推诿。他摸摸那个装钱的小塑料袋，待医生走后就将钱的事告诉了徐琴，也想让她心情宽松些。

徐琴嚼着小半个面馍，喝一口水，才将食物润滑下去。她惨白的脸庞突然呈现出异样的亮色，窘了片刻，徐琴终于鼓足勇气道："爹，武卫这个人原来一向带有个人目的，但，现在他还能这样，我确实有点欠他人情似的。"

徐大海恍然大悟，难怪武卫近来越发谦恭客气了，便问："他向你实心实意表达过？"

徐琴嗯着点了点头，她低沉道："他暗下写过信……不过我历来觉得这是不可能的事情。"

徐大海再又伤感了，把女儿嫁给武卫未尝不是件好事。可如今徐琴已成严重肢残，人家可是厂长，再说老书记就他这么一根顶梁柱，岂会娶上一个断去五指而又是富农成分的农村残疾呢？他像要自言自语道："命！这是命啊！"

徐琴再次催道："你早些回去，别想那么多。"

徐大海给她留下二十块钱，叫她买身漂亮的衣服，这才眼泪汪汪地出了院门。他并不清楚自己的眼里已噙满了泪水。他沉重地走着，无声的哽咽不时涌上喉咙。他记起，六年前老婆入了坟墓后，他就是怀着这样痛苦的心情，从县城坐车至区公所前面的车站，再从现在的这条路往家里赶。他手里牵着徐剑，口里还要叮嘱徐琴尽量走在马路的最右边，那时马路上的车子虽然寥寥无几，但他作为一名父亲总爱唠叨着……

快到渡船码头时，徐大海突然转入一片庄稼地，找了一个四处看不见人的地方，抱头痛哭起来！旷野悄无声息地聆听着他的哭泣……

落日的余晖，均匀地给旷野涂抹了一层温暖的橘红。有群灰黑的乌鸦用"嘎嘎"声划破天空的沉寂，不远处的西江河畔传来水牛冗长而浑厚的哞叫……

良久，徐大海才从庄稼地上爬起来，他拍打掉身上的灰尘，又擦去泪痕，然后没精打采地卷起一支旱烟，他脸色灰暗，就像刚刚发生过一场大病。直至太阳全部落山，他才疲惫地向码头边踱去。

不出几日，徐琴回来了，她身上仍是那件旧蓝格花布衫，只是头发像刚刚剪过，那二十元钱她是不会轻易乱花的。想不到张铜也跟在她身后，还帮着提上了一个沉甸甸的东西。徐大海见徐琴右手上只余下二分之一的拇指和半个方形手掌了，不忍她再次伤心绝望，就劝道："天无绝人之路，一株草总有露水来养。"

徐琴露出洁白的牙齿，笑道："爹，我不会消沉下去的。这把铡刀……"她指着张铜放下的那个布袋说，"我买上这个，剁猪草就不需握刀了。"

徐大海瞧着女儿脸庞上像上了釉的白瓷，黑油油的短发优美地弯曲在腮边，使那俏丽的下巴显得愈加叫人心疼。在如此患难之际，她居然还在想着家务，他就痛心道："好妹子，你心情宽松点，家务少干点，有爹哩！"

徐琴清澈动人的眼睛上面那长长的睫毛在忽闪忽闪着，小会儿就见着她眼角湿了。显然她被父亲那声"好妹子"所感染，她用左手指尖在眼角抹了抹，低声道："您保重自己吧，我自有打算。"

张铜立身在门口铁扣边用左手在上面比画着，右拇指和中指就在左手弓着的空间里晃动起来，然后又哦哦地朝石灰厂那边指手画脚，徐大海和徐琴一时找不到纸笔，却弄不明白他啥意思。张铜就用右手臂在梯子上缓缓地上去，像绞车一样，徐琴忍俊不禁地笑道："哦！想起了，意思是要我们把机房里的钥匙给他，他要开绞车。"张铜傻傻地笑了，指指徐琴又指指自己，示意着要去代班。徐大海想着此事还得与张唯民计商，便摇头不许，张铜喉管里很是难过地呜呜着，又跷着拇指在头脑上，徐琴明白他头脑其实挺机灵，便道："爹，给他吧，没事的。"

张铜又是长串的笑声，稍后就耐心地等着徐大海把钥匙给了他，这才高兴地走了。

周末，徐剑几乎是飞跑回去的，大前天，常梅就悄悄地把徐琴的意外告诉了他，那日继父常四去区里参加民兵培训会，顺便来看她的时候竟然漏话了。路上徐剑跑着时，眼前总要晃动着姐姐的面容、身躯和很多细小的动作。他感觉生活无法让自己平静下来。

常梅气喘吁吁地追着时，后面就在无形间冒出些议论。最先发言者正是皮柏，其他声音就是本班和外班的同学七拼八凑而成。

"你们瞧，这一追一赶，像两公婆似的……啥名堂？"

"正是！徐剑是偷了她啥东西吧？"

"嗨！哪有这么厚脸皮的？……红漆马桶。"

常梅听着"红漆马桶"便稍稍停顿一下，她明白人家说她漂亮却很粗俗，她本想回头解释、反驳直至谩骂，却见到徐剑那样神经质地乱跑，又拼命跟了上去，此时此刻她非常懊悔自己的失言。这几日在教室里，她见着徐剑老是哀愁就不由得愧疚了。

很快，路上的议论和人影便远远地消失在他们后面。

"徐剑，求你停一下。"常梅倚着路旁一棵树干，疾呼一声。

徐剑听到了，回头瞧她一眼，约许十米之遥却见到她脸色煞白，满额汗水。"我说一句你再跑吧。"常梅喘着粗气招了招手。

徐剑还不知刚才发生了什么，近前几步道："啥事？讲吧。"

常梅缓了缓神才道："我为我透露你姐的事故感到愧疚，所以才追你，希望你能冷静，但是就因追你，你应感到愧疚，扯平吧！"

徐剑不解地望着她，听她说完就道："你不要愧疚，就在这里等着他们过来讨个说法吧，我得先走。"

常梅觉得必须讨个说法，就在树下等着那几张臭嘴了。

徐剑到家里的时候，全身已经湿透，他把姐姐的半个手掌贴紧自己的脸颊，可什么话都说不出来，只有眼泪在无声地淅沥着……

徐琴用另一只衣袖擦擦眼睛，突然大声道："赶紧去把水缸担满，快点！"徐剑嘴上应着，心里却在翻江倒海了！

第十一章 救人一命

还是毛主席说得好，我们希望外援，但不等待外援。

有天晚上，徐大海走到张唯民檐下时，就听到里间很大的喧哗声，他便在窗前细细听了听，只听得常四有鼻子有眼地道："王洪文副主席去拜访朱德老师时，朱德老师拿了一个鸡蛋，要王副主席把它立在桌子上。王副主席实在不知如何是好，灰溜溜地走了。于是他又去问小平同志，小平同志哈哈一笑，猛地把鸡蛋往桌上一磕，鸡蛋立住了。王副主席叫道：'怎么把鸡蛋打破了？'小平同志就正儿八经告诉他这叫不破不立，王副主席大惊失色，赶忙溜了。"

黄平听得入神，也把捡来的故事说出口，就像他自己经历过一样："早几年刚传出打倒小平同志的时候，毛主席在客厅会见了周总理。服务员正要给二位领导削苹果吃，周总理赶忙从服务员手中抢过苹果，又换了梨子让她削。毛主席就说恩来你呀就担心我向小平开刀，是不是？周总理轻轻点头，毛主席手一挥，就说工作组会有分寸的，小平同志是个人才嘛，人才难得呀！"

稍后便是张唯民的声音："四人帮的阴谋虽然粉碎了，但你们说话得注意分寸。王洪文原来通过阴谋诡计当了副主席，但现在成了人民的公敌，不知这些故事你们从哪里搜集到了！"

徐大海本是为女儿受伤之事过来私聊的，他感觉有些不便，就悄悄地踮脚去了。

到家小会儿，武卫提着大捆纱线手套串上门来。那一大捆，约有五十来双白亮得叫人心跳不已的崭新手套。

武卫坐下朝徐家父女道："别声张，这几十双手套，你们可拆下来织件线衣。这东西本来要发给职工的，年前我叫大家用旧手套将就一下，千万保密，不能让任何人知道。"

徐大海千恩万谢，还道徐剑身上缺少的就是这个，一定不给武厂长惹上麻烦。当他瞧着武卫的目光投向徐琴时，他就借故出门办点小事，徐大海多想这位厂长能倾心于自己的女儿！当他走在稀稀疏疏的星光下，凉意扑面而来，他打着寒颤，心里却是火一般温暖。月光静静地洒向大地，天水河里泛着银白的波光，一条小溪正淙淙地向河里流淌着山水，音量不低不亢。天水的夜晚原来也这么美妙。

徐大海没事地绕着大半个村庄兜了一圈。他腾身出来只想给家里这对年轻人留下美妙和雅兴。可当他回到屋前时，却见屋里灯光已灭，大门虚掩着，想不到武卫早就离开了这里。徐大海唤醒睡梦中的女儿，轻声问武卫待了多久。徐琴长长地呵欠一声，回道："四五分钟吧。"

"他没说别的什么?"

"嗯……呃，他找上对象了，一位供销社员工……"

"啊?!……那他还送手套干啥?"

"他叫我分批分月打了一百双手套的领据，这几十双就当酬谢。"

"唉！原来……这样……"

徐大海辗转反侧，无法入睡。他脑海里如同一团乱麻，没有头绪……

世事多变，人心难料！

天刚微亮，他就下床洗漱了，徐琴听到响动，便唤着爹爹，问道为啥不多躺一会儿。徐大海说："我得把手套趁早送到石嫂那里去，请她给你弟弟织件线衣……武卫这小子，只是假仁假义，你防着点。"

徐琴道："爹！对他我一直非常平淡。"

徐大海道："那就好。还是毛主席说得好，我们希望外援，但不等待外援。"

徐琴道："爹您今个儿咋啦？您放心去吧。"

徐大海道："妹子，爹要大后天才回，你就照管好自己。"

徐琴道："好啰！为啥要大后天？"

徐大海道："别问，我要帮你赚上一套最漂亮最漂亮的衣服。"

徐琴道："您已经给我留了二张大团结呀，过年的时候我会去花上小半。"

徐大海抹一把眼泪，打足精神颤声笑道："那二十块钱你留着买点儿化妆品。"

徐琴沉寂小许，从被窝里探出脑袋，问道："爹，您……是不是感冒了？笑起来嗓音都变了。"

徐大海没有回她，拉开门闩扎进晨雾里……两滴浓稠的泪珠粘在他眼角边，久久不肯滑下，就像冬天屋檐下的冰滴。两天后，徐大海拖着疲沓的身子回来了，徐琴见他进屋就埋进被窝里，忙问："爹，您脸色很难看，是不是病了？"

徐大海含混道："没病哩，你去试下帆布袋里那件衣服，我是估摸着你个头买下的。"

徐琴从袋里取出那件橙色呢外衣，在胸前大体比画一下，把她可高兴坏了，又凑到父亲床前道："爹真有眼光，好看！我只是心痛钱的事……"

徐大海全身酸痛，像散了架似的。这两天他又卖过一次血，还带石嫂在外面疯过一回，又在今上午半弓着双臂配合石嫂把五十双手套全拆了。路上他感觉自己双腿发颤，但他强忍着，走走歇歇，比往常多花了一倍工夫。他时而摸摸袋里新衣，想着女儿会有怎样的高兴劲儿，他劲头就来了。往常总要挨到年关买点便宜粗布，去王裁缝那儿搪塞一番，而今这件新衣的款式和亮色在天水一带还很少见到哩！

之后很短的一段时间里，徐琴很快就在锻炼中适应了各种挑战。她那半个大拇指的功能可强哩，比如她会在镰刀上固定一个小线圈，半截大拇指套在这个线圈里，方形手掌就可半握刀柄杀着禾苗、稻草了。搓衣洗浆或锄土下种时，她除了发挥左手的主导功能外，还尽可能地将右手虎口得到最大的锻炼，那半根大拇指连着虎口那处小叉越发像铁钳一样有劲了。

一个阴雨绵绵的早上，大毛提着条四五斤的臭鱼来了，想必是炸沉多日的死鱼。徐大海平素也从不白占大毛的劳动成果，买价自然别人的低了些，大毛也要在实在卖不出手的情况下才来找上他心中的海爹。

"海爹，臭鱼不臭味。这条青鱼是肿胀了肚皮才浮出水面的，您好好去熏制一下，会是很好的下饭菜。"大毛咧开嘴唇笑笑。

徐大海点头道："好的，也给你一块钱工资吧。"他说话时装作正掏里袋，眼睛却紧盯着大毛，他这次本想白捞点便宜。

大毛瞅见了屋前枇杷树上还挂着些余果，便立身用竹竿去树上弄了一些。他捡着在衣服上擦擦，很不斯文地吃起来。稍后才过来道："海爹，这一块钱就算了，反正是臭鱼，叫琴姐给我弄碗面条。"

徐琴在里间听着，应声道："大毛，姐正帮你弄着哩，洗过早脸没有？我们黄队长老爱在别人家洗上早脸。"

大毛打着哈哈声，道是黄队长也去他家洗过几次早脸哩！又道："其实黄队长有时一早要洗上两三个早脸，每洗一次，人家就明白他还没有吃过早点。"

吃过偌大的一碗面条后，大毛道："海爹，那个东西我们得瞅准时机取回来，洞里比较潮湿，只怕……"

徐大海颔首低声道："是啊，就怕夜长梦多，万一落在别人手里，我真对不起徐剑他娘。"

大毛瞧瞧天幕，便辞行道："现在山路很滑，晴了就动手。"

小会儿张铜握着一封信件来了，天水大队在他家设置了集中代办点，徐大海接过便兴奋地拆开一瞧：

大海仁兄如面：

很久就想给您写信，一切都好吧？我回城不久便入县政府办公室上班了，情况还算基本顺利如意，请老兄及全家勿虑！

忆往昔，历历在目。在天水几年时间里，让我锻炼不少，成熟不少，这与仁兄的关心帮助是分不开的，在此再次感谢兄长。徐剑和徐琴都是两个最好的孩子，我经常回想徐琴被迫停学的事，脑子里便是一片惋惜与怜爱。

家无读书子，官从何处来。虽然毛主席教导我们说，农村是个广阔的天地，从实践中来到实践中去，但徐剑一定得想法让他跳出农村。现在国家百废俱兴，拨乱反正，高考已经完全走上正常轨道，徐剑天资尚好，只要不懈坚持，定能出人头地。望老兄务必转告并教育徐剑，朝人生的康庄大道努力奋斗。

另外，忘了提，上月邂逅了才华横溢的金涛同志，他已居职于县文联。还当了小小头目哩！他正忙于创作，要我代向您及您全家问好，如兄有时间来县城找我就是。

另寄灰萝卜种子一斤，望兄在闲地中多种，给解除饥饿尽点微薄之力，就此结束。

祝安！

肖燕于初夏

徐大海当即写了回信，并将信件交给了张铜，请张铜代寄。他在信中不愿提及徐琴受伤之事，恐防肖燕心里搁着这事。张铜接过信件，又开拇指和中指，而后又指指自己，哦哦着笑了笑便走了。

徐琴便跟父亲解释道："信件邮寄费八分钱他帮您出了。"

徐大海这段发现张铜开绞车挺有能耐，便道："十哑九聪，这哑巴心里蛮灵巧，人也长得不错……"

徐琴明白父亲心思，并不反感，只道："实心眼倒是一个。"

过不了几日，火辣辣的太阳终于露脸，炙热的火球如烧饼一般悬在天空，大地一派烦人的湿热。下午时分，炙热依然在空气中流动，扫在脸上的那层微风如热浪般躁动。皮柏上劳动课的时候就跟老师说："老师，今日我不在学校寄宿，得提前回去。"老师点头应允。

皮柏这几日游泳上瘾了，勉强能游上一大段，他虽不能潜水，但在水上仰卧和俯卧还能应付自如。回去他就想着天水那宽阔的清澈河水了。又想妹妹皮芝老缠着要去水里试试，皮柏便在屋前供销社买下了一只天蓝色救生圈。

皮爷见着他们兄妹正沾沾自喜往码头边走去，便在背后吼道："回来，都给老子回来，你爹回来再去。"

皮柏嘿嘿一笑，晃了晃救生圈："放心，您少管闲事，皮芝我会看管。"

码头边一站，皮芝就禁不住欢蹦起来，小虾和一些说不出名字的小鱼就在清澈见底的码头边游摆："我要下水，我也要像你和鱼一样游着。"皮芝说着就脱下凉鞋。

皮柏一边兴奋地在水面炫耀自己的技能，一边大嚷："把救生圈从头上套进去，两只手搁在圈上，慢慢试试，脚要划水……"

皮芝清亮灵秀的眼睛眨了眨，应道："好嘞！"很快就见救生圈浮动着，她娇小的身躯缓缓荡向了五六米远的河中。

皮柏游到救生圈旁边，一推，圈子和皮芝便向岸边涌动，皮芝乐得合不拢嘴，又用小腿向河中缓缓地划水。

皮柏坐到码头石级上稍稍歇息，又朝河道中央收着渔网的大毛嚷："大毛过来比试比试呀！输了的就输烘膏一袋。"

大毛朝这边望望，用很短的木桨在木盆上敲了敲，表示很忙。

皮柏就讥讽起来："你跟铜哑巴一样，喊你还不搭理！"

大毛又用短桨敲了敲，算是回应，他心里明白个人创收本来要向集体缴纳管理费，幸好武书记炸鱼没人敢问，他便侥幸回避了"走资派"这一光荣称号。

"妹妹，别光动脚，手要划水呀！"皮柏又嚷，他在石级上像个指挥官一般。

"好嘞！"皮芝回道，可刚刚动手的时候，皮圈便滑脱出来。她小脑袋和双手在水面挣扎几下就沉入水底，"救命……啦，救命……皮芝！"皮柏大声呼喊，皮芝落水的地方已是深水位，他不会潜水，就只能歇斯底里地呼喊，他声音里开始夹杂着哭腔。

"皮……芝……妹妹。"听得到皮柏在呜呜地哭了。

大毛这时已疾速地向这边划桨，在那只漂浮的救生圈旁边很快停下了，他滑下长裤，一个猛子就扎了进去，约莫一分钟过后，大毛脑袋便从码头前面拱了出来，他正拖拽着皮芝的头发，瞬间就见不省人事的皮芝被推到了岸边。

"快点抱上去。"大毛蹲在码头边的水里朝皮柏道，他没穿裤衩，不敢上岸。

皮柏哭喊着抱上去，看着皮芝完全死过去了。他又是一场痛哭。

岸上来了些人。常四还帮着在皮芝肚上顶了顶水，可皮芝仍没有反应。

皮爷喉里痛苦地哼过几声，飞跑过来给孙女嘴上吹着气，吹了老一阵还是没有反应。皮爷就天啊天啊我的老天啊叫个不停，情急下还狠狠地扇响了皮柏的耳光。

皮才德终于也来了，老方法照搬了好半晌，还是没有反应，他就长长地哭道："女儿……我的宝贝女儿！"

黄平也洒下了泪水，声音还打着颤儿，他拍拍皮才德肩膀："老兄，节哀。八十公公也是死，三岁孩童也是亡，八字里注定不是你女儿就不要把自己害苦。"

这会儿大毛在柳树后面穿上长布裤，他非常清楚，刚才不脱下这条吸水性很强的布裤，他压根儿就不能如此轻松地将皮芝捞上来。但他异常自卑，以前的裤衩都小了，这两年身子长了很多，但一直没法缝制个短裤。他过去瞧着这么多人在哭，便近前道："再让我来试一试，行不行？"

皮才德用泪眼瞄瞄他，万分之一的希望他都定会抓住："试吧，辛苦贤侄。"他朝大毛说话时，眼睛又呈现丝许亮光，众人便腾出空缝让大毛过去。

大毛一声不吭抓住皮芝双腿，随即往肩上一扛，皮芝便直直地倒挂在他肩上，然后就见大毛一路狂跑，皮芝的身子在他背上颠簸起来，当他回转狂奔到原来地方时，只听得"哇嗬"一声，大股水流就从皮芝的嘴鼻里冒了出来。

再跑一阵，又冒出一些。终于，皮芝的眼皮缓缓微睁："醒了醒了，快点放下她。"皮才德狂喜地过去接人。

黄平笑道："石嫂生大毛的时候，大毛不会哭，石嫂就抓住大毛的双腿往屁股一拍，羊水全出了，哎哟！祖传！祖传秘方。"

很快皮芝扭扭脖子就会叫人了。

这次皮爷闭着眼睛朝皮柏下了指示："每人一包烘膏……数清！给大毛两包，快去。"

大毛擦擦汗珠儿，去皮艇木盆里拿着些小鱼，他表情里并不在乎那点烘膏。

大家刚拿着烘膏，闪电就撕破着暮色下的夜空，惊雷正此起彼伏，猛烈的暴风夹带着雨滴肆无忌惮地砸打下来……

整整一昼夜，就这样下着，似乎整块天幕都破了。

雨滴停下不足三个小时，大毛就匆惶地跑向了徐家草房里。

"海爹！不得了，山体滑坡！"大毛还在微微喘息，缓了缓，他又道，"牛大……呃，比牛还大的石头泻在洞口。"

徐大海一骨碌从床上爬坐起来，瞪着惊奇的眼睛："真的？你……看到了？"

大毛没精打采地嗯了一声。他看着徐大海满脸沮丧，便安慰道："我会打上主意的，海爹别急！"说完便跨出了草房。

第十二章　苦中见乐

他突然握着电灯拉线，说要我快点爬进被子里。他那急样儿好像是要拉响炸药包导火索。

离中考只有短短几个月的那一阵，徐剑和常梅都以更加高涨的热情和努力投入到学习中去了。每当周末，他们都要从家里用玻璃瓶装上些干菜、腌食之类。这样既可在学校食堂的小窗口处节省出些许菜票，又可稍稍改善他们的胃口。

有回，徐琴在洗着瓶子时闻着刺鼻的腐秽味，又见瓶壁上残存着厚厚的白霉，便问徐剑："豆角皮三至四天就会变质，你是不是多吃了几天？"

徐剑沉吟着点头，又道："变质了我也只能在最后两天坚持吃下去，以后你尽量把水分煮干些，多放点盐分。"

徐琴苦笑一声，叹道："再咸就吃不下去了，我手里还有十块钱，每周给你一块，正好把这个学期支撑下去，你可千万不能再节省。"

徐剑口头上应着，心里却在盘算着另一件事，学校要选派十二名代表去参加地区的五一文艺演出，班里他和常梅都选上了，他心里犯愁的是没有一件稍稍像样的服装。上回他暗下在学校对面的一家服装店探听一下，有套合适的中山装需八元人民币，他很想买下来。那样才能让自己登台有些体面，也让常梅不失体面。这次他非常明白常梅除了一副亮嗓外还有亭亭玉立的体态。而他，仅因成绩优秀和大方出众才被班主任瞄上了。

"你要给的话，每星期就给我两块，姐姐。"徐剑说话时，头都垂下去了，"四个星期就够了。"

徐琴也不多说，一口就应承下来。

过不了几日，天水大队的选举工作结束了。老书记武一守光荣退休，儿子武卫顺理成章地成了我们天水最后一位大队长。几年以后，大队长这一称呼就被改称为村长。武卫可算是位历史性转折型人物。后来，大家叫武村长或武主任时，他就抿嘴而笑，一副成就感十足的样儿。老书记退下后，上来的自然便是张副书记。"副"字就像一层陈皮旧垢瞬间从他身上滑去，徐大海禁不住也要高兴几分。其次，至于皮才德继承父亲的会计和黄平担任大队出纳都是情理中的事，因为天水这块巴掌大的地方，只要几个头头脑脑私下聊上几句，再大的事情也就平了。

新官上任三把火，有天，张唯民在干部会议上说："十年树木，百年树人。我们天水缺少的就是人才，别说大学生、中专生，就连在读的高中生都没有。眼下最高级别的还只有三名在读的初中毕业生。当然初一和初二的在校生我们姑且不提，我觉得应该鼓励他们积极考入全县最好的高中部。在此，我建议根据这三位学生的贫困状态，适当给予困难补助，总计十元，待会儿就通知学生来大队部评议。"

武卫表示支持，说是很好很好。还叫官衔最小的黄平迅速通知去。

皮才德接上道："我看徐大海同志和常四同志的两名小孩各得五块吧，我们大队干部就要以身作则，先人后己，我皮才德绝无异议。"

张唯民却道："不行不行，当然也不能一刀切。首先就要锻炼这三位青少年的勇气和机灵状态，让他们相互讲解，也可看看他们的精神风貌，我认为这个点子是可以的，也叫忆苦思甜吧。"

皮才德这才不语了，也道："好的好的。"

不一会儿，三位就到了，今日正好礼拜，听完大队领导的指示后，三位面面相觑，谁也不愿先讲。

皮才德便瞅准徐剑道："徐……啥？徐剑吧，你先讲。"

徐剑腼腆一阵，感觉不说不行了，便咳过一声，说道："我看重点考虑常梅，其次就是皮柏，我放最后。"

"你说说理由看。"张唯民用微笑鼓励着徐剑说下去。

徐剑便道："因为常梅最困难，有回我和大毛去她家玩耍的时候，发现她看着水缸里的影子正用五个指头梳头，要是有钱她就会买上小镜子和小梳子……还有一次，她在河边拾着一块小贝壳，第二天在教室里，我又见着她这块小贝壳，原来她是拿小贝壳当砚池用，那是小学五年级的时候。现在这块小贝壳她洗得干干净净，装上了她家里的润肤膏，她要是有钱就会去买上砚池或润肤膏。其次……皮柏也苦，有次刚进寝室，他突然握着电灯拉线，说要我快点爬进被子里。他那急样儿好像是要拉响炸药包导火索，我飞快钻到被窝里，原来他还是舍不得多花一分钱电费，要是有钱他绝不会这样急急匆匆……吓死人。"

领导们笑得前倾后仰，连皮柏和常梅被他这么一渲染也弄得面红耳赤了。

张唯民咳了咳，平静小瞬再道："那你们两位接着说，聪明书打底。以前我少读了书，经常把津津有味念成律律有味，今天我就觉得徐剑的话真算律律有味。讲下去，常……梅继续。"

常梅受了徐剑的感染，心里轻松了许多，她从屋顶收回目光便低声道："我捡着徐剑的思路说，先考虑他们两位，我放最后吧……如果一定要考虑的话，那他们每人四块，我两块就行。"

"那你的理由呢？"张唯民一本正经地坐在主持人中央，问道。

常梅想了想便道："别的寄宿生都用皮箱装衣服、鞋子，只有徐剑带着木箱，木箱还没刷漆哩。再有皮柏勤工俭学的时候，捡了干笋壳当枕头，这也是皮柏平时说的，所以他们都很困难。"

"那皮柏你的看法呢？"张唯民继续问。

皮柏瞧瞧他爹，沉寂良久还是不说。

皮才德也是咳了一声，大约许多人都爱用咳声打开思路，他道："皮柏虽然成绩比不上他们二位，但思想境界还是有的，还是遵依我先前的意见吧，他们每人五块，皮柏应该要先人后己，说得难听些，皮柏不一定能考上高中哩。"

黄平这下搭腔了："皮柏同学虽然有很高的境界，但终究还是贫下中农根子，所以按常梅同学的方式实行就是他们每人四块，皮柏两块，皮柏你有想法没有？"

皮柏声音响亮起来："行，我愿意两块。"

张唯民五指轻敲着膝盖骨的时候，武卫终于发表意见了："今天我算是大开眼界，想不到天水蕴藏着这么多后起之秀。无论是他们三位的思想境界，还是考虑问题的全面性都非同小可啊！我刚才一直在细看他们三位的五官面相、举止言谈，我就发现了三人的惊人之处。你们瞧，皮柏两只耳朵下座都挂着肉珠，肉珠是啥？宝珠。宝珠是啥？一生的福珠。所以他只要两块也对，就算成绩差也自有福泽。再说徐剑，前年在石灰厂挑脚的时候，我就发现他口大舌张，今天一看一听，就想起'男子口大吃四方女子口大吃田庄'这句话。徐剑的鼻梁骨直通脑门，应该说有点小出息。常梅我不多说，大家看看她的眼睛和双眉就清楚，吉人吉相，贵人相助是拦都拦不住。"

张唯民敲着五指移在桌上，笑道："大队长哪时候学会了九流三教、看相论卦？"

武卫认真起来："不瞒书记，这方面我一直很有兴致，以前还向皮爷请教过。当然皮爷也教过几手，去年想不到还结识过一位高师。不多说，不多说……今天这事我个人赞成黄平同志的意见。"

张唯民便问皮才德："才德同志，你既是新任会计又是民兵营长，可以说文武兼职，你有没有异议？"

皮才德给各位递烟，又道："很好很好，一班人就要拧成一股绳。"

张唯民便吩咐黄平付款，黄平先付了常梅与皮柏，最后就拿一张五元整币，在徐剑跟前晃了晃："你回我一块就是。"

徐剑摸摸袋子，只能道："我没有一块回您呀。"

黄平摸索半晌，就道："零钱我只有三块八角，你先拿着，余下两毛改日我亲自送来。"

徐剑接过连道谢谢，大大方方给领导行上鞠躬礼，这一来就让常梅和皮柏也跟着这套文明礼数……

五一不知不觉就到了。徐剑和常梅向地区选送的节目是对唱《阿里山的姑娘》。虽然二人平常都忙于中考前的紧张复习，却在短短几个下午的排演中训练得有声有色。尤其是正式表演那日，徐剑穿上那套草青色新中山装，头发理成了刘海式，连常梅和带队老师都对他刮目相看了。他右手握着有线话筒，左手时而自然舒臂平摆，煞是风度翩翩。那边常梅与他挨得很近，她声音脆亮而甜润，时不时地微笑面朝观众，又偶尔回眸向雄浑刚劲的徐剑传递笑意。台下已是雷鸣般的掌声。

常：高山青，涧水蓝，阿里山的姑娘美如水，阿里山的少年壮如山。啊……啊……

徐：阿里山的姑娘美如水，阿里山的少年壮如山。

高山长青，涧水长蓝，姑娘和那少年永不分呀。碧水长围着青山转。

　　常：啊……啊……姑娘和那少年永不分呀，碧水长围着青山转。

　　徐：高山青，涧水蓝……

　　最后评选下来的结果虽是个三等奖，却让他们心中刻下了一条永恒的记忆。

　　在回县城的公交车上，徐剑和常梅正好排在尾座，徐剑便轻声问："你课桌里常常放着诗集，你是不是喜欢写诗?"

　　常梅点头说是，踌躇良久后，她终于从袋里掏出个信封，她拆开信封道："你不要对任何人说，我不想让任何同学明白我写的是一位反革命兼资本家的父亲，我对我父亲的怀念好比你对你母亲的怀念。我父亲是位很有才华的诗人、画师，他有句话让我永远难忘，他说他只想做一个平凡的父亲、丈夫，而不愿做一个伟大的诗人或艺术家……"说到此，常梅眼里已沾满了晶莹的泪珠，她又说，"这是我在地区文艺报刊上发表的第一首小诗，写的就是我父亲，就怕学校其他人知道，我就把地址写成了天水大队第四生产队，你瞧瞧。"

　　　　脑中的血液
　　　　一滴滴
　　　　灌入这狭长的笔芯
　　　　握着笔
　　　　竟如此深沉
　　　　以至于
　　　　我只能
　　　　在泛黄的纸张上

重复着一个很重的名词

父亲！

　　徐剑不明白自己为何也会涌出泪水，他无比震惊、羡慕、激动而又兴奋："常梅，你了不起，太了不起！诗人。真正的……诗人。"他轻轻道。

　　下车二人不觉间到了东区广场的小河边，河岸杨柳依依，偶尔飘洒些细碎柳絮，徐剑倚在桥栏上，脱下外单衣一扬，道是假若能留下个照片该有多好！常梅甜笑丝许，道是不难，你稍等。不多时，常梅领着个摄影师来了，摄影师头发抹得油光通亮，胸前挂着相机，他居然还牵了匹毛色黑亮的壮马来。

　　"一张底片洗两张，我建议你们两个一起上。"摄影师说，"总计八毛钱。"

　　徐剑脸色微红，问道："二人各照一张，几角？"

　　摄影师指头掐算一番，说道："一块二，二张底片。"

　　徐剑摸摸里袋，掏出一元纸币，说道："合影吧……六毛行不？"

　　摄影师想了老久，说道："至少要七毛，小同志哥，上面的工商管理费不轻呀。"

　　常梅要徐剑先上，徐剑却是谦让，常梅笑过一声就上了。徐剑坐上去却把双手剪在背后，以至于若干年后常梅就说相片里的徐剑好像一个俘虏，随着"咔嚓"一声，摄影师便说行了，明日来取就是。

　　有天正在暑假里，徐大海又为金蟾伏虎与儿子计商起来："这恐怕就是天意，一个木头木脑都在我们徐家放不安稳，大毛这小子也真是……硬要藏到这个死角里。"

　　徐剑昨日与大毛游泳的时候，暗下提过此事，便道："您也别太急，正如您讲的天无绝人之路。大毛的意思就是想法弄到炸药雷管，把那块大石头爆开。"

徐大海眉头舒展开来，心想这倒是个主意，便道："那我现在就向武一守去开口。"

徐剑忙不迭地摇头："人家问您拿炸药雷管干啥？您咋回答。"

想不到儿子考虑得这么细致周到，说是炸鱼，人家必定不会同意，这本就不是正大光明的事，人家如何会同意添上一个竞争对手呢？要是跟人家实话实说，那金蟾伏虎就又不会安稳。徐大海这个这个了半晌，最后就道："石灰厂的炸药谁管？"

徐剑又在摇头："大毛筹划了很久，想破了脑筋，为了不打草惊蛇，干脆不和任何人泄露半点……他打算去偷！"

徐大海脑门嗡嗡地沁出汗珠儿："这……太冒险。大毛敢做？"

徐剑说话完全不像十六岁的学生了："要是不敢冒险，他就不会打上这个馊主意，他最受罪的是还要摸着深夜去凿炮眼哩。"

"让我再想想，看有没有其他主意。"徐大海漫无目标地说着这话。

门外响着单车铃声，想不到进门的竟是金涛，徐剑大声叫过金叔。

今日他着上了大风衣，更是气派。小会儿就见他从工作袋里翻出一本画集来："大海兄，心血总算没有白花，林场里那个笔记本居然会走俏！"

徐大海接过翻开扉页，心潮起伏了。

难能的笃定——代序
方华

当您翻开这本画册时，就能发现：印本与原作同大，是用一支普通钢笔绘就的……

观赏着金涛这册画稿，我感慨万千……

1973 年到 1975 年间，金涛被羁押于县城西郊外数十平方公里的劳改林场，整整两载，艰难地生活于荒林烂棚中，生的意义已被压缩得只剩下苟延残喘。然而，他竟能在喘息的缝隙中捧起笔记本，用钢笔勾下了周围天地的变幻！我惊异于他在逆境之中能如此入神地钟爱山川草木，并为之爱笔传神，一笔不苟地勾勒，如此执着，如此沉实，如此静穆，确凿令人惊异。

做人难，难在升沉荣辱之间递难料！难在是非正反之不可辩白！而更难则是沉辱是非之中的笃定！这笃定怕是要有大义这巨柱支撑的。金涛在逆境中的静穆，正是来自他心中有着艺术美神的召应，对美的追索使他大彻大悟。临困窘而未戚戚，历屈辱而不沉沉。我想，有定限的灾难，当知道时日结束还有光明时，灾难虽难忍，但毕竟还有尽头。然而，当灾难泛泛无期，黑暗之中又是黑暗时，要保持均衡的心态和饱满的斗志，实在不是容易的事。正是这不易，使我由衷钦佩金涛作这本绘画笔记的风神。

就画稿而论，用现代的平凡工具写就富于传统手法的实景，既理法森严，又生动活脱；既曲尽物态，又简洁明微。具体来说，线的疏密粗细，点的大小聚散，整体的虚实相生，局部的精微描写都处理得十分妥帖。由此来说，于艺海徒众，倒未必不是一本好画本，对于如何把实景化入画幅的技巧来说，画稿中可资借鉴的地方比比皆是。另一方面，倘只是一个艺术欣赏者，我以为尽可以来领略这简朴的黑白线描中的韵味趣致。繁杂的实景被提炼为如此简洁质朴的画面，实在是不简单的一件事情。如果能把心境与画境融为一体来体味，怕于审美情操的提高不会无好处。

七百多日，数百张画稿……这其中饱含着多少汗珠泪滴。在这一页页雪白的纸张背后您能看到殷红的血斑吗？您能看到苍白的美神在颤抖地踉跄吗？然而，我更热望您能看到毅力的坚韧与铁骨的沉实！并为之振奋！祝愿顺境者能更张扬，更祝愿逆境者能有所焕发。

1979年盛夏于北京

　　徐剑接着也是细细看了看，禁不住让心灵受到极大的触动，便道："金叔，我永远要向您学习，您跟常梅她亲爹一样，英雄。真正的英雄！"

　　"常梅？是不是在地区文艺报刊上写过一首小诗？……他亲爹是谁？"金涛一连串地问道，样子显得迫切。

　　徐剑点点头，回道："她写过一首《父亲》，她爹姓戴，艺术家。死了。"

　　金涛沉重地长声叹道："我明白了。现在是天水常四的继女。"他看着徐剑嗯嗯的时候就忙道："快去把她叫来，现在就去。"

　　徐剑点点头，道是立马就去找她。

　　徐大海突然起身道："等等，给常四带些灰萝卜种子去，你肖阿姨寄得太多，哪有这么多闲土。"

　　徐剑接过就飞跑着去了……

　　金涛又是一声轻叹，说起了家事："女人变心了，在新疆找上了男人，孩子我已接了回来。"

　　"那……你……"徐大海不免为他心痛，不知怎么安慰，就道，"有合适的再找上一个……"

　　"不瞒老兄，肖燕和我走到了一块儿。"金涛仰头望着他说。

　　徐大海惊愕间"啊"了一声……窘了窘才道："你是我最好的兄弟，肖燕是我最好的妹妹……难怪她在信中提到了你。"

　　正说着，常梅相跟着徐剑来了。徐剑晃了晃一根并不发亮的紫铜色烟筒，道是常梅她爹一定要给您。

金涛瞧了瞧常梅，很快就道："你父亲是我正宗师兄，又是我最亲密的朋友。看得出你的小诗纯属是内心情感的迸发，而天赋又是你父亲遗传下来的，坚持再坚持会有收获。"

常梅脸色微红，叫了声叔叔，还点头道："谢谢！我会坚持。"

金涛轮番看看徐剑、常梅，又道："政策慢慢宽松了，你们一定要把握机遇，有事都可以来县城找我。"

两个懂事的小孩默默地瞧着这位尊敬的长辈，毅然点了点头。

第十三章 情窦初开

今晚有些微弱的月光，星星却躲到云块后面去了。只是还能隐隐地瞧得见地上的小道。

这段，闲空稍稍多了些。徐琴便趁空在远近各处收集了八百来个鸡蛋，晚间她朝徐剑道："你早些歇息，半夜4点还得陪我去火车站送货，赚成姐姐全给你。"

徐剑怜悯道："你跑来跑去两三天才跑回两箩筐鸡蛋，陪着押货我义不容辞呀。"

徐琴明白弟弟真正长大了，也不多言。盘算着这八百来个鸡蛋少说也得赚上二十块，到时给他就是。

鸡鸣头遍时，徐剑一骨碌翻身而起。家里连个破旧的闹钟都没有，金涛以前赠送的那块怀表早就不行了，也不知什么时候了，他叫醒了姐姐。二人随便糊弄一番早点，就兴致勃勃地启程了。出来时他们操上黑竹竿，黑竹竿样子像铁棒，用它能镇住疯狗而又轻便。

旷野到处仍是一片漆黑，天幕上没有星光和月亮，只有微风和蛙声在驱赶午夜后的沉寂。他定定神，还是看不清路面，便回身去取电筒了。"爹，手电筒在哪儿？"他蹑手蹑脚来到父亲床边唤道。

"在我枕头后边躺着哩！"徐大海在粗麻蚊帐里含混道，"等等……别掀蚊帐……！"

徐剑从蚊帐边角处接过电筒，道是大门没关，您得醒些儿睡。徐大海困倦得睁不开眼皮，却还说路上小心着。徐剑回想父亲一直以这样平淡的语气来传递着浓稠的父爱，多不容易！

一个多小时差不多走了十余公里。在一段上坡路口徐琴放下担子歇住了，电光一晃，正见她满额大汗，徐剑抢着担子往肩上一扛，道是姐姐带路。徐琴在前面喘道："上了这长坡，再翻过山顶就快一半了。中途别放担子，我从你肩上接过就是。"

斜坡差不多有一公里。徐剑明白斜坡放不稳箩筐就会让蛋货受损，他便在半途咬牙道："你快些走就是，死不得我也要死到山顶上。"

徐琴听着心痛，连忙弓身去他肩上接担。徐剑却不肯，让扁担在肩上左右扭了扭，只道别再耽搁了。

徐琴只好让他抓住竹竿，她在前面拽上些劲儿，好让徐剑抬膝轻松点。"我原以为老弟挑担不过是吃菜的虫，想不到你倒还有几下。"徐琴在前面一边用力一边玩笑道。

徐剑没气力回答，只感觉额上汗如雨淋，快近山顶时，徐琴见是实在不行了，这才闪身从他肩下抢了担子去。山顶平地处有一大块青石，徐剑便如饥似渴地把屁股甩在石头上。稍一会儿才透了透气："姐姐刚才用竹竿拉我，就像伏尔加河上的纤夫，而我就像一艘逆流而上的笨船。"

徐琴便夸道："这辈子我就有个贴心的弟弟，聪明仁厚。"

徐剑想着姐姐从小受苦受罪，他突然感觉有一种痛，憋在喉管处，却不能发声。

路上徐剑又帮着挑了小段距离，到达火车站已近凌晨6点。这里属于邻县地界，却是全省名列头榜的农副产品基地，尤其是鸡蛋、辣酱畅销国内大小城市。站外正零星攒动着几个人头，时候尚早，这几个积极的生意人正为各自的摊位开始忙碌了。徐琴早就打听过，零售给来往乘客无疑高些利润，但需耐心等候，若是批发给那些摊主，薄利多半在每个二分钱以内。她计划先碰碰运气，过了午后再把余货转给摊主。

一位络腮胡子的摊主过来问价，徐琴机灵地回道："您看一个个都这么新鲜大样，能值多少钱一个？"

摊主沉吟小会儿，就道："开张生意嘛，爽快点！一毛二。"

徐琴暗想收蛋时平均不下一毛一，不能这么便宜人家，便道："再不讲价，一毛三。"

摊主回道："再不讲价，一毛二分五厘。"

徐剑巴望早些回去，便劝着徐琴松口，徐琴却是不依。

摊主微笑着拂袖而去，时而反头瞧上两眼，样子有点怪异。

此刻天已大亮，人群愈加多了。徐琴说道："你先去吃碗面条，由我在这里守候。"

徐剑见得斜对面一店铺正热气腾腾，他越发饿了，便应声而去。一进店徐剑就要了份三毛钱的牛肉细面。汤汁和漂浮在汤汁上的那几片碎葱也被他一喝而光。味道太美！他再要了一份。吃完想着姐姐也饿了，这才想去顶替姐姐了。

徐剑正见她在龙头下喝着自来水才把馒头咽下去，就道："你去吃碗面吧，我来看守。"

徐琴说是吃过了，并不饿。她面色有点懊悔，叹道："零卖得碰机遇或熟人朋友，刚刚这阵儿卖不到三十个，价格一毛四，难等啊！再等等，万一不行再找摊主吧。"

徐剑明白她性子，只好由着她耐心等候。

至午后又卖掉五十来个，两个箩筐仍显得那么满实。徐剑就催着去找摊主。徐琴却说4点多有辆火车进站，再等最后一线希望。徐剑明白她性子，就说好吧。好不容易熬到那长串的"嘟嘟"

声。车子果然停下了。徐琴挑着往出站口去了，徐剑只好相跟着。

稀稀零零的人流依然一晃而过。

徐琴仰望天幕，突然道："走吧，寻找摊主去。"

人流渐见稀散，今天大早见着的络腮胡子是这儿拥有摊位最多的汉子。徐琴找上他低声低气道："一毛二分五就一毛二分五吧。我们实在得赶回去了。"

络腮胡子微翘着嘴角道："我说你这号人是牵着不走骑着飞走，去找别人吧。"

徐剑明白他言下之意诋毁徐琴为烈马，愤然了："老板，讲话文明点，大不了也是一担鸡蛋。"

徐琴赶忙搭腔："老板千万别生气，我老弟还是学生哩。"

络腮胡子用锐利的眼光扫视二人一瞬："看在你们初出茅庐的分上，一毛二，我还是同意收下。"

徐琴急了："您今早都答应一毛二分五呀……您看我脚板都起水泡了。"

络腮胡子又摆出早上那副脸谱，微笑着正欲拂袖而去。

"一毛二分二吧！"徐琴赶紧拽着他的手腕，像个久别重逢的亲人那般，"行行好，行行好，我看您就是菩萨心肠。"

络腮胡子沉吟良久，终于道："好吧，有言在先，在耳边摇着响动的一律不收。那是变质的腥蛋，严重威胁人类健康。正如姑娘说的，我是菩萨心肠。"

徐琴默然颔首，忙乎了老一阵，总算有了结果。压坏了蛋壳的四十来个，腥蛋七十来个。徐琴傻眼了，那只断掌时不时地去抹抹额前汗津沾湿的小绺短发，她半晌才讷讷道："老板，您得再行行好，帮着处置一下。"

络腮胡子全然和蔼了，道是出门也不容易，看在你少了五个指头的分儿上，这些废品都按八分钱一个留下吧。邻家母猪催奶用得上哩！

徐琴收过货款，也只能千恩万谢地道："您修德修佛！真个菩萨心肠。"

日渐西落，二人吃过面条才折身回转。

步行一个多钟头，天已全黑。今晚天上有些零零碎碎的星光。徐剑便道："半夜闻哨起，披星戴月归，正是这情形。"

徐琴苦笑了："阎王赐你一袋米，不怕早睡晚起；阎王赐你一袋糠，不怕半夜冒天光。"

徐琴盘算着这趟生意还赚了十来块，嘴上并不说怎么累。到了一个公社的供销社时，檐下正亮着电光，长长的竹席却是空着。徐剑道是太累很想躺躺，徐琴说你去躺下吧。谁知一躺竟是呼呼大睡。徐琴看着成群的蚊子在他脸上肆掠，便在屋前芭蕉叶上摘几束当蒲扇用着。约莫四十分钟过后，徐琴才唤醒弟弟。道是回家再睡，徐剑瞧上姐姐一眼，心又无端地沉重起来。

二人回到天水已近10点。徐大海见儿子全身散架似的瘫在竹椅上，帮着倒了盆水，叫徐剑洗洗早些歇息去。徐剑说脚尖上的水泡见不得生水，免了吧。徐大海一边念着没事没事，一边用盐茶水帮他擦了擦，又道："今晚你睡到我的铺上去，我好好帮你扇扇风。"

第二天早上，太阳升了老高，徐剑还迷迷糊糊地睡着，他冗长的鼾声中夹杂着舒畅的零碎呻吟，徐大海好久没和儿子这么睡了。宽大的棕叶蒲扇一直在他手上轻缓地摇着……

不知什么时候大毛在外面叫着海爹了。

徐大海出来瞧得见他脸上有些得意，便沏上热茶让他慢慢说："海爹……东西到手了。"大毛又顾目四望一瞬，这才细细道，"我在山里另外找了隐藏炸药的地方。"

这明摆着他昨晚实施了偷盗手段，徐大海忐忑起来，武一守虽然退下去了，但是武卫、皮才德、黄平绝不会为被盗炸药轻易罢手。就算张唯民出面，也会尴尬棘手。他望着大毛那副无所谓的样儿就道："千万露不得马脚，人家武一守使用炸药都是厂里购买，而你这是盗窃呀……千万小心。"

大毛笑道："海爹别担心，天大的祸我也会一个人担着，与您无关。"

徐大海瞧他一双破鞋实在不像个样了，便把前些日子金涛送给的一双新鞋给了他："拿着，回去换换，海爹心里记着哩。"

大毛也不客套，接过便辞行："风声过了以后您再听炮响。"

中午时分，黄平握着张纸来了，嚷着喜讯："徐剑，你录上黄桥一中了。"

黄桥一中是全县最好的高中名校，只有成绩优异才能被选录上去，徐剑兴奋不已，忙问着常梅的情况，因本次中考女生可报考地区卫校，常梅选择的就是这类中专。

黄平接过徐大海递上的香烟和茶水，又道："常梅呀……更好！常四这扁毛畜生今后享福，这叫牛犁田马吃谷，别人养崽他享福。"

徐大海懂得这次中考形式，很是惋惜地道："过去重男轻女，现在相反是重女轻男，要不徐剑也可碰碰运气……那皮少爷呢？"

黄平听得出徐大海口气，也不置可否地摇摇头："刚才张书记屋里没见到皮少爷的通知书，我估计那些普通高中还是可以保送上去的。"

徐大海忙道："当然，贫下中农根子，皮爷面子也不少。"

黄平微微笑道："张书记就担心张铜，哑巴嘛！难得娶上媳妇，其实人挺好，他不好意思向大海兄开口啊……"

此事徐大海一直有思想准备，他与张唯民只没有点破而已。上回张铜为绞车代班好几十天，给代付班费的时候，张铜笑着用食指在自己脸上刮了刮，看得出来他是非常爱着徐琴的。徐琴虽然谈不上如何爱他，但至少能让徐大海瞧得出女儿并不怎么反感。想了想，他便冗长轻叹："只要徐琴答应，我做父亲的也不会反对。"

很快徐琴端菜上桌，就朝黄平笑道："您在这里吃个粗茶淡饭吧。"其实刚才在里间她已听得清清楚楚，菜刀在砧板上偶尔间断了一阵响声。

黄平呷口小酒，拿刚才话题又问起徐琴来。

徐琴脸上一片绯红，只道："现在还早，到时再请平叔……老弟还在读书哩。"

黄平笑道："男大当婚，女大当嫁，只要你愿意，先可定下来，迟点结婚那是正常，人家还得有个谱，这样就可以名正言顺，密往密来了。"

徐琴明白是订婚之事，就回道："您叫张家放心就是，那是小事。"

黄平拍膝一笑："好的，徐家人说话没有一个放空炮，好妹子！"

饭后黄平走了，徐剑就道："这黄领导见了大粪怕是要舀上几瓢，大队的助学款都要少付我两毛。"

徐大海薄笑丝许："大算由命，小算由人。一毛两毛三毛……都不是人生关键。"

晚间，徐剑悄悄去了常家，平常听常梅说考上卫校得提前报名体检，而且还会很早入校。

时令已是初秋，空气清爽而饱含凉意。俩人沿一条小溪漫无目标地走着。溪中淙淙地淌着流水声。碰巧，今晚有些微弱的月光，星星却躲到云块后面去了。只是还能隐隐地瞧得见地上的小道。

"你会给我写信吗?"徐剑突然在一棵梧桐树下止步说。

"傻瓜，怎么不会呢?"常梅倚着树干，双手合抱着胸前。

徐剑不语了，继续缓缓前行，脚步很是轻盈。

常梅紧跟他身后，似乎他们早就商量好了去哪儿，穿过大片低矮的山茶林，来到了一大块草坪前。四周静谧无声，只有轻风偶尔拂过树枝传出的阵阵沙沙声。

徐剑躺在枯草上，仰望天幕，常梅蹲坐在旁。很长一段时间里，他们依然没有说话。

太静！静得能听见自己的呼吸和脉搏。

"明天就走？……要不要我送……上一程？"

"行，我当然高兴！"

"你怕别人笑话吗？"

"我不怕，就怕你怕。后天我就去新湖卫校了。"

"嗯……那我送你过河。"

"好的……要是你怕羞，就远点儿跟在我身后。"

"呵呵！……我偏要近点儿……呵呵。"

"现在没人瞧见，我们能靠近一点吗？"

"……"

第十四章　悄然逃离

共产党绝对不冤枉一个好人也不放走一个坏人。

炸药事件引起了大队领导极大震惊和重视。就连张唯民都在干部会上说："同志们千万不可掉以轻心，这一箱炸药二十发雷管真要是偷着炸鱼倒还好说，万一去干坏事就不可想象，极有可能要使很多无辜者成为孤魂野鬼……也有可能……会有其他后果。我曾听很多人说过要把西江电站和拦河坝炸掉，说是影响了我们库区泄洪和下游通航。真要是这样，我们就脱离不了干系……"张唯民说到此又咳了咳，接道："特别是……你们几位石灰厂负责人，我建议你们火速向上级报案，配合公安重点排查，要查个水落石出，责任到人，每人分查几个生产队，挨家挨户……"

武卫接道："我非常赞同书记的指示，除了天水，外大队我们也可委托上级调查，说实话，这几天我心里一直压着一块石头，我们天水码头至梅山那一线怕有大事……小则血光之灾，大则人命不保。"

皮才德眯缝起细长眼睛，问道："大队长，你哪方面断了阴阳？"

武卫沉吟着道："你们说的星子落矢，我说的就是彗星陨落，就是我刚才讲的这个地段，怪的是天上一小团绿火在之前也消失在这一线。"

大家脸上阴不阴阳不阳地相互瞧瞧，忙着各自任务去了。

皮才德走访过几户，就去了石嫂屋里，石嫂正纳着鞋底，她头发刚刚洗过，只穿着件暖色涤纶圆领内衫，胸前扎实地支撑着这件滑亮的内衫。她去沏茶却被皮才德洪声止住了："茶水免了，弄点八加一。"

"八加一？"石嫂脸上流光溢彩地笑道，"营长，啥意思？"

皮才德眼皮时扯时眨，又笑笑："八加一就是九，我要喝点小酒。"

石嫂就去里间弄了杯散装酒来，皮才德接酒时抓住她手腕道："大毛呢？我看大毛就是重点怀疑对象。石灰厂的炸药其他人不会去偷。"

石嫂把手拔出来，问了详情，这才连连摆手："不可能，绝不可能，我屋里大毛现在去河里了，他弄鱼从不用这些军火。"

皮才德严肃起来："不论皇亲国戚都要细查，你带我去里间看看。"说着便立身四处张望，又探头瞧瞧她房内。稍后就踱了进去，但见床上收拾整齐，一块红毛巾罩在枕上，他俯首在床下瞧了瞧，又道："江秀花同志，过来打开木柜、箱子。"

石嫂笑吟道："我叫江花，营长，又改我名字？"

皮才德待她进来突然将木闩插上了，一把抱住她按在床上，他手掌乱动的时候又道："你是革命的好秀花呀！"他露出橘皮笑，"放心，大毛偷了也不要怕，有我哩。"

石嫂瞧他正欲亲嘴，便粗声道："皮营长请你放尊重点，我不是你想睡就能睡的女人。"她脸一侧，皮才德的嘴唇就撞在她脸颊上。

皮才德兴致正在高涨，嬉笑道："老子连徐大海都不如？我年龄少他几岁，力气足实多了，等下你就会丢魂。"

石嫂猛然反抗起来，一边推着他脑袋，一边怒道："王子犯法与庶民同罪，就算大毛偷了东西，你们可拆房子，也不至于要你碰我身子。"

皮才德欲火正旺，一边去掀她衣服，一边压紧着她。石嫂推了几次都没有推开，她突然咬了皮才德耳郭，皮才德痛得喊娘叫爹。他还想再试，便央求道："江秀花，一次！就这么一次，我会帮你。"

石嫂腾身而起去拉门闩，突又被皮才德拦腰抱住了，石嫂居然朝他足跟猛跺一脚："放开！"

皮才德只好松开，竟一记耳光扫去："烈妇！"

石嫂操起剪刀，怒目圆睁："你再动一下，老子与你拼了。"这才去拉开门闩。

谁想皮才德老婆刚刚追踪到此，见男人正从房里出来，情形显得龌龊，便骂道："不要脸的婊子勾引老子男人。难怪这个没心没肺的就嫌老子下面臭。"

石嫂火气来了："你去管好自己男人。"

皮才德摸摸耳郭，又骂了起来："不要脸的贱货，老子不依还要咬人……哪儿有这么不要脸的？幸亏老子不会上当。"

石嫂突然双膝跪地，手掌手背轮番拍打着地面，就像毛主席逝世那阵儿的拜相，她慨然哭道："我只能拜天拜菩萨咪……天呀！哪有这么忘恩负义的东西咪……大毛一把救活他女儿咪，他反过来倒打一耙呀……要来害我崽害我大毛咪！……天咪菩萨呀！……快看看咪，我要昭告您天老爷子呀……"

皮才德脚一跺，嚷道："一事归一事，桥归桥路归路。大毛救了皮芝，皮芝长大会报答，见死不救三分罪呀。现在全大队挨家挨户都要查，你以为炸药雷管好玩？王子犯法与庶民同罪。"

石嫂仍在哭拜："天咪菩萨呀……没心没肺的两公婆咪，毁我江花的名声呀……老公死了有人欺咪。想打主意还冤人呀……你哪点能跟大海比咪……十足的卑鄙小人呀……"

皮才德急了，偏偏哭声越叫越大，外面路上都能听得清清楚楚，他便在老婆面前装威严，再嚷道："我执行公务任凭你攻击诬陷，大毛偷了的话，别想侥幸过关，你再哭再闹再纠缠也没用！"说着他拉了老婆一把，"走，我们到大队部去，公安明日会来，大毛这双破鞋拿去对验足迹，共产党绝对不冤枉一个好人也不放走一个坏人。"

皮才德老婆刚才被石嫂这一哭拜已经心软了，人家毕竟也是女人，她儿子确实救了皮芝，就算她偷了自己男人，总不至于比皮芝死去那么凄惨，再看人家泪痕满面，哭天拜地，实在有些可怜，她就朝男人道："回去算了，查也查不出个名堂来，炸药还是公家的。"

皮才德嘴上仍很严肃，边走边道："江花同志，鞋子改日会由公安送来！"

石嫂哭声低了些，不过仍在数落："没偷就不会怕咪，他老实人根本就不会偷呀……有点良心咪就不要冤枉好人呀……回来我就告诉他咪，有人欺负他娘呀……"

皮才德在外面听着心乱如麻，他后悔刚才自作主张拿走人家破鞋，无根无据凭啥要拿人家鞋子？徐大海绝对会找张唯民汇报。但他也只能将错就错了，至少可以虚张声势或掩人耳目。万不得已就给大毛冠以一个重点怀疑对象的帽子。

徐大海刚听到大队的行动便匆匆过来问大毛了，进屋听得石嫂一说，他心里就扑腾扑腾地响着："万一验对足迹就糟了。"徐大海关上门板，低声而又紧张地说。事已至此，他只好跟她说了实情。

石嫂反倒冷峻了，毅然道："我看翻船也只有脚背深的水，炸药也没动，顶多交代炸鱼，为什么人家武一守天天炸鱼？我就不信他炸药钱一分一厘都付给了集体。"

小会儿大毛回屋了，他听后便道："为了保住炸药，我先到外

132

面去闯闯。"

徐大海想着风声一过也就会没事，便点头道："也行……问题是你到哪里去闯？"

大毛想想就轻叹一声："我打算去县城打爆米花，还可赚点票子。"

爆米花是时下最流行的，玉米、大米、高粱或蚕豆之类放到爆花机的高压高温炉里一烤就会成为好零食。开炉一次可收五分钱工资，成本就一点干柴和糖精而已。徐大海立马赞同："爆花机不过一百来块钱吧？"

大毛点点头，问着他娘能支持多少。

这回徐大海不得不爽快起来，想着大毛也因徐家而受牵连，便大声大气道："我支持一百块。"

石嫂惊愕地瞧他一眼，闪着泪光道："大毛，你要记着你海爹的好，我支持你五十，全部家当都在这里。"

大毛眼睛热热的，看他们一眼，道是年底他会回来，不要为他操心。

徐大海猛然以一个父亲的架势和心态紧紧拥抱了大毛，还拍着他后背道："孩子，海爹等你！徐剑这学期在黄桥一中读书，有啥事你可叫他捎信。"

大毛一个劲儿地点头，什么也不说了……

出来徐大海想着石嫂的忠烈，竟在泪眼下头次细瞧了忠节牌坊，这牌坊是石家前辈至高无上的荣耀，说不准也是石家后辈的荣耀。

《圣旨》奉上谕：计开黄桥县已故儒童石代广之妻胡氏应请旌表，俟命下之日，行文该抚转饬地方官，给银五十两，听本家自行请领建坊，其该县节孝祠内设牌之处，照完例遵行等因。嘉庆二十三年十二月十六日，旨依议。钦此。

　　另附《旌表节孝胡孺人传》

　　节母胡氏，邑处士胡辉玉公女，我族代广先生淑配也。代广先生幼聪敏，读书目数行下，每作四书艺，聚精构思，及下笔濡毫落低得意疾书，阅者莫不击节叹赏。节母年二十一归先生，节恭柔顺，事无巨细胥曲当先生意。未几，先生患病久不愈，节母祈祷备至不应，誓以身殉。先生曰："汝母然，吾父母虽弃世，而祖母一息尚存，且襁褓中物，尚需乳哺，汝必欲从我于地下，如龙钟老母，茕茕孤儿何？为我殉，不如为我守。为我守，我犹有后望；为我殉，我则长已矣。"因泣下，节曰含泪对曰："夫既有治命，不敢违，自不敢忘。"先生卒，节母号恸几绝。祖母劝曰：汝勿忘汝夫言。乃略进水浆。而哀痛之忱，未尝一日不见诸眉睫间也。时太子孺人年六十有一矣，节母奉祖姑，敬与诚并如不胜，如恐失之。疴痒则敬抑搔之，出入则敬扶持之。凡甘旨柔滑必先供祖母而后尝。太孺人年九十有奇，乃卒。节母之教其子品纯先生也，不事姑息，总角时节遣之入熟，暮归，辄就日间所读之书试之，句句成诵，乃喜。及长，节母尝教诚之曰："汝父以早逝，不忘毕志诗书，汝读书当识道理，自求成立。所谓成立者，不必金满籯粟满庾也，又不必撷魏科取高第也。以书中之所言为汝身之所行。凡治身治家处己处人。间合古礼近人情，俾同里乡党谓石代广之有子，斯可谓成立矣。以故品纯生终生规行矩步，负宗族重望者，奉母教也。品纯生生年弱冠娶凌氏，举一子。凌卒，续娶匡氏，亦举一子。节母子两子小卵翼之，教诲之，如当年之教子者，节母认雨鸣机，寒霜拂杼，躬操作，甘淡泊。真所谓健妇持门户也。嘉庆丙子，

里中绅耆呈于有司，有司洋于上官，奏请旌表，奉旨谕
允，载邑志也。"

徐大海送大毛离开天水是第二日晌午了，刚上码头就见大堆
人正围在一块儿，巨大的呻吟声就从人群中传出。

武一守出事了。右手臂已经不见，他肩膀下面的断口处正流
着鲜血。卫生所的同志进行简单的伤口处理之后，就朝武卫道：
"大队长，赶紧送人民医院！"

武卫抬腕看下时间，说道："机船很快就到了，平时我讲话他
总以为放屁，他是爹我是崽，子不监父，我有啥法子？"

武一守脸色惨白，眼睛直视着天穹，嘴上一个劲儿地呻吟着，
似乎他只能用呻吟声才能将全身的剧痛宣泄出来。皮才德蹲过去，
用手臂枕着他后颈，悲沉地道："书记，你一定要挺住！今天啥日
子呀让你无意间走神？唉！"

武一守感激地瞅上皮才德一眼，摇摇头，又可怜地呻吟起来。

今日并不冷，常四却双手筒在单薄的衣袖里，像在目睹一件
特大新闻似的说道："现在的炸药啊，好像是梯安梯，威力完全不
是过去的老式货，唉……以后买鱼我们就不太方便了。"

徐大海慢条斯理地点上一根烟，在人群后面道："常四同志继
女是我们大队第一个跳出农门哩！"他这样说着时其实是希望有人
问徐剑的情况，可人家的脑袋一时没转过弯来，都把目光投向了
常四。

常梅录上卫校，大家其实早就清楚，但话题已转移，几张嘴
巴就去和常四套着近乎了。似乎他今日双手筒在衣袖里，完全不
是过去的常四，好像有点老爷子格调了。

常四借题发挥起来："三十年河东，四十年河西啊！"

很快机船泊岸了，几人手忙脚乱地将武一守用担架抬了去，
相跟着上船的就只有皮才德和武氏家属二三人。

常四这才不高不低地道："武一守的守字以前改成了首长的首，看来现在只能改成手掌的手，我说得没错吧？"

很多人都说有理，而且完全应当这样改。徐大海这又笑道："常四你把双手筒在衣袖里，是不是向那些一只手的摆威风？"

常四最喜欢在人多的地方说话，他把套着的袖筒摆了摆："武一'手'书记绝不能做出我这种姿势。"

张唯民自从与徐大海私聊过后，就在不久过后的干部会议上说道："以往石灰厂所有的炸药问题不要再过问。从今天开始，实行厂长负责制，并要爆破员现场签字认证，如再出现流失、转卖、被盗等情况，一切法律责任由厂长负责。黄平同志你要听清楚，你是现任厂长，到时候八百斤的磨子就在你头上转！"

皮才德那日把大毛的破鞋拿走本是个台阶而已，他压根就没想到要拿破鞋去找公安验核足迹。未想大毛很快就会出走，皮才德心里就明白大毛八成便是偷盗者。此刻他就接上张唯民的话："书记，您原来担心人命案和西江大坝会被炸毁，现在就任偷盗炸药的逍遥法外？当初听了您书记的指示，我是费了九牛二虎之力才有些眉目，想不到就要不了了之。"

武卫担心此事查来查去怕会把他家老头子也牵扯出来，便朝皮才德直言道："千兵以将为主，现在是张书记要改变主意，我们也只能遵依。"

黄平私下听皮才德说过，只因这几日受武一守事件影响而被耽搁了，眼见武卫也改变了主意，就道："才德兄，验核足迹已经不行了，仓库里后来很多人都去走过，窗户外边也有检修工和其他人来回走动过，除非当初趁热打铁还算差不多。"

皮才德沉闷地叹道："好吧。遵依大家的意见，不过个别人趁机逃了……"

张唯民故意装蒜，问道："哪个跑了呀？只要他狐狸尾巴翘出来，抓住苗头就是鬼，坚决打击！”

过不了几月，大毛挑着爆花机回到了天水。一时间就让他忙得焦头烂额，邻近的梅山、乐平、江树几个大队的老百姓都常来天水找大毛了，流行的爆米花、蚕豆花、玉米花……就成了这一带一时的待客之品，大毛心里说不尽的兴奋，这几月因祸得福，竟让他赚了六百多块。

有天晚上，徐大海以最好的伙食接待了大毛，并指着桌间张铜朝大毛道："你很辛苦，可以叫张铜帮上一把。"

大毛欣然应允，又掏了一百二十块钱放在徐大海桌前："海爹，您收着，另外二十块钱算是敬意。"

徐大海佯作生气状："大毛你把海爹当啥货色，海爹与你啥关系？"

大毛讷讷道："拿着吧，海爹，我赚了票子应该要还您。"

徐大海看都不看票子一眼，又朝徐琴道："你明日拿这钱去给大毛买块好布，做套像样的衣服。要最好的毛卡其布或卡其布。"

大毛今晚要了口小酒，很快就红得像个关公："海爹，很快过年了，这几日就叫张铜挑着爆花机干活去，我去山上凿炮孔。"

徐大海忧戚道："万一要是有人发觉，咋讲？"

大毛似乎早已胸有成竹，只道："啥都不讲。"

徐大海思索过后笑了笑："三个字，不晓得，两个字，莫问。"

大毛却道："半个字都不讲。"

徐大海干咳一声："像张铜一样。"

大毛哦哦几声，声调很像张铜。

除夕之夜，来了一场大雪……

天水的老百姓照例还得争先恐后燃响辞旧迎新的鞭炮。凌晨时刻，徐大海就叮嘱着徐琴："你在神台上点好香烛，烧上纸钱，再与徐剑在神台下朝你娘拜上几拜。大门只关上一半，门外点上二十四根蜡烛……"言毕就与张铜握着绳索与木棍扎进了漫天飞舞的雪夜……

三更时分，雷打石山脉那边响起了极短的一声巨响！

第二天早上，黄平过来拜年就奇异地问："昨晚雷打石那边的惊雷你听到冇？"

徐大海呵欠一声，回道："头次听到这么大的惊雷，咋会不醒？"

黄平接过徐琴递来的热酒，冗长地在杯口抿一大口，朝火炉呼着热气："雷打石山脉确实是个重大雷击区，原来的飞人石都能一劈两开，昨晚怕又会出鬼？"

徐大海犯傻地瞧他一眼："哪日瞧瞧去，挑个好天气。"

黄平眼珠儿在眼圈里飞转一阵，就问："老兄，昨晚你家屋前为啥会有那么多亮烛？"

徐大海回道："保烛！保二十四节。迎二十四路财神哩。"

"雪天咋会有雷？"黄平出门窘了小阵，又问道。

"不晓得。"徐大海送至门口，"瑞雪兆丰年啊，老弟！"

第十五章　初迎曙光

　　与往年不同的是没有出工铃声，也没有分工会议，各自顾着各户的田块去了。

　　很快到了1982年初春，徐大海刚当上岳父，又在一个群众大会上当选了生产队队长。黄平在会上道："即将就要联产承包责任制到户了，我们生产队今后就叫村民小组，徐大海同志就是我们村民小组的第一任组长。我相信在徐组长的精心组织下，责任制到户一定会取得重大胜利。"

　　掌声刚息，常四就道："生产队都不存在了，集体财产咋处置？"

　　徐大海并不含糊："能拆散的拆散分，不能拆散的卖掉分，耕牛农具按户数组合再统分。"

　　大家都表示赞同。很快又对仓库、保管室进行了公开拍卖，最后却因氨水房的处置犯愁了。因它唯一的残值只仅一点破旧的砖瓦和木条而已。

　　石嫂低声道："我说有力的就去挑，没力的就不要眼红。"

　　黄平笑道："那氨臭气腐蚀性太强，我不眼红，有力的尽管去挑，不过，拜托大家给我留下挨地的那一排青砖，我实在得添个砖灶了。"

翌日，力气稍好的果然都去了，尾后石嫂就道："挨地的这排青砖已经腐得拿不上手了，留着也让老队长服口气吧。"

黄平过来见人一包香烟，道着感谢。大伙就笑得合不拢嘴，黄平便道："看来青砖已经拿不上手，还是留作界址，我在中间暂时锄点小菜土，大家不会介意吧？"

常四吐着烟雾道："烟盒都撕了，还有什么好说的，难怪从没见过老队长这么大方，今日还是动了心计。"

黄平就咧开嘴巴笑道："算不上心计，借力用力而已。"

徐大海如今是四队小头目了，说话就很有分寸："既然大家一致同意，今后就别怪罪到我徐某头上。"

常四道："谁要这么讲，就算不凭天地良心。我认为黄平和智取威虎山的杨子荣一样光荣，不愧能当上大队干部。"

此刻，武卫正好路过，大伙都嚷叫着大队长，武卫就把右手臂微举，轻轻笑过，道是天水大队已更名为天水村，再叫大队长就不合时宜了。常四就道："那就叫武村长！"武卫还是不紧不慢地道："村长也好，主任也罢，反正都是人民的公仆，说粗点就是抹桌布。"

徐大海想着队里还有两只木船没有处置，队里也没有几个拿得出钱的。往常木船为队里创收不少，可眼下不可能再由集体经营，他便向武卫讨主意了。

武卫说话越发像个村长了："有钱不抓不是行家，组上找不到受主，那就可以公开对外，不管白猫黑猫抓到老鼠的就是好猫。海叔，您不感兴趣？我觉得这是良机，现在政策完全变了，您至少可以考虑购买一只。真的！"

徐大海当众苦笑道："我十三岁随父驾船，风里来雨里去，云游过无数港口、码头，攒了点小钱，可后来竟成了让人指责的富农分子……"

武卫当即合拳拱道:"一朝被蛇咬,十年怕井绳,理解理解。那你和村民好好酝酿吧。"说着神秘一笑,就走了。

徐大海回屋正见徐琴、张铜忙着下厨了,他们还是穿着十天前的结婚服装。徐琴把左手臂一伸,张铜便默默地过去帮她扎卷了衣袖。她左手握刀,右掌压着鱼头,霍地便将鱼肚划破了,而后便见徐琴弓着手指将鱼肚掏得干干净净,张铜见状舀了点水朝她双手和鱼身冲洗一番。

徐大海看着欢心,拍着张铜肩膀道:"好品性离不开好教养,你们让爹放心了。"

张铜口里哦哦着,眼睛里堆尽敬意。

不多时,武卫踱了进来,徐大海知他为木船的事而来,便引着入了里间。

武卫坐下就直奔主题:"今日的事你知我知就行,你抓紧开个村民大会,以投标的方式对船只进行公开拍卖,一条原则就是以最低价格把它们买下来,我交个底,两条船总价不高于六百块就行,你从中能捞上多少利润,就看海叔你的思路和心计了。"

徐大海明白有人找他出面斡旋此事了,就道:"万一我放下定金定下来……没人接管呢? 那我不又要陷进去?"

武卫轻声笑道:"以前我在石灰厂最敬重海叔,做事从不翻船。今日我还是这么认为,这二百块钱就当定金吧。"言毕就匆匆走了。

饭后,徐大海握着铁铃就匆匆地走了。铃声响起,又将要召集村民大会了。

会上很快就展开了激烈的投标竞争:

常四把五十元定金往桌上一掷,道是比基价多十块,二百一。

徐大海跟着把定金一甩:"二百五。"

黄平掏钱道:"二百八,算我的。"

徐大海再嚷:"三百算我的。"

常四迟疑小会儿，闭上眼睛嚷着："三百一。"

黄平又嚷："三百二。"

大毛瞅准其间静寂小许，嚷道："随你们高声大叫，越高越好，恭喜再喊。"

黄平立身扫视众位，正欲发话，徐大海便腾身而起，平声平气道："我出三百五。"

黄平愣怔半晌，突然在徐大海肩上拍了拍，"你的你的！还有叫价的有？"

没人再叫，徐大海当即表态："我先交二百块，余下一百五三日付清。"

傍晚时分，武卫提着个黄色硬皮袋来了。徐大海待他在客室坐下便插上门闩，他脸上堆着笑意："基本是按村长意图办妥，托村长洪福，让愚叔赚点小钱。"

武卫从包里拿出一沓都是十元票额的纸币，笑道："你赚一百五，我赚一百，行吧？这里正好三百，数字就清了。"

徐大海一怔，料他已打听到实价，未想他竟明目张胆地要横插一杠，便道："武村长，你原来不是说不少于六百吗？缺斤少两的事理应不是我们的个性。"

武卫温和起来："昨日我与你计商的也是俩人联手，你也清楚这事我是帮人家出面，我多少也得捞点辛苦费吧？我当初没有想到黄平同志，实话跟您说，黄平开始有很大想法，后来也给了一点好处，才暗下让他支持起来。"

徐大海想着再说也是枉然，便问："那你能告诉我是帮谁出面吗？"

"皮才德。"武卫点上烟，吹着烟雾，"你把钥匙给我，皮才德那边我会让他不乱说一个字。因他不是四队村民，就不能参与投标。"

造价一千多元的木船最终落入仇家之手，往常队里的收入大多靠这只水上骆驼。徐大海满心愤慨，却也只能忍着，难怪一下就来了这么多真金白银，天水少有这样的殷实户。猜定他武卫在那边也会捞上好处，他冗长地苦笑一声："我赚上这一百五十块钱不值啊！"

武卫接过钥匙，劝慰着："跟着潮流走没什么可怕的，还是那句话，白猫黑猫能捉老鼠就是好猫。"说完就去了。

今年暑假徐剑正好逢上双抢。与往年不同的是没有出工铃声，也没有分工会议，各自顾着各户的田块去了。徐大海累得开心，收成自然比往常多了些许。

徐大海大清早花十来元买了新款喷雾器，再把药水调配比例告诉徐剑，又道："儿子，给秧田治虫稍稍轻松点，上午你去完成这门差事。必须等10点左右露水干了才有效果。记住，事后要迅速将喷雾龙头上的珠子取掉。"

徐剑问是何故？徐大海就道："你把珠子取掉，自然就不会喷雾。人家借着去马上得退回来。要是不答应人家，面子上挺难应付！"

徐剑感觉父亲还真有心思，昨下午回来，就亲眼见到原来队上分摊下来的老式喷雾器大多在艰涩的吱嘎声中挣扎，喷雾效果实在差得可怜。"要是大毛开口呢？"徐剑挠着头皮笑道。

"你主动去帮大毛干了，天机不可泄露。"徐大海想了想回道。

徐剑觉得有理，先去问过大毛。大毛忙把农药交来，道是太感谢老弟，连石嫂都笑得合不拢嘴。大毛居然头次在徐剑跟前调侃起来："今日怕是太阳从西边出来了。"

徐剑满心高兴地去了。11点许，就又忙着自家秧田了，黄平却来了，细瞧着那薄匀的药雾正从秧苗上缓掠而过。他蹲在田埂上夸道："大学生治虫真个就是科学化、现代化、知识化、年轻化。再密的害虫也只有死路一条，就像唯民书记说的'户'横遍野。"

徐剑明白他目的是要借用喷雾器，便谦虚道："黄会计您千万别笑我，晚上专程来拜访您。您蹲在田坎上不怕屁眼扯上湿气？"

黄平嘿嘿笑着，一直耐心蹲在那里。徐剑完工过来，拧开喷雾头，一粒亮晶晶的附有无数细孔的钢珠就躺在那儿，黄平眼光正盯着，他只好再拧上头盖。

"这是我们组上第一台最先进的喷雾器，让我借着用上半个时辰。"黄平还是先前那种嘿嘿的笑声。

徐剑无奈间只得松口："好吧。用完辛苦您递下。"黄平接过就道："辰时用完，已时就送来。"

徐剑俯身去塘边洗手，这会儿，年过花甲的皮爷正挑着稻过来。徐剑弓身搓手那一瞬，皮爷放下担子了，屁股就坐在横拴在两个箩筐之间的扁担上："徐剑回来了？大学生坯子……"

皮爷用锐利的眼光扫射时还夹杂着一层余留的凶光。徐剑本是要客客气气地叫声皮爷爷，可一触到这眼光，他就只是点头而笑，算是回礼。阳光下，皮爷的花白胡子像钢刷一样刺眼。很快就见皮爷努力笑了笑，又在朝徐剑道："徐剑你这名字很有阳光之气，有披荆斩棘之意啊！"

徐剑看着他那些粗短的指头，愤然顿生，莫名涌现起爷爷那件揪心的血衫，口里却忍着怒气："我这名字是爷爷临终前取下的，当初离我出生很远很远哩。据我爹说是我八字缺金，所以才用'剑'字。"

皮爷嘴皮动儿下，却无言，良久才道："不错不错。"

徐剑眉头一皱："皮柏在家里干啥？"

皮爷脸上笑意僵冷了，道是你能文能武，而皮柏就会开船，哪儿能与你比？

徐剑被此话弄得不好意思了，忙道："哪里哪里，皮爷爷您太谦虚。"

徐剑到家的时候，屋前铺着的竹席上堆上了好几担谷子。张铜也正在满头大汗地帮忙打晒。他倒是一副精神饱满的样儿，一点也不累。

徐大海在手忙脚乱的时候仍然记起喷雾器，问着："哪儿去了？"徐剑只好如实禀报。徐大海气愤起来："崽卖爷田心不痛，再不接回来，三天三夜是归不了家。人家拿着黄牛就当马。"

正谈着，黄平背着喷雾器来了，后面还跟着个常四。

徐大海瞧他样儿就是开口相借的，便取了黄油来，从黄平手中接过便立马上油。未料常四到里间取了水烟筒出来抽上两口，而后拔出斗芯敲几敲，道是也该清洗清洗了。

徐大海当即明白这常四的用意了，若是喷雾器相借不成他会将烟筒带走。徐大海实在有些依恋这根烟筒了，他瞅机便赔上最亲切的笑脸，道是贤弟要用喷雾器的话拿去就是。

常四哦哦着点头，放下烟筒，就道好的好的。

第十六章　金榜题名

为了这名大学生今后能再接再厉，多快好省建设社会主义，我宣布今晚的伙食费由生产队承担，电影由大队承担。下面电影播放正式开始……

有天上午，徐剑在太阳的炙烤下去田间拖着稻草。他浑身已被泥浆和汗水交织得像只掉在粪缸里的脏鸡。他感觉双腿有些软弱，但只能强忍。年过半百的父亲在这期间几乎没好好透上几口气，而微挺肚皮的姐姐还在为这份珍贵的粮食付出极大的劳动代价。

野外蝉蜕鸣叫，烈日当空。他时而用旧草帽给晒黑的脸上扇扇风，时而用挂在脖子上的毛巾擦擦嘴边汗珠，俨然一介地道的农民。徐琴正把弟弟拖至田埂的稻草小捆小捆地缚紧，再一担一担挑回去，它们将是冬日里黄牛度荒的主食。她朝徐剑笑道："这回更加明白粒粒皆辛苦的味道了吧，所以你一定要跳出这个鬼地方。"

徐剑笑道："不是吹牛，我要是锻炼一暑假，保准比农民更要农民。"

谈笑间，突听得皮柏在河岸边疾呼着徐剑的名字。听说这几月皮柏父子火红地经营着船运生意，他们已将一艘木船成功改制成螺旋桨式自动机船。正好公有制机船停营改制。生意自会红火通天。第二只木船正在改装，将更会给他们在西江河道上带来个体改革者的胜利凯歌……

徐剑循声望去，正见皮柏引着一个高挑的姑娘迈步而来，隐隐见得姑娘上着一件洁白的衬衫，下穿一条乡间难见的橘红色裙子，裙边正一漾一漾地微摆。徐剑在泥水里搓了搓手，赤脚上来便朝越发近前的皮柏递上一个夸张的笑意。他自信此刻只有牙齿还算白亮，徐剑默笑时就这么张大着嘴巴。

皮柏迎面而来，笑道："常梅一上船就叫我当上船夫，兄弟怎么犒赏？"

定睛一瞧，正是常梅！

"常梅……你……你怎么会来？"徐剑语无伦次地说着，目光却仓皇地落在她凉帽下那张越发白皙雅秀的脸庞上。他脚指头难堪地向田埂泥土里抠着，今日徐剑感觉自己比垃圾工还要污脏。

常梅微微笑过，并不急于回答，她给了皮柏二元船费，道是感谢。

皮柏也不客套，连说："谢谢！"东瞧瞧西瞧瞧就走了。

徐剑一瘸一拐地在前面走着，路上小石子时而锥刺着他脚丫。二位边聊边走，步子很缓。徐剑说了自己高考情况，稍后才明白常梅已在县城中医院上班了，还业余写点小诗。往常很少回天水，徐剑就笑她成了真正的城里人，可别忘了老乡。

"咋不穿鞋？"常梅很轻很轻地在他后背说着。

徐剑半真半假地道："农民就这么个样儿，要是穿上鞋子去田边，人家就在背后骂娘，当然，女同志稍有特殊。"

进屋见得徐琴并不过分客套，刚才路上她已与常梅招呼过了，徐大海倒是特别热情，寒暄了老一阵，还去个体屠坊那边买了点鲜肉。

徐剑更衣出来还把金涛赠送的手表也给戴上了，这块怀表他在县城里配了表链，不过，这个组合件早就在休息着，常梅见他很有风度地坐在旁边，便问什么时候了。

徐剑文雅地捋上衣袖，看一眼手表，突然惊讶道："我的老天，昨晚忘记催把了，停着哩！"

常梅莞尔一笑，从挎包里取出照片道："将近三年了，我一直收着……看着你那坐姿，我就暗下发笑，双手反扣后背，像个俘虏似的。"

徐剑回想当初场景，坐在常梅后边，他双手实在没地方搁置，万万不可靠近常梅后背任何一个地方，他就只能那样了："看样子确实成了你的俘虏。"徐剑微微笑过，又道，"诗人你后来还发表了多少？"

常梅若有所思，缓缓道来："省级和地区报刊上加起来差不多七八首吧。谈不上才艺，称得上兴趣的积累而已。有时还真是好笑，上周我无意间随感而发，写了一首小诗，竟还受到了再次表彰。"说着时，她从包里取出一小张从报纸上剪裁下来的铅字纸块，就如豆腐块那般大小。

《杂感》

喜欢一个人

却不敢叫出名字

好比

观赏盆里的金鱼

不敢去轻抚

就怕

它受不住爱的伤害

徐剑惊羡万分，啧啧称赞："诗人，真正的诗人，佩服！"

常梅脸色红了："要说我有点特长吧，那就是甘于寂寞，我之所以学着写诗是因为可以少写字而不妨多想事，手可懒而心却懒不得。"

徐剑再次看看小诗，又问："你不敢叫出名字的这人是谁呢？你既然是随感而发，总有所指啊。"

常梅并不反驳，柔长的睫毛一扇一扇，道是隐私不能言传。旋即又笑了，眼睛朝徐剑荡漾着波光。

很快吃饭了，四人合围在桌间。

常梅很斯文地吃着，徐大海便时不时地给她添菜，又道："我们乡下就这么粗俗，不像你们城里人。"

常梅迎着徐剑目光里的笑意而笑道："徐伯您千万别见外，我最羡慕的就是这种无拘无束、自由自在的生活，下次我还要来拜望，我也是在天水长大的呀……不过今天还没回去哩！"

徐大海呷口乐酒，连道："欢迎欢迎，我还巴望与你爹爹打上亲家哩。"

常梅抿嘴薄笑丝许，耳根无意间一片通红。

突听得张唯民在门外嚷道："亲家……中状元了！"他进来就晃动着那张耀眼的通知单。

徐大海半晌都在语无伦次："真的？……真是真的！"

"哎呀……"常梅和徐琴惊呼起来。徐琴居然能用半只残掌与那只好手对拍着，拍着拍着，她哭了起来："我娘的坟山灌气哩！"

徐剑高兴着，想不到还能考上本省农校，他好不容易才抑制住那份容易外泄的狂喜，只道："刚才我爹差不多成了范进中举的那个模样……姐姐，你哭啥？"

徐琴还是那样哭："我老弟读的是苦书，吃的是霉菜，这十多年不容易……我娘真有灵气！"

常梅也受了感染，视网膜上一片晶莹，小许就听得她道："琴姐说得一点也不假！"

张唯民语气铿锵了："为国家输送人才，大队今晚赠送一场电影！"

徐大海也想扬眉吐气一回，却又想常梅考上中专的时候，大队并无此举，便婉言道出其中瑕疵。

常梅笑道："伯父别多想，放映电影吧，大学与中专完全是两个概念，我这两天正好休假，也想凑凑热闹。"

很快就到了傍晚，看电影的都来了。大毛、皮柏、皮芝也不例外。皮柏走到徐剑跟前笑了笑："怎么没请敲锣打鼓的？"

皮芝瞪她哥哥一眼，没好气地道："电影就电影，又不是人戏！"如今的皮芝已读初中，一米三四的个子上生着一副伶牙俐齿。

皮柏瞧着大毛一副傻相，就道："叫花子打狗，各习一门。我们三人也是各习一门：捡鱼撒网、开船运输、攻读大学。我挤在你们中间，不上也不下。不过，只要我掌控机船，随便拉拉油门，机船就在乘风破浪的时候稳如泰山。"

徐剑早就清楚皮柏年纪轻轻就跑上江湖了。前两年曾经办了个钟表维修店，只因机船业务才把钟表店关了。便笑道："我们三人是同年兄弟，以后家里还得请兄弟们关照关照啊。"

皮柏晃了晃手臂，顿时便露出两只手表，他滑下一个递向徐剑："别嫌弃，作个纪念！"

徐剑还在纳闷间手表已被套上了。他一边说着不行一边取下了，碰巧下午那只坏表他已给了父亲。

皮柏便道："兄弟太不给面子，这块永久牌手表挺好，其实我当初只花了二块五毛钱从人家手上买下的，换个小齿轮，顶好！"

徐剑捏了捏表链，笑着说："兄弟，我永远都怕你，小时候，我两手空空的时候，你就戴着两个铁圈。现在我还是两手空空的时候，你又戴上了两个手表。"

皮柏再次给他戴上，道是匀称了，你我各人一只才是兄弟。

大毛看不惯皮柏这一套，就道："人往高处走，水往低处流，我大毛就没人敢送。"

徐剑明白其意，便在大毛臂上捏了一把。

皮芝看了看各位，诚恳道："大学生就是不一样，说话很有意思。"

徐剑细瞧一番皮芝，感觉很顺眼，伶俐而秀气，便拍拍她肩膀："我考上的只是普通大学，今后妹妹一定要考上名牌大学。"

皮芝亲热地微笑道："谢谢！"她从袋里抓出大把蚕豆，分了一半给大毛，又给了徐剑一些，道是你们这些哥哥都是我学习的榜样，说话间她还瞅了瞅大毛，大毛便讪讪地朝她笑了笑。他感觉皮芝一直对那次相救持有一份感恩，心里便无形地舒坦了。

这时喇叭里传来了张书记的讲话，几个人才依依而散。

"同志们，晚上好！天水有位好同志，叫徐大海。他老婆走得早，但是，这位同志能化悲痛为力量，一心一意把心思用在孩子身上，今天你们就发现他的儿子考上了大学，一只打不烂的铁饭碗啊！同志们回想一下，这位同志既要做男又要做女，吃的穿的用的同样也是我们这个社会主义大家庭的东西，为什么我们其他同志不能向他看齐？今后徐剑分配工作了，这张嘴巴吃的就是国家口粮，不会再向生产队的仓库伸手，这就是为生产队立功为人民群众立功！更是为天水大队争光为干部争光！为了这名大学生今后能再接再厉，多快好省建设社会主义，我宣布今晚的伙食费由生产队承担，电影由大队承担。下面电影播放正式开始……"

鞭炮响着时，徐剑和大毛进屋了。徐琴正用开水冲洗剩肉余糕，徐剑明白放电影的两三名汉子专门在外面捞吃，像是些饿牢里放出来似的，姐姐定是怕散场后他们再要闹吃就提前挑留了一些。

徐剑拽了大毛一把，道是看去吧。其实他很不情愿让大毛瞧着徐琴冲洗残菜的那股寒酸劲。外面黑压压的人群全在盯着银幕。

西边的太阳快要落山了，微山湖上静悄悄，弹起我心爱的土琵琶，唱起那动人的歌谣，爬上飞快的火车，像骑上飞驰的骏马，车站和铁道线上，是我们杀敌的好战场……

那个时代，战争影片能让人达到废寝忘食的地步。皮柏却不怎么爱看，他叼着香烟在人群圈外像巡逻似的。徐剑心想皮柏要是把皮营长那根红缨枪背在肩上，就活像个民兵营长了。

电影放到小半途，常梅从人群中出来找到徐剑道："我先回去，能不能送下？"

徐剑把嘴唇凑到她耳旁："别走前面，你先到后面去等我。"

常梅依了。远远地立在人群后面的樟树下。很快就见到徐剑从屋后出来向她招手。她轻轻地走到了那条迂回的小道上，有意与徐剑保持着三四米的距离。她身上带着个小型收音机，路上她开了音乐频道，以防路上碰着熟人时尴尬。

徐剑自然明白她并不急于回去，无缘无故地就到几年前他们去过的那个地方，旷野不时传来成片的蛙声。徐剑在山下熄灭了电筒，并排着常梅肩膀，向山上那条小道走去。

常梅身上弥漫着幽幽的淡香和半导体收音机里传来很有磁力的小提琴曲调，旋律时而轻快驰越，时而雄浑悠长，时而又激扬高昂。徐剑生怕惊扰旋律，只是偶尔用手指无声地击着。常梅轻声道："这首《田园》需闭目用心聆听，好像上帝洒落星辰的那种超凡脱俗。"

徐剑便道："我记得报刊上一位老师说过，诗有歌的旋律，歌有诗的韵味。刘半农原来有首好诗《教我如何不想她》，后来赵元任一谱曲，就成了好歌。这方面我不是太懂。"

常梅竖起拇指道："还说不懂？完全有理，古时诗与歌就连在一体，叫诗歌。"

小会儿又出来一首二胡曲，曲律沉浑而悲壮，节奏冗长而凄伤，徐剑便道："这曲子实在感人！啥名字？"

"《将军吟》，"常梅朦胧中飞他一眼，"我很喜欢这曲调。"

今晚还是没有月光，朦胧的夜色全靠星星打点。

常梅关了收音机，手指头抓紧着徐剑的食指和中指，把头埋向他胸间，徐剑搂了搂她，用下颌磨蹭着她发香的头顶，常梅旋即抱紧了他腰杆，只听得她喃喃道："我心头无法割舍你了，大学里好好锻炼吧，我会永远等你。"

徐剑蓦地吻了她温润的嘴唇和眼睛："等我吧，梅子，我永远属于你！"徐剑缓缓回过神来说。

"我也永远属于你。"常梅好不容易才松开手臂。

二人牵着下山时，常梅轻声笑道："我又说一句诗话，请指点：请相信，我爱你，因为我爱自己。不然凭什么我配得上你……"

徐剑在她脸颊上吻了吻，也道："请相信，我爱你，因为我爱自己，不然凭什么我配得上你……"

常梅呵呵地笑着，山下她开了收音机，伴之而来的便是徐剑打开了那束通亮的电光，不太安分地在四周晃动。

到家就见人都散了。徐大海明白儿子那点个性，却装糊涂："飞快入校了，有空就多去转转。"

徐剑嗯着点头，又道："我很想给金叔叔、肖阿姨写封信去。"

徐大海点头赞许："我正有这个想法，根像葫芦叶像种，还真是我儿子。"

信里他融入了很多感慨和人生目标。也把家庭琐事及近况作了汇报，尤其是关于金蟾伏虎波折等，对二位长辈的尊敬之情跃然纸上。大约过不了十来天他就收到了回信，二人都署了名字，全信却只有两句：

徐剑真棒！

金蟾伏虎是镇家之名雕，璀璨国宝！

　　不出二日，又收到书画一幅，徐剑父子喜形于色，疾速打开了画卷。瞬间就呆住了，烟雨、群峰、渔舟、细浪、铅云、河面……墨色下的一切浑然一体，仿佛照搬了往日目睹的画境，只少了大毛坐着的皮艇。

　　画上有几排隽秀的行书小字：

　　乍看天水斜雨飘扬，山色兀翠，烟幕蒙蒙，渔舟腾浪。以至陡生粗念，试笔且当天水掠影，又欣闻友家喜事连连，亦且聊表祝慕。金涛某年某月补壁。

第十七章　风波迭起

　　石嫂一时平稳不下情绪，只是一个劲儿地摇头，一个劲儿地夺下大毛菜刀，又一个劲儿地把大毛按在竹凳上……仿佛一个伤感的哑巴在表述什么。

　　转眼就过了三年。

　　徐剑毕业分配到西江乡政府那年，正遇上全国农村村支两委换届选举。天水村还算顺利，张唯民退休，由武卫任书记、黄平任村长、皮柏任会计。有人道："天水三代会计都集中在皮氏家族。"这一结果又是必然的。天水只仅巴掌大一个地方，几个稍有名气的头头脑脑谈笑风生地讨论一番，下面就有百姓在交头接耳了。

　　连皮才德这次也在大力协助，一来皮柏也在其列，二来他皮才德还可继续留得民兵营长这个闲职。因此，皮才德便在会上即兴讲道："现在是要知识化、年轻化，我是思想老化，跟不上形势。天水今天汇集了这么一股新鲜血液我非常高兴。在此拜托各位，下届坚决让我辞去民兵营长。不是吹牛，我稍微在河里转几个圈子，比这份工资还多……"

　　武卫接道："感谢各位的鼎力支持！天水新班子既要巩固集体

山林，又要完善好山塘、水渠。不仅要保持地方稳定，还要大力发展粮食生产和个体经济。不过，当前压头的是两件大事，其一，计划生育是基本国策，过去中状元的叫五子登科，现在多生、密生的就要逼得五子出门，哪五子？谷子、票子、猪子、锅子、箱子。其二，农业税和统筹款仍是老规矩，半月不交的，滞纳金天天在涨，就像落雨天背蓑衣越背越重。同志们，识时务者为俊杰呀！"

黄平带头鼓掌，徐大海感觉气氛不怎么对劲。细想武卫发言虽然铿锵有力，远胜他父亲那点东扯西凑的口才，但口气和内容都流于形式，甚至忽视了下面实况和百姓感受。他想想便道："作田要纳粮，崽女应养娘，正当的农业税理应尽早交清。不过，据我了解，统筹款纯属摊派，而且年年飞涨。所以，领导们也应去上面多反映，让百姓稍微轻松点。"很快就听到许多掌声回应着。

黄平已是名副其实的村长了，说话也像武卫那样底气十足："这个问题到处都一样。不是我和武书记能够答复的。我建议徐大海同志先从家庭入手，徐剑来乡政府上班了，看能否请他豁免这些摊派。我代表天水百姓向你们父子表示敬意！除此以外，一切大话就是作秀。所以丑话说在前头，大家思想上才有认识。"

徐大海听着刺耳，也明白这几年与黄平越发有了隔阂，尤其是拍卖木船那事，他思量小番便道："农民要是累了病了还得睡上一觉，休息休息。这瘟死的滞纳金二十四小时跑个不停，从不休息。我认为干部应当出于担当把这笔费用踢开。光会领着上面执行队来个五子出门，还算啥干部！像过去的……"徐大海说话间已无法抑制自己的情绪。

"汉奸……地痞。"大毛突然站立起来，今日他是临时抽调上来提流动票箱的，关键时刻自然会要帮着他海爹一把。

武卫挥挥手，脸上严肃着："大家的心情我都理解，但是，巧妇难为无米之炊，村级没有其他经济来源，唯一的石灰厂也面临倒闭，为啥会倒闭？就因我们天水跟不上形势，没有公路，三面环水，一面临山，就像一个封闭的半岛，我们的石灰生产和销售远远被人家淘汰，现在我唯一想做的一件大事就是修路，哪怕是拉通毛路。"

徐大海听着此话熨帖多了，便换了脸色："要想富，先修路，我举双手赞同。"

这会儿掌声才热烈起来。

很快，徐剑就被推荐到西江镇乐平责任区担任副主任，具体分管梅山村的联络工作。梅山与天水很近，仅相隔一座山峰而已。

有天，徐剑很想体验一番翻山越岭的感觉。却见天空彤云密布，闷雷连绵，也就作罢了。刚入家门，骤雨便铺天盖地而来。

徐大海帮儿子庆幸着，又道："我手头有五百来元，去买辆单车和电视机还有余地，干部家庭，也不能太差劲。"

徐剑明白皮才德购买了十二英寸黑白电视机后，黄平紧接着就买了十四英寸的，武卫买了十七英寸的。村里自行车也添置了很多辆。父亲见着就不怎么顺眼了，老爱唠叨此事。徐剑就道："去买台十四英寸电视吧，不上也不下。单车暂时放下，万一要用就到姐夫那儿借着就是。每月七十来块，结几月工资再考虑吧。"

徐大海默认着，感觉如今二十二岁的儿子真是知艰知苦！

不多时，大毛提了条两斤约许的死鱼过来。徐剑便笑他："羡慕老兄！神仙一样自由！"

大毛把死鱼递来，分明就是臭味钻鼻了："先把臭气煮了再走锅。"大毛也是一笑。

徐剑硬要给上一块钱，道是臭鱼不臭味哩！

大毛真的生气了，道是鱼臭了钱不能臭，我们也叫兄弟？

徐剑瞧他全身湿透了，正拖着烂鞋往回赶，禁不住湿了眼眶。他真想叫一声哥哥，可他喉咙还是没有唤。

过不多时，石嫂突然匆惶地飞跑而来，进屋就朝徐大海道："快……快去帮大毛解围。"

　　瞧她那副急样儿，徐大海也不含糊，边走边问地跟她去了。

　　今日她家仔猪正好到了出卖期，十余头仔猪就余下最后四头。按规矩得让买主守着吃饱再算款，先前八头都吃得饱饱的，买主们都高兴地按饱食价格付款走人了。黄平先前守着时也是大口吞食，突然就见畜生停下了。谁都明白少吃多少潲食就少了多少重量。

　　大毛硬怪黄平往潲食里弹了烟丝，俩人就吵了起来。

　　"哪晓得大毛推他一下，黄平就倒了……"石嫂怯怯地道，"黄平刚才死了，常四通知他家属去了。"

　　徐大海明白事重，只道："你叮嘱大毛先到我屋里去躲一躲，千万不要露脸，我会见机行事。"

　　石嫂仍是怯怯地道："就怕黄泥巴掉在裤裆里，不是屎也是屎。"

　　黄平果然躺在地下，他双目紧闭，嘴角挂着些许白沫，徐大海过去推他臂膀："黄村长！……黄平老弟……"可什么反应都没有。

　　黄平的老婆过来就大哭大闹起来，徐大海赶忙叫石嫂去请武卫来，道是越快越好，他心里也躁动不安了。石嫂点点头，还用那种信任的目光与他对视小瞬，徐大海就明白大毛已经溜了。

　　不多时，武卫就来了，皮柏还跟在后边，如今他是名副其实的村干部了。自从有人跟上了机船行业，皮柏便瞅准时机转卖出去。一时又经营起古董和民俗收藏的买卖来，他私房里已是琳琅满目。有人也看到过皮柏送货出手的场景，在天水人民眼里，他胜过了上两代，时不时地都把他当作阔佬打量。

　　武卫大体听了介绍，过去叫了几声村长还是没有醒。

　　常四不知从哪里又拱了出来，大声道："武书记，先前从头到尾我一直在场，要不要我说几句公道话？"

武卫满脸笑意，扬扬手掌，让常四继续说下去："大毛确实推了村长一下，但并不很重……"常四双手又筒在袖口里，像是怕冷似的，又倒吸口凉气说，"村长先是屁股落地，再是后背落地，最后就是脑袋，我看得明明白白。"

黄平的老婆又平静不下了，哭喊起来，腔板与农村很多妇女的唱腔差不了多少，其实就是边哭边唱。当然较比起石嫂来还是差了档次。石嫂在哭唱时还要用手掌手背轮番拍击地面，感染力自然就大不一样。不过，黄平老婆的吐词还算清晰："别的都不说咪，只要男人活过来呀……今个早上来买猪咪，哪晓得就进了杀场呀……常四你要想着崽女往上长咪，莫是养崽冇屁眼……"

石嫂静静地坐在门槛上聆听，也时不时地向徐大海溜上几眼，这一溜就是要徐大海溜出主意来，徐大海一时也溜不出主意，就用香烟出气，一个劲儿地给各位递烟。

武卫绕着黄平看了一圈，突然捋起袖口，嚷道："一碗冷水，三根香棍子，六张钱纸，九个铁钉！快点……"

石嫂立身弄了东西来，但见武卫一只膝盖跪地，另一只腿半弯着，他把铁钉插在地上，烧了钱纸，又用燃香绕着碗口转了好几圈，他正念念有词，小许就见他喝上一口，猛然朝黄平脸上喷去。常四很会插科打诨，过去道："香棍子和法水给我，我去放到神台上。"

武卫默然给他，又拔出一个铁钉在黄平指尖上刺出血滴，再狠劲掐了掐黄平的人中穴，掐了好半晌，黄平就缓缓睁开了眼睛，如大梦初醒一般，问着这在哪儿？他老婆又哭了起来："傻了……全傻了，脑壳出了毛病！"

皮柏微微笑过："大问题应该没有，小问题就很难说。正如我在外面收藏品的时候，一个破破烂烂的坛坛罐罐，或奇形怪状的一个石头，我都出钱买下来。有人也说我脑壳出了问题，我就说我脑壳没有大问题，只有小问题。"一句话引得大家乐笑起来。

徐大海心头松懈下来，朝皮柏努力和悦笑过，他内心是希望皮柏帮着开消此事。旋即又近前递上香烟，再朝黄平道："村长，抽一根定定神。"

黄平摇摇头，扭扭脖子，终于道："这在哪儿？刚才我啥都忘了，完全跟死去一样。"

众位都为武书记叫好！也都不去痴问其中神明之理，又半拉半搀地将黄平扶到屋中坐下。

武卫待大家吹了他好一阵，这才正襟危坐，轻描淡写说上一句："退邪退煞我一般不出手，出手要伤元神啊，今天没有办法了。"

徐大海瞪大眼珠，结巴起来："牛皮……不是吹的，今日让我大开眼界。有人曾吹某某会功夫，那全是屁话，武书记就有真功夫！"

武卫轻轻挥了挥手，进入正题："村长，你有啥想法？"

黄平摸摸后脑勺，摇头道："我啥想法都没有，只要脑壳没有问题。"

石嫂给各位递过茶酒，忙道："村长，你脑壳要是有啥问题，我和大毛全部承担！"

黄平道："好吧，现在你们就陪我去医院检查去。"

徐大海想着石嫂表态过于轻率，就道："人无千日好，花无百日红，人的身体很难讲。我代表大毛说一句，一百块钱一次性解决，请村长包涵包涵。"

黄平直率道："要是换在别处，没有五百块钱免谈，这里看在大家面子上……至少也得三百。"

武卫沉吟小许表态了："二百块吧，现在交钱。"

这会儿，黄平犹豫了好一阵，一副无可奈何的样儿，道是事小中人大，书记开口他只得遵依。

事情总算扯平，路上常四就朝徐大海悄然道："我记得黄平八九岁的时候发过一次羊角风，队长你还有印象冇？"

徐大海自会清楚羊角风其实就是短时癫痫。他苦笑一声，感觉自己与大毛都被黄平戏弄了。

大毛其实并没有走出多远，他一直在屋后竹林中观察动静，想不到会是这种结局，大毛非常清楚：他手掌只是很轻地碰撞了黄平一下，而二百块钱就意味着仔猪款全部落入他人之手。

他猛然拖上菜刀，朝石嫂道："娘，我要和他拼了，你照顾好自己，听清冇？"

石嫂先哦哦着点头，突又抱紧了大毛。大毛感觉她肩膀在颤抖，也感觉她的泪水正掉在自己额头上。大毛心都碎了，平生第一次见到母亲会这样。便道："娘要我咋做我就咋做。"

石嫂一时平稳不下情绪，只是一个劲儿地摇头，一个劲儿地夺下大毛菜刀，又一个劲儿地把大毛按在竹凳上……仿佛一个伤感的哑巴在表述什么。

下午，大毛走了。他只提了个老式布袋，装着一双旧胶鞋和一身卡其布衣服。他好不容易才说通母亲，说要出去转转。

"你要去哪儿？"石嫂送他上了渡船，突然抓紧他衣襟问。

"不远。我还会回来看您的，娘……"大毛把嘴巴张得老大，这样才不至于让喉管颤动。

石嫂似乎有话要说，但她嘴唇嗫嚅了好几下，还是没有说，良久才听得她在讷讷道："娘心里好慌……别走！"

大毛眼睛望着别处，心里在翻江倒海，窘了半晌才搪塞道："为了我们这个家，我得出去挣钱，三两天我就回来一趟。回去吧。"

石嫂把浓稠的鼻涕涂在鞋尖上，再用衣袖掠过眼角，这才高兴了："我回去，现在就回去……你别骗娘。"

大毛点点头，石嫂这才走了，望着母亲背影渐渐远去，他泪雨滂沱，脑里又漫无目的，几乎是一片空白，所谓三两天回来，那仅是一种不负责任的谎言而已。

步行到西江镇区已近5点，夕阳逐渐衰弱，他一路想着，还是找徐剑为宜。到了乡镇门口，大毛便打听着徐剑去向。有一干部并不熟悉徐剑，便道："很快就是饭时了，你去食堂门前守着就会找到。"

大毛依了。果然不出半小时就见到徐剑握着饭票来了，徐剑一眼瞧见了大毛，不禁诧异道："大毛！找我？"

大毛喜出望外地点头回应，：随即讪讪道："我只能找你，老弟。"

徐剑噘着嘴角一笑，道是先吃饭，等下再说。大毛瞬间就把三两装的陶瓷小黄钵扒得精光，舔舔嘴皮道："老弟，我习惯吃得快些，你慢点儿。"

徐剑又给一张饭票，道是没饱就再去端上一钵。

大毛拍着上衣口袋大声道："老弟，饭票我给钱，卖鱼钱和爆米花钱我还留了四百。"

食堂里很多双眼睛都注视着这边，徐剑低声"嘘"了一下。大毛敏感地意识到什么，这才一声不吭地把钵子饭很快消灭掉。

徐剑把他带进自己那间泛旧的房子里，问："是啥事？"大毛坐在床沿上，眼睛穿梭似的四处瞧瞧。沉闷半晌，终于详述了一切委屈和窘境，他语气既不伤感低沉，也不激动愤慨。最后才恳求道："我真不想回到天水去，你帮我推介一下吧，杂工、学徒、跑腿……都行，甚至去青龙山当和尚都可以，只要有个蹲身落脚点。"说着时大毛又拍上衣口袋了，道是带了现金四百块，全身就这么点家当。

徐剑思量着道："暂不急，先住下。"

正说着，有人从虚掩的门缝里探头过来。

"哦！李书记。"徐剑赶忙热情道，"坐坐，李书记……我乡下一位老兄……快起身，大毛，去买包烟来。"

大毛不容分说去了。李书记并不急于下坐，端详着墙上金涛赠来的画卷，只听得他赞不绝口："徐剑你还真有些来路，金涛自从办完上次画展，已调地区任美协主席了，升值空间不可小看啊。"

李书记是乐山责任区书记，叫李刚，工作上雷厉风行，安排事务也只有那几句硬邦邦的话语。徐剑印象中他还是头次串门，便恭维道："书记如有兴趣，下次我帮你讨一幅就是。"

李刚连道天价天价，不敢不敢！这才坐下悦声道："老弟来责任区大半年了，工作还算扎扎实实，我李某心中有数哩！"

徐剑趁势谢道："感谢书记栽培，还得您多多指导。"

大毛进来了，他还算灵泛、大方，给二人各递上一包过滤嘴笑梅烟，那时候西江街区只有这种最好的香烟了。大毛还另外打开一包，给他们又各递上一支，忙完就轻轻地带上门把出去了。

李刚一边抽上一口，一边称赞："你老兄只要穿好点，出去准会吃得开，眼眨眉毛动的好青年！"

徐剑轻叹一声，说道："他不愿待在天水干农活，非要我介绍到街上混嘴巴，短工、学徒都行，唉……我人微言轻啊，书记，西江街上我并不很熟。"

李刚用指关节在烟盒上弹了弹，和色道："要是能吃苦耐劳，就去我表弟单车维修店帮工吧。先学徒，精通了就出师办店，我表弟还要经营配件、出售新车，自然很忙。"

徐剑赶紧千恩万谢，道是假若他不听使唤我就会骂他。

李刚轻轻松松点头了，立身道："我今日找你谈话有几个重要原因，你清楚吗？"

徐剑早就耳闻李刚即将上任西江镇副镇长了，想不到自己能逢上这种殊遇，便直言相告："书记，请您指点，我并不清楚。"

李刚缓缓道："金涛主席谈到过你，对你很关心，这是其一。其二，我看过你为梅山村代写的一个可行性报告，言简意赅，可信度高。所以我认为你是内大于外的人，应该找你谈谈。"

徐剑瞧他眼色时不时地向画卷瞄上几眼，便道："书记，我本想把这幅送给您，但考虑到有天水这个名不见经传的小地名作梗，所以我只好下次向金叔叔求援了。"

李刚仰脖长笑，用手指点点徐剑，说道："不一般！徐剑确实不一般。"说着他就辞行出去了。

大毛一直坐在外面石磴上，小会儿就进来道："李书记刚才还和我握手哩！"

徐剑不希望他丢人现眼，便批评道："衣服整齐点，做事勤快点，谈话文静点。只晓得三担牛粪六簸箕就别来出丑，你以为街上和乡里一样？"

大毛低头听着，好久才抬头道："我慢慢学，一切听老弟的。"

徐剑声音大大的，又道："徒弟徒弟，三年奴隶，凳子倒了，迅速扶起，你懂不？"

大毛回道："我慢慢学，会懂的。"

徐剑还不放心，再道："做手艺要眼观四路，耳听八方，既要把本职事情做好，又要多接受别人的批评，你懂不？"

大毛望着徐剑，一本正经道："我也会慢慢学！"

徐剑火了，训斥道："你就会讲慢慢学，吹牛拍马，还得看场面，你懂不？"

大毛瞪大眼睛，问道："今晚买烟没有搞错吧？"

徐剑这才缓言道："套近乎你倒是一套一套的，今晚还算勉强吧。去买块毛巾在外边龙头下洗洗，别怪我嫌你。"

大毛嗯着说好，道是老弟就是老弟，没有花架子。

徐剑心热了，也软了，忙问为啥？

大毛怯怯地瞧他一眼，道是我也不知为啥，我只知道你是我的老弟。

徐剑叮嘱了明日事宜，不多说什么了。

第十八章 随心所欲

徐剑与常梅相视一瞬，很快又移开了目光，徐剑发现一层不易觉察的笑波一漾一漾地融入了常梅眼底，使她那双眼睛更加迷人。

1987年清明前，西江镇遇上了一场罕见的特大暴雨。六十五个行政村内灾情频传。最为显著的无疑是库区辖内的低洼处——梅山与天水。梅山地势最低，防洪堤岌岌在危，并伴有严重的山体滑坡，千余人的生命财产正面临着威胁。

李刚正是主管农业的副镇长，当即带上徐剑和办公室主任抢在洪峰来临前渡过了天水河道。徐剑自从去年评上优岗并任副书记以后，对李刚的那份敬仰更是与日俱增了。梅山仍是他的联络点，他不得不以更加高涨的热情投入到实际工作中去。

整整一个通宵的奋战，战壕式的土袋终于抵御了洪峰的疯狂，山体滑坡地带的居民也被安全转移。

当晚李刚在自家设了小宴，单独邀请了徐剑。这于徐剑而言，无异于又见到了一缕明媚的阳光。

桌间李刚说话很不隐晦："本次抗洪抢险全镇的突出典型，上面领导有意图对我李刚进行重点宣传，并将抢险事例以纪实体文章上报到省农村报。老弟文笔还可以，先试试看，反正老兄的一举一动，你都看在眼里记在心里。我认为文笔既不要哗众取宠，也不要枯燥乏味，以事实为基础……又要发掘深度。"

徐剑憨憨笑道："承蒙镇长信任，我先试试，如果不行，就请您当即淘汰，另请高明。"

李刚豁然笑道："我只相信自己的眼睛，从不相信自己的耳朵，以前有人说办公室某某某是支硬笔杆，可我看过他的东西后，就明白仅是虚名而已，老弟绝对会胜他。"

饭罢，徐剑告辞出来，伏案疾写了一篇初稿，翌日大早就让李刚检阅去了，几日后的一个晌午，李刚兴高采烈地握着报纸找上徐剑道："名不虚传，文笔不错！"

徐剑大致浏览下，基本没变动原稿。

有多少爱，民众就回报多少信用 （徐剑）

3月25日，黄桥县因遭遇持续强降雨，位于西江乐平责任区辖内的西江中型水库水位急剧上涨，库区1000余口大型养鱼网箱顺流移动至大坝附近，随时可能蜂拥冲击大坝坝体。如果大坝被冲垮，库内数亿立方米洪水就会奔泻而下，给下游数万民众造成灭顶之灾。上午九点，副镇长李刚同志肩负党委政府的重托，放下手头所有工作，立即启动应急机制，仅用五十分钟便召集了乐平责任区十二个行政村的支书、主任赶至水库现场。经过三小时的连续奋战，网箱终于得到有效控制，大坝险情基本消除。

更为惊心动魄的是梅山村防洪堤保护战。下午5点，李刚率领责任区其余两名同志冒险抢渡了天水河道，他号召梅山群众投入战斗。天黑前，二千余袋黄土全部准备就绪。李刚忘记了疲劳与饥饿，与村上同志一同留守堤坑。晚上9点许，洪峰一次次高涨，但李刚临危不惧，亲自指派强壮力士在手电筒的照耀下，将二千余袋黄土悉数堆垒成战壕式的铜墙铁壁。任由疯狂的洪峰如何猖獗，一排手牵手的人墙一直坚守在这个铜墙铁壁的后面……

凌晨时分，洪峰退却后，李刚又一马当先，领着村上几位一同去督促另一阵地——山体滑坡区。幸好那边有村干部的精心组织及竭力排险，有效预防了人员伤亡的发生。

李刚同志的这次抗洪抢险，完全不是作秀，他的言语和行动，恰恰展现了他把基层当家，把基层人民当成自己家人的心态。大家都知道，一个人是否对他人有爱，其实不用看他说得有多漂亮，而要看他做了什么事，而且还要看他是怎么做事的。人心都是肉长的，有没有爱，每个人都会以最朴素的情感去体会去感知。

徐剑拱拳恭贺："李镇长成新闻人物了，可别忘了当兵的老弟。"

李刚脸上流光溢彩，语气却不高："出洋相的是我，出名的是你哩！钢笔字一下变成了铅字，还是省报哩！"

徐剑嘿嘿笑着，招呼过后就去街上找大毛了。

大毛去年学徒出师就在学区附近办起了单车修理店，生意还算可以。他似乎有使不完的精力，晚间还去郊外捕些青蛙、黄鳝、泥鳅之类，大清早就卖给那些饭店。一月下来，居然也会添上个一二百元收入。

"大毛！"徐剑在店门口大唤一声，瞬间就惊醒了正在藤椅上打着小盹的大毛，他便长长地打着呵欠，连忙端了茶水来，又道，"老弟，你回去请给海爹带点东西吧。"

徐剑知他是实心眼，也不客套，只道："大毛，你出来一年半光景了，咋不回去看看你娘？"

大毛笑道："你咋就知道我们没有见面？我娘来过店铺几回了，我还给了钱给了东西哩！只是……我暂时不愿回天水看到那几张恶心的面孔。"

徐剑脱口称赞："好样的！老兄，眼下还算混得下去吧？"

大毛那双眼睛不再那么游离不定了，只见他坚毅地射出两束明亮的目光，还道："搭帮老弟引路，还算混得下去，不过，这不是长久之计，要是往后街区改造，老弟还得帮我留心点。"

徐剑明白大毛是想临街建铺，作长久打算，便点头应诺，万万没想到他竟有这种雄心壮志，俨然一介顶天汉子，便放心地提上他赠送的补脑汁走了。

下午徐剑骑单车途经天水村口时，正逢上皮芝。

她兴高采烈地过来道："剑哥，我没有你以前祝福的那么美好。"

徐剑愣神了，良久才听皮芝笑道："哥你以前叫我考上名牌大学，我没有这份耐力了，这次中考考上了地区供校……"

徐剑感觉她与皮家其他人完全不同，便着实表扬了她一番，道是不错不错！很不错！皮芝脸上并不过分高兴，笑着谢过就走了。

徐剑进屋一说大毛送了补品，徐大海就眯笑得更加幸福了，道是做好人好事这就来了回报："儿子，你今年平庚饱满二十四了，不要再是阿哥一个。合适的你就带回来，好让你娘在地下欣慰，听着没？"徐大海一时又感慨起来。

徐剑望着父亲那副认真的脸态，只好实言道："我和常梅都商量好了。"

瞬间就见徐大海眯笑起来。

正聊着，武卫、黄平就来了。徐剑刚立身，武卫就递上香烟。

徐剑便调侃道："武书记的烟棍子上了档次，有何吩咐？"

武卫与黄平对换了眼色，这才缓缓道："徐书记，你和李镇长关系很近，灾销粮指标你得帮老家美言几句，这次天水灾情不轻啊！"

徐剑明白灾销粮价格不及市场粮价四分之一，指标都由李刚副镇长安排到村，他想想便道："书记村长的想法我一定尽力支持，不过，全镇灾销粮指标总数仍和往年一样，如果天水加了，那么其他邻村相应就得减下来。再说要突破去年的基数，还得有过硬的理由。这次水淹面积确实较大，问题是这些水淹田块还没有春插，都是白板丘块，你们说呢？当然，我尽量会找李镇长商谈。"

武卫抽上了接火，又给各位递烟，道是一切拜托。

黄平这才微笑着朝徐大海道："大海兄你酿酒消耗粮食也不少。村上帮您截留一千斤指标，此话说在这里就落在这里。"

徐大海跟着接上火，感觉烟味儿比水烟筒强多了。听着黄平的点子倒是欣慰，却不表态，他一直在暗察着儿子动向。

徐剑听着不怎么对劲，便挑明道："如果你们有这种想法，我什么都不说了，我绝不会同意我爹出卖自己的人格。"

黄平赶紧道："贤侄请莫误解，村上绝不会把这一千斤指标挂到你爹的头上。我们会灵活处理，原则性与灵活性相结合是我们时刻考虑的大事，责任和担子由我黄平来承担。"

徐剑听明了话意，也不愿把关系弄得太僵，就道："我会尽力而为，但绝不能乱来，你们答应了我就跟着答应。"

武卫爽快说行。又瞅了瞅黄平，黄平便道："好吧，就按徐书记意见办。"

武卫跨出门槛时又反身递烟，徐剑就玩笑道："武书记烟钱可不少啊，一年到头，我还抽不到几包这样的好烟哩！"

武卫就皱紧眉头叫冤。道是今日开洋荤，只是因为不能给徐书记抹黑，哪晓得徐书记反要倒打一把。说着又定睛细细打量着徐剑，在绵长的微笑间又轻轻点了点头。

徐剑笑道："武书记又要看相论卦？"

黄平插道："武书记还真是有一手，灵气显远又显近哩，皮柏上次在上游码头中了别人五雷梅花掌，皮爷都束手无策了，幸亏武书记及时出手，总算捡回一条命。"

徐大海偶尔也听到过此事，赶忙迎前几步，说道："辛苦武书记哪日带个罗金盘帮我看下老房地基，人家都建红砖房了，我们父子也想努力翻新一下。"

武卫立在屋前扫视一番，稍后他静目微闭。右拇指在掌心掐了掐，旋即放亮眼光："这大体位置应该属辛山乙兼卯丑，地方不错，前方出水在左，旺丁旺财，不过……"他停顿下来了。

徐大海急切问咋啦？眼睛死死扣在武卫脸上。

武卫平静道："屋场倒是处好屋场，不过，大门朝向还得稍微偏左，河道急流的杀气就绕开了一些，家业才更会稳重！"

徐大海忙不迭地点头不止，又道："好的，这几日我草棚要换成青瓦，里面也要刷白一下，改日再请书记将大门定向。"

黄平窘下步子，望着这对木然的父子道："没事的，武书记下杯法水就万事无忧，当然大门定向也别含糊，贤侄回政府还得辛苦找李镇长谈谈。"

徐剑点头应着，再道："为天水百姓分忧，我义不容辞！"

余下几日，房子青瓦换上去了，里面墙壁也刷成一片通白。唯有大门还是老样儿，徐大海对武卫那番话还是将信将疑，得观察一些时候。

不出几日，李刚又神秘兮兮约徐剑去他家小饮一杯。徐剑清楚上回那篇文章给他带来了前所未有的政治荣耀，让李刚很快当上了党委委员。徐剑觉得这虽然已是公开的秘密，但脸上万万不可表露。他像往常那样解开上衣纽扣，在李刚门板上敲了敲。

李刚半开着门，出来堵在门口处笑道："今日，你说我房子里还会有谁？"

徐剑瞧他笑样儿便明白定是常梅，因上周去医院看她的时候她就玩笑过："哪日我要来暗访一下你的上岗情况。"见李刚仍是那样堵着，他便笑吟道："镇长几时认识我老婆？"他尾后故意把老婆二字说得非常响亮，里面瞬间就传出常梅的笑声。

"还是未婚妻你就称人家老婆？"李刚引他进去道，"你还不清楚我老婆以前是常梅师傅？"

徐剑呵呵笑着，道是有眼不识泰山。

今日常梅玄黄色的涤纶裤管上还留着修长笔直的烫印，稍上便是微微显露的一层臀波。徐剑向她挥挥手，又半开玩笑半当真地朝李刚老婆称着师傅，这让李刚老婆也笑得合不拢嘴。

李刚突然说有道题要考考徐剑，请如实回答："丈夫老是敲着窗玻璃，叫妻子开门，而妻子清楚他玩牌去了，偏偏不依。你徐剑会用哪一招？"

徐剑想想就笑道："我在窗玻璃上只敲一下，然后咳几声，再用崭新的票子在窗边'嚓嚓嚓'地数个不停，我估计门就会开了。"

常梅"扑哧"一声笑了，道是这一招在我面前绝对不行。

李刚万难才止住笑，轮番指着二位的鼻子道："行行行，看来你们一阴一阳是最佳搭配。"

徐剑平静下来，有意显得深沉些，说道："我是老实人，镇长您应该知根知底。"

李刚回道："我不清楚，但相信常梅会知道你的根，你也知道常梅的底，所以说，你们早已知根知底。"李刚脸上笑意绵长，但并未笑出声来，又道，"你们结婚后，有了一定的临床经验，请一定记住这知根知底的含意。"

徐剑与常梅相视一瞬，很快又移开了目光，徐剑发现一层不易觉察的笑波一漾一漾地融入了常梅眼底，使她那双眼睛更加迷人。

李刚夫人把饭菜端上桌面了，徐剑连声谢过嫂子。又道出了武卫黄平拜托灾销粮一事，请李镇长尽量帮忙玉成。

李刚沉吟一阵，终于道："很快我就不再主管农业了，老弟说的我尽力到位，说得难听些，这叫起身炮，老弟清楚就行。"

徐剑肃然起敬了，赶忙谢过他的支持和信任。

饭后聊过一阵，二人告辞出来。外面不知什么时候飘起了小雨，李刚送二人出门，借题道："风调雨顺，有戏有戏！"言毕"砰"地关门进去了。

常梅从提包里取出一个小卷筒，按下把钮，"嘭"的一声海蓝色的自动伞就开了。常梅问徐剑去哪儿？徐剑便指着四百米远左右的樟树后面那排房子道："在那儿，欢迎你去我那狗窝一样的房子里坐坐。"

常梅便撑伞罩着二人的头部，往樟树那边走去。徐剑闻着了她淡雅的发香，心底里滋生起一份朦胧的幸福与甜蜜。但他不敢把头太近地靠去，更不敢把一只手掌放在她穿着红呢外衣的肩膀上，因院子里外还有很多双眼睛，他怕人家笑他轻浮，嘴上还故意道："你一人撑着吧，我无妨。"

常梅倒是越发把伞身朝他这边挪了挪，侧头笑他："怕羞了？"

徐剑摇摇头，看着她笑笑。

开门进去，窗外刮进一股冷风，徐剑去拉着外衣拉链却是卡住了。常梅忙从洗脸架上拿肥皂帮着擦了擦，"哧"的一下就被拉上了，常梅便笑他真笨。

"房子旧是旧了些，也还宽敞明亮。"常梅说话时一直没有坐下，眼睛在打量着房内，"这根铁丝上实在该添几个衣架。"

徐剑瞧衣服正横七竖八地晾着，便岔开话题道："我说句英语，不知你懂不？"

常梅好奇地望望他，想听他说下去。徐剑便用变腔的普通话道："外面是玻璃内面是铁丝……"

常梅愣了半晌，琢磨了半晌，终于不懂。徐剑窘了窘才道："亏你还是医生呢？"他又指着头顶上灯泡道，"这个……呀。"

常梅张口大笑，说道："怕你了，太油腔滑调！"

徐剑这回有勇气把手掌放在她肩上了，只道："你下午就想走？半天都不坐下。"

常梅低头不语，小会儿又故意仰头问："还要咋？"

徐剑突然抱了她，把嘴唇凑到她脸庞上，似乎想要吸收她肉里的香气。

常梅半推半就地道："你比希特勒的闪电战还厉害！"

徐剑用手指在她嘴上竖了竖，说道："希特勒虽是法西斯，对情感还是专一的。"

常梅就轻轻地过去在他脸颊上吻了一下，道是快去上班。

下午，徐剑回来的时候，简直不敢相信自己的眼睛，里面已收拾得整整齐齐，床上是焕然一新，床单、被子、枕头……什么都是新的，旧被和衣服之类已整整齐齐地折叠在柜顶上。里面定是洒过小量香水，淡雅之香迎鼻而来，徐剑进门就感觉出一种舒适和温馨。

"常梅！"徐剑唤过一声就迫不及待地热吻着她，常梅立刻响应过来。窗外暮色正浓，谁也没去拉亮电灯，俩人很快就翻滚在床上，一次次山崩海裂让他们完全忘记了一切，好像这世界里只有他们二人的存在，龙腾虎跃的狂欢和低言细语的缠绵时而在黑夜里交替着。

夜深时分，常梅突又轻声笑道："傻男人，我们还没吃过晚饭哩！"

徐剑第一次体验到自己的雄武，就道："吃你已经吃得够饱了。"

常梅低吟浅叹一声，头顶在他胸前蹭了蹭："从今天开始，我不再是闺女，我的命运和你绑到了一块儿。"

徐剑轻轻抚了抚怀中的尤物："从今天开始，我充当了正式的夫君，我会明白自己的使命。"

常梅喃喃道："一夫当关，万夫莫开哩！但愿我们能白头偕老。"

被她这么一说，徐剑心沉了，骂道："傻瓜，咋说傻话了。"

第十九章　如坠冰窟

一千个理由一万个理由我都不会离开你。可是我不能害你，趁着我们还没有结婚，你忘了我吧，求你！你幸福才是我唯一的幸福……

隐藏在雷打石山脉那边的深山溶洞很快就被传为了热门话题。

最先发现的还是林管员常四。这些年来，他一直看管林场及雷打石山脉这边的集体林，只是工资比过去低了很多，因各生产队的山林都已分摊到了村民，工作责任及范围自然陡减。那日他看到洞口的那堆乱石有明显爆破痕迹，便近前细瞧出其中端倪，还钻到里面像大毛那样仔仔细细看了个够。

回来他兴致勃勃地来了徐家。他心里一直明白常梅与徐剑好上了，而且还是非同一般地好上了，常四心里高兴不已，他眼里的徐剑是个十分了得的男人。那日他居然在没有媒人的情况下朝徐大海笑道："大海兄，看来我们要结为亲家呀，这两个鬼崽子一直在搞着地下活动哩。"

徐大海内心是不敢恭维常四，却很满意常梅母女。他认为自己的眼睛有毒，常梅本是名门闺秀，只因她们母女生不逢时才委身常家。这会儿听得常四点破，就似乎早有打算似的说道："亲家，好啊！这是好事，只是徐家高攀哩！"

常四合拳拱道："不客气，不客气，半斤配八两吧。雷打石那边有溶洞，我钻到里面看过，好像早就有人在里面活动过，亲家清楚不？"

徐大海一如平静，见怪不怪地道："哪日与你瞧瞧去。"

不出几日，洞里洞外就布满了众多好奇者的足迹。

那日为毛线公路定点放线的时候，黄平的眼皮时扯时眨地朝皮才德阴笑着，说道："我在洞里捡了一块小木屑，木屑上还留着老漆，哪个鬼谷子先生在里面藏过啥东西哩。"

皮才德闪着逗号似的眼睛，回道："滑坡的那块石头挡死了入口，不炸不行啊，我想起来了！"

黄平便在徐大海肩上拍了拍："老兄，那年年夜来了一场大雪，我误以为又来了惊雷……还有印象冇？"

徐大海一边用斧头削着木桩，一边回道："我只记得一首老词……古今多少事，都付笑谈中，其余的印象不深。"

张唯民旁听着，哈哈笑起来："想不到我亲家还是语言大师，'律律'有味！'律律'有味。"

众人就在哈哈声中重复着"律律"有味……

皮才德握着皮尺丈量田土时，又在吹着自己女儿了，生怕人家会忘记皮芝正读供校："现在的书本知识完全不是过去老一套，上回我看见皮芝的设计学、测量学就有好几本。"

张唯民薄薄笑过，道是科学种田就需要大量的知识型人才。

丈量到河边，正见武一守蹲在柳树下，他空荡荡的一只衣袖挨着地面。旁边篮子里放着几个匀称的炸药包，一根燃着的香棍就插在地上。他目光正炯炯有神地紧盯着投甩过香食的河面。

张唯民瞧着笑道："武书记，篮子里的炸药包跟我在抗美援朝战场上用过的军火差不了多少。"

要是别人说着这话，武一守准会牢骚几句，见是张唯民，他就耐心回道："你要敌人一户一户地死，我只要人家一个一个地死。"

大伙就都干笑一阵，走了。

这几天徐大海心里犯愁了，快两个礼拜都不见儿子踪影。他得让张铜骑车去捎上口信：屋里老汉快成五保户了，看他小子还记不记得。正在纳闷间，徐琴挑着担子进屋了。

她坐下清点着鸡蛋，她得赶明日叫张铜再陪上一趟。张铜虽不能用口舌表述，但，男人自有男人的招数，在单车两旁绑上两个篾桶，鸡蛋放在篾桶里，小路上推着走，公路上骑着走，这让徐琴倒是省心省力不少。刚听父亲说着徐剑这事，徐琴便呵呵笑道："爹，您咋乱想，您快有儿媳了，他还天天陪你呀？"

徐大海大大地睁着眼睛，良久才"噢嚼"一声，道是那就好那就好。不过，也可以带着回来呀！

聊话间，正见武卫领着皮柏从左侧斜坡山道上下来。徐大海唤了声武书记，二人就循声而来。

皮柏坐下道："海伯，上月叔祖父给家人报梦，他说在阴间受白蚁叮咬，才想帮着想些办法，我叔祖父十六岁就躺到了那里，整整五十年啊！一直都是孤魂野鬼。"

武卫用食指尖在酒上蘸蘸，而后飞弹一瞬，又朝徐大海介绍道："实不相瞒，皮爷也瞄上这个地方了，今后打算与他老弟合葬在那处坟穴，这样，对皮家后代会要好点。"

徐大海听得明白了，皮柏叔祖父没有后人，就打算将他的尸骨移开，让皮爷葬那儿，他便试探道："皮爷现在还威威武武，是不是打算在那里修上生人墓，今后再下葬在那儿？"

武卫抿口小酒，道是大海叔对世事明于镜，正是正是。

徐大海"哦哦"着佯作理解，还道："他们生为兄弟，死为手足，皮爷要与老弟同睡一窝，敬佩敬佩！"徐大海语气上故显诚恳，不至于让皮柏听着为讽刺挖苦。果然，皮柏便递烟道谢，乐得合不了口。

武卫立身把徐大海叫到里间去了，给上二百元，一定要徐大海收着。徐大海不解地问是啥钱。武卫直言道："海叔，那一千斤灾销粮索性补了差价给您，您别当回事，村上会自行处理好。"

徐大海连连摆手，道是你们千万莫把徐剑扯下水，你们给我好处就意味着你们没听徐剑的叮嘱。

武卫生气了："海叔，您太不赏脸了，我武卫好歹也是支书，会干这等伤天害理的事吗？"

徐大海迟疑间突想若干年前曾为木船一百元与他争执得面红耳赤。如今这是公事，不收未见得人家会记住这个人情，便道："那我是不会出具收条的。"

武卫连连点头，道是肯定肯定。这次灾销粮多亏徐剑帮忙，不然根本没有这么大的数字。

徐大海细想也是，越发佩服武卫了，便约他再去细究一下屋场风水。

皮柏这会儿道："强中更有强中手，上回在船上碰了个江湖小人，我差点被他害得下不了床。当初也是大意，刚与他发生口角，他就在座位上发功了。上岸就发觉后背阴冷，回家咳嗽不打紧，恼火的是全身剧痛，连服三剂中药越服越重，要不是武书记及时赶到，退煞追魂，今日恐怕就坐不到这里了。"

武卫又用指尖在酒中蘸蘸，照样飞弹，留得很长的指甲脆生生地响过，又见他噘嘴道："小事小事，不过，烧了七七四十九张钱纸，总算把你光背照出一身毛汗，梅花掌印才拱了出来。"

徐大海不由得心生敬意，忙道："武书记半路修神，时间不久，想不到会有这等造化。"

武卫从里袋掏出香烟，边递边道："所谓阴阳五行、太极八卦、宇宙万物都有规律性，概括说，叫大道至简……唉，不过，也是易学难精，靠慢慢领会。"

徐琴听着却很是反感，便笑道："天水老百姓今后只能跟着武书记信神了，什么科学种田都是屁话。"

武卫正色道："我说的一切同样是科学，并非迷信，也叫唯物主义，一句话是说不干净的，有些高人、奇人你们没有见识过，以后见识一番就心服口服了。"

皮柏眼睛一亮，突然瞧见碗柜下面搁着个废弃的砚池，样子有点儿怪，椭圆形池体上有双层荷叶边雕塑圈在边缘，很是雅致。皮柏过去握着抹尽尘垢，轻抚一下池底，感觉石质细腻滑润，便朝池底长长地呵口热气，顷刻便见池底蒙上了一层湿雾。他顷刻明白这是四大名砚之一的端砚，而且很有些年岁了。

"海伯，这砚池卖给侄儿吧。"皮柏说话并不急躁，样子却很诚恳。

徐大海"这个这个"了老一阵，想着不卖的话，也没有很好的理由。因他之前把旧砚像废物一般丢在柜底下，再说若干年后的子孙读书也用不上这个，但是一卖就不好怎么要价。不管徐皮二家关系怎么僵化，但表面上还得掩着点。正这样迟疑着，就听得武卫在道："皮柏你就多点票子，人家不好开口。"

皮柏唯唯称诺，连忙掏出二百元人民币，笑道："海爹，够不够？"

徐大海心里高兴着，他万万没想到会这么一个高价，嘴上却仍很矜持："贤侄，实不相瞒，去年有人问过这砚池，出到三百块钱，我没有松手，因为这是我祖辈徐一鹏留下的，徐一鹏你听说过冇？……黄埔军校第一期学生，跟孙中山走在一块，后来成为烈士是全国有名。"

皮柏爱不释手地再又细瞧一番，爽快地又加一百："四百，行吧？"

难怪人人都说皮柏是阔佬，身上随时有大把票子，徐大海干咳一声，慢声慢气道："好吧，贤侄头次开口，伯父总得给些面子。"

皮柏给了人民币，相跟着武卫出门又反头笑道："海伯，如果还有更好的收藏珍品，随时捎个信儿，无论多少票子都不是问题……当然我说的是在三万以内。"

徐大海攥紧票子，脸上的皱纹如蜘蛛网般舒展开了："贤侄，海伯听入耳了。"

今日徐剑很早回了老家。他刚从各组打听到灾销粮总数与上面下达指标相差甚远。他不敢乱发牢骚，只是憋着一肚子怨气回来了。

徐大海沉吟片刻，就道："上次大不该买回电视，结婚肯定要被你们淘汰。"

徐剑听着烦心，说道："少管些闲事，好不？特别是甭想到村上去捞半点芝麻大的好处。"

徐大海瞧儿子脸色异常深沉，也就沉寂下来了。

晚上，徐剑独自上了武卫家门，墙壁字画上奔放着四个大字：法以正身。头衔及落款小字也很有讲究，与大字相得益彰。通幅行书体既有一气呵成之势，又有老气庄重之稳，徐剑感觉书法上乘，挂在此处却不太相宜。

武卫浅笑了："这位书法家介绍过，他托腕运笔注重了内息连绵。"

徐剑对书法还有兴致，也很清楚武卫并不入行，只是附庸风雅而已。便道："从笔意开放到水墨淋漓，这字确实注重了内息连绵，再看笔干墨尽的时候，很有朴实风韵，可见到了很深功底。"

武卫啧啧称赞："老弟是行家，说得头头是道。"

徐剑怕误了正事，就直言说了灾销粮一事。孰料武卫却不以为然，笑道："村支两委和部分党员已探讨过这个问题，村上办公经费你是清楚的，集体收入一无所有，别说干部工资，就连开会伙食都没有，这盘棋咋动？所以，灾销粮指标有部分变卖了收入，收入也有账可查。"

徐剑明白这已是既定事实，就道："上面不会允许这种做法的，要慎之又慎啊！至少要让收入透明化。一个钉子一个眼，一个桃子一粒核。"

武卫点点头，道是取之于民用之于民，绝无私心，天地皆知！

徐剑就道："八百斤的磨子在你们头上转，上面查起来，你们去掂量掂量。"说完便闷闷不乐地走了。

有天，徐剑在常梅的单人宿舍里等着她下班回来，等到很晚她才回。常梅脸上很是阴晦，徐剑就合上门板，轻声问："梅子，哪儿不舒服？"

常梅静静地瞅他一眼，忽然垂下了眼睑，平常那灵活扑闪的双睫一时呆滞起来。

"出啥事了？……说……呀。"徐剑喉嗓里急躁起来。

常梅沉闷好久终于道："我得了肝癌，今日正式确诊……这几天我一直浑身无力，右腹胀痛。"

"啥？……你说啥？"徐剑险些惊叫了，他一边发疯地摇头，一边任泪水纷涌而下，简直如噩梦中一般。然而，他痛楚的神经尚能决断。只道："就算天塌下来，我也会明白咋做！"

常梅捂嘴泣声道："一千个理由一万个理由我都不会离开你。可是我不能害你，趁着我们还没有结婚，你忘了我吧，求你！你幸福才是我唯一的幸福……"

徐剑怕旁人听见，不敢大声哭泣，一把抱紧常梅颤抖的身子，说道："你这不是要我死？……梅子，别说傻话……"

常梅泪如泉涌，深长的呼吸使背部呈现波动，她微微仰首，露出那双忧郁而又湿热的眼睛，望望徐剑又轻轻合上，嘴唇却在微微颤动，像要嚅嗫着什么。

徐剑突然用衣袖擦尽她泪水，毅然道："你真要是忍心离开我，我也不想活下去了。"

常梅伤心地颤栗不已，声音更是哀怜："我的好男人！这辈子算我最后求你。这是一千块钱你也一次性带走，上班这么多年，给家里的也差不多是这个数字。我别无其他奢望，也不想再做毫无意义的医治，那样的话……会让你……及我自己……乃至全家陷入更大的绝境。"

"不行！"徐剑声泪俱下地号叫起来，"哪怕是万分之一的希望，我都要坚持到最后一刻，除非我现在就死去。"

常梅扑进他怀里，什么话都说不出口，有的只是泪水，她双手扣紧他腰杆。突又泪光涟涟地道："傻男人，你这不是做无谓牺牲？肝癌！不是想治就能治好，再多的努力或再多的东扯西凑有用吗？你这不是存心让我死不瞑目？"

徐剑止住哭泣，竭力平稳着情绪道："我说过，万分之一的希望我都不会放弃，明日我去凑钱，你赶紧准备去省城医院，只要你再说半个不字，我就……"

常梅赶紧用手指封堵他的嘴唇，痛苦地望着他，说不出什么了。

翌日大早，徐剑回镇里请过假就火速赶回了天水。进屋他一口气就与父亲说了凑钱的事，还道如果不尽最大努力抢救常梅，他就会失去生活的勇气和决心。

徐大海心痛着儿子的痴迷与单纯，良久才道："常梅既没与你订婚，更没有过门，这责任……是她常家呀！"

徐剑涨红的脸色扭曲起来，头次粗鲁地回着父亲："一切责任我来承担，哪怕是砸锅卖铁，变牛变马我都来担当……别说空话！"

徐大海铁青着脸，冗长地叹过一声就走了出来。

徐剑合上门板，径直往常家去了，他得稍稍给常梅家里人或多或少地透过信儿。以至于万一遇到常梅不测的时候，也让他们有些思想准备，进去见着老两口正在闲坐，他压抑着悲痛大唤一声："叔叔，婶娘……"

常梅母亲喜出望外地立身亲热起来："徐……剑，常梅呢？"她两鬓有了小许银丝，而眼光里宛存的那份气质和容韵依然清晰可见。

常四递烟过来，笑道："你与常梅的终身大事有个计划了吧？"

徐剑尴尬地露出笑意，脸上肌肉时紧时松，很是尴尬。他喝过几口茶水，终于道："叔叔，婶娘！……常梅身子出了点小毛病，我得和她去省城医院耽搁一段时间。"

常梅母亲惊愕地"啊"过一声，看着徐剑的脸色竟失声痛哭了，徐剑心如刀绞，却强作笑颜，轻松道："婶娘您千万保重！没大事！"

"小毛病还得去省医院？"常梅母亲泪水扑簌一下，"剑儿你不要骗娘，娘非常清楚你们是真心相爱……"说着又泪水纵横了。

徐剑听她唤着剑儿，宛若自己亲娘一般。他酸痛不已，禁不住大声道："娘！……您就是我的亲娘！菩萨会保佑常梅的。"

常四拭着眼角道："我现在找武卫想些法子去！"

徐剑忙道："武卫那儿想不出什么法子，钱的事我正在努力筹集。"

常四认真起来："武卫的半边掌掐算凶吉很灵验，明天你来这里一趟。"

徐剑误以为他去想钱的法子，一听竟是迷信活动，却也只好点头道："好吧……明天再看，您和娘老子莫急！"

回家却见大门紧闭，他试着推了推，还是没有推开，正在诧异间，门又自动开了，父亲的脑袋便在门缝处闪动："进来，门得关上。"

没想到皮柏也在里间，正在细细端详着金蟾伏虎，徐剑顿时明白了一切，过去和皮柏招呼一声："听说兄弟的买卖越做越大，这个木货还值几个银子吧？"

皮柏晃了晃手腕上的金圈，笑道："木货是木货，比这个金圈还要值钱一点。"

徐大海生怕儿子谈糟了生意，过来道："皮柏，爽快一点，你至多出个啥价？"

皮柏手指头没少触摸着木货，沉吟着道："八……千！再上去，我肯定亏本。海伯，木货终究是木货，只是雕工精细而已。"

徐大海摇头叹道："贤侄，我要不急用就不肯出手，这么多年我都挺过来了。八千？八千太不合我心意，上了一万再谈，我并不是非卖不可。"

皮柏噘着嘴角摇了摇头："您再找高明吧，我不敢强求。"

徐剑见着父亲刚才那无可奈何而又故摆清高的沧桑，心里有言不尽的酸涩，便道："皮柏兄弟，你尽量帮上一把。"

皮柏意味深长地瞧徐剑笑笑，再道："要不是兄弟你家的事，我肯定出不了八千。这样吧，看在老弟面子上，再加一千。我一口吐出金狮子，能行就行，不行也无所谓。九千是个什么概念？这样的红砖青瓦房可造三栋，你们琢磨琢磨！"

徐大海笑容可掬地叫了声贤侄，又道："要得发不离八，九千八百吧！贤侄也一同大发！"

皮柏摇头轻叹一声："先收好东西吧，容我与上头老板计商计商。"

徐剑又欲开口，却被徐大海手势止住了，道是好的好的，买卖不在人情在。

皮柏走后，徐大海便训着儿子："无商不奸。等着瞧，人家还要上门说情的。"

徐剑瞧着父亲那张自信的脸谱，心里却在为常梅默默祈祷，他赶明日就上去，钱的问题让她少安毋躁！

第二十章　生死关头

她是幸运者，恶性肿瘤外层包裹着一层脂肪纤维膜，用不着化疗了。

翌日，武卫果然到了。他瞧瞧神台下方大桌面已摆上了三牲礼及香烛，便道："今日应是为常梅的人丁兴旺求神。"

常四点头道是，又道武书记切不可保留功夫，让一家太平无事。

武卫默然颔首，立身桌前。旋即双手交叉伸臂而推，稍后就道："来一阴卦。"话毕他就撒上一卦。

徐大海边拾边念叨："咋就成了阳卦？"

武卫不置可否，再念："阳卦打开求财路，财源广进，菩萨请不究小礼，来一阴卦，阴中鉴领。"随即又撒手一卦。

徐大海从地上拾起，眯笑道："阴卦，鉴领了，鉴领了。"

武卫仍是不搭不理，再道："菩萨，请再助弟子一把，来一保卦，保佑求吉信人万事大吉。"话音刚落就把卦丢地上。

徐大海拾着恭维道："阴卦。咋又是阴卦？"

武卫仍是泰然，接卦道："已来两个阴卦，鉴领两次，求吉信人常梅必定有孕在身，请菩萨来一保卦，保全双生。"随后撒手一卦。

正是保卦！徐大海脸上满是笑颜，尤其听得常梅已有徐家的种子，便赞道高明！

武卫并不分神，收卦再道："既然三卦正好周全，那请菩萨亲自下马，赐法水一碗。"言毕就朝余酒里烧上一道纸符，黑色的灰烬与大半杯米酒融为一体。他这才立身将酒杯放于桌上，朝常四道："让常梅早点喝下！"

武卫这会儿抿上了小酒，转题到了公事："梅山那边开始修建毛路了，我想天水也得互动起来，上次已经定点放线，我想速战速决。"

徐大海回道："占田占土还得村上统筹规划，以组为单位进行平摊，我坚决拥护，资金就只能村上想法了。"

武卫正色道："村上办公经费都紧张，巧妇难为无米之炊，群众自筹必须占很大比例，出不了钱的就出工，以劳代资，毛公路关键还在于田土的分摊，资金不会太大。"

徐剑想着修路是天水大业，便道："草鞋没样边打边像，有机会我也会尽力争取资金。"他说着这话的时候是心不在焉。

武卫合拳拜托，又用征求的口气道："大海叔，村里有些集体财产包括茶场、石灰厂、综合厂等地基及残值，我想进行一次性处理，变卖些资金修路，您看如何？"

徐大海脱口便道："一朝天子一朝臣，我觉得没问题，不处理会让周边群众慢慢侵蚀掉。不过老石灰厂你得给愚叔留点计划。"

武卫笑道："所有处置都得公开拍卖，您见机作些准备吧。"

徐剑念着有事在身，用小瓶装下那杯法水就和父亲一同回去了。

徐大海进屋道："今日或明日皮柏那小子准会找上门来的，九千八百块，他绝对拗不过我，舍不得麻油就别煎这碟豆腐。"

徐剑心里突觉得有了一线亮光，诧异道："他真有这么多钱？我还从来没有见过这么有钱的，万一他坚持九千，你也别拖着，救人要紧！"

徐大海含糊道："没有金刚钻干不了瓷器活，干这个买卖，切不可小看他们的实力，你先去县城，向你金叔和肖阿姨讨个主意再说。"

这话倒让徐剑茅塞顿开，他连忙收拾一下就去了姐姐那边。他得让张铜骑车送上一程。

四岁的外甥过来亲昵地叫过一声舅舅，就去里间拽出了张铜。

徐剑和姐姐闲聊小许，徐琴突然问："老弟咋会这么憔悴？"

徐剑无声地淡笑着，挥挥手就跨上了单车后架，他真不希望姐姐听到这些沉痛的消息而心累。马路上，张铜时而一手握着龙头，一手反向后面来抓拽徐剑胳膊，似乎怕他抓不稳后架，徐剑心头一热，姐夫虽然说不出话，但他能感受到姐夫内心的纯朴、善良和忠诚。

单车在政府大院停下了，张铜从袋里掏出包香烟给他。张铜从不吸烟，总把临工赚到的香烟留给他，徐剑就朝他憨笑的脸庞点了点头。

稍后，徐剑从公交车上下来的时候，就见西斜的阳光和善地温煦着这个喧闹的小城。远远望去，城外四周的群山覆盖着厚重而葱茏的绿色，给人的心情带来一片阴凉。山明水净，岸柳婀娜，白亮晃眼的云彩像一团团新棉絮，悠悠地飘浮在湛蓝如水的天空，但徐剑心里依然一派阴暗。

经过城区一个偌大的供销社，再右拐便进了一条老式胡同，两边房屋峙立，看上去房子也都有些年岁了。青砖墙壁上间或开了木窗木门，迎面偶然碰上几个吆喝着叫卖臭豆腐的，胡同里就显得并不寂寞了。

常梅的宿舍是单位统一租用的。她正斜倚在木椅上，脸色木然。徐剑进去她眼里就飞跃出奇异的光芒："这么快?"她轻柔道。

徐剑拧开小瓶子瓶盖,递上法水道："快点喝下!"他自己都弄不明白为啥会突然信奉起神灵来。

常梅惊奇地迎视一瞬,也不多问,一口喝下了。再道："食堂里吃饭去。"

徐剑有意笑了笑,提议去拜访金涛一家。客饭人家自然会要招待,常梅居然也会笑出声来："我有这么个好男人,死而无憾!"

天青街十三号曾是信封上的地址。徐剑不太熟路,便问着常梅。常梅挽上他手臂,大大方方从人群中穿过巷子,再横过马路,说是很快就到了。在一处围墙的樟树下,常梅把头倚靠过来:"要是还能多一些时光让我这样陪伴你,该有多好!"

"路还长着哩!别傻。"徐剑说着,很快就瞧见了那块醒目的铁牌。

他们就住在一楼。今日周末,二位长辈正好在家,进屋自然是一种别开生面的惊喜与热闹。肖燕留着齐耳短发,微发福体,微微笑着的时候,折射出一个中年女干部的沉稳与平静,她握上徐剑的手,好一番亲热:"这位是女朋友吧?呵呵,这么漂亮有气质!"

金涛过来搭腔:"常梅,记得记得,很会写诗哩。后来我还见识过几首,有两首很有现实主义情怀,像精短小说,读来感到意外,又很有穿透力和感染力!"

常梅脸红了,赶紧道:"太感谢金叔叔抬爱,现在与您的期望和要求相差很远。不过,时间允许的话,我还会继续努力。"

金涛颔首而笑,一副满意状:"记得有这么两句……她无法表达愤怒和求饶,慌慌张张地,消失在海棠花的背面……"

常梅赶忙谢过,又道:"这是擦皮鞋的哑女,被城管队工作人员的几声吆喝声吓得丢了工具……我看着就有了随笔。"

徐剑见机岔开话题:"唉!常梅就是命苦!确诊为肝癌,这几天打算去省医院，逼得老爹要把金蟾伏虎……出手，辛苦金叔和肖阿姨抽空瞧瞧去。"

金肖二位同时惊栗地"啊"过一声，沉寂良久又为常梅唏嘘怜痛起来。稍后就听得肖燕在道："老金，湿米不可贱粜，我们改日就下去瞧瞧。"

金涛点头应过："虽然我还没见过这木货，但从你们的描述中我早就知道价值不低，改日瞧瞧去。钱的事我先帮你们安排，单位还配个吉普车送你们一趟。"缓了缓，他又和蔼地鼓励着常梅，"吉人自有天相，沉着些！别急。"

常梅眼里已饱含着晶莹的泪珠。她嗡嗡作响的耳朵只听见徐剑在道："你们是我最亲最敬的长辈！我和常梅会要好好报答的。"

饭后出来，二人轻松了许多，居然在床上疯着寻欢起来。

省城。人来人往，川流不息。

医院更是人头攒动，挤挤挨挨。好不容易挨到第二天才有复诊结果。

主治医生的眼镜下倾在鼻梁上，他目光既可越过镜框上边又可透过镜片，形色有些怪怪的冷峻，徐剑不由得紧张起来，医生瞧着他道："原发性肝癌，半个鸡蛋那么大，不摘除就是等死，摘除后也有可能会死……就怕扩散。"说完就把亲属签字栏让徐剑过目。

徐剑握笔签了。只道："一切拜托医生！"他说着这话时，环视一下四周，见是方便，就把三百元红包递了过去。

医生冷冷地摇头，道是不用客气，抽屉倒是合上了，红包便不露声色地睡在里面。至晚上10时许，倦睡在手术室门外的徐剑被人推了一把，还是这位眼镜医生，他口气松懈了许多："她是幸运者，恶性肿瘤外层包裹着一层脂肪纤维膜，用不着化疗了。"

徐剑惊呼一声："感谢医生！感谢老天！"

眼镜医生犯了态度，指着"肃静"二字道："这么不文雅？"窄了窄，又没好气地说，"以后多来复查几次。"说完就走了。

常梅醒来时，徐剑坐在病床边。她看着心爱的男人这么陪伴，眼泪又来了，泪水顺着腮帮有几滴渗入嘴里，她感觉苦涩而又带着酸甜。徐剑低头深情地送上一吻，眼光荡漾的只有笑意。

半年过后，就是徐剑迎娶常梅的喜日了。毛路已基本拉通，虽是坑坑洼洼，但还能勉强通车。那天算得上天水多年来最热闹的婚宴场面。金涛也从地区赶回。消息一走，让乡镇班子及各责任区负责人都帮凑着热闹来了。好在徐大海办事老成，考虑房子狭窄就在屋前用彩布搭起了宴会场所，这在我们当时的天水还是头一回。不过，这也让皮爷逮住了说头，道是结个婚也不伦不类了，哪有在屋外摆宴的？说得难听些就像丧堂。

徐大海仍把愤恨藏得深沉深沉，只当没听见这种恶毒的嫉妒。心里却骂道，我咹能惊动众人来屋外棚里吃酒，你皮家怕是下世莫想！皮柏娶个女人都是贼眉鼠眼。

这天徐剑格外高兴，头次穿上了西装，里面衬衫上还圈上了领带，一副英姿飒爽的样儿。常梅高跟鞋里配上了肉色丝袜，使那件酱色开摆旗袍显得更有风韵了。二位相跟着给各桌敬酒时，都用上幸福的微笑和鞠躬礼。

李刚和镇里几位领导正陪金涛畅饮。二位新人刚过去，李刚便故意阴沉着脸色唤住常梅道："你早应知道了徐剑的根，他也早就知道了你的底。不过，你们真要知根知底了，还得让大家见识见识！"李刚说着时，从袋里掏出个铜色戒指，又朝常梅温和道："你用最快的速度给徐剑套上，如果你真正选准了指头，就会套得最紧套得最上，要是你五秒都完成不了任务，那就罚酒三杯，行不行？"

常梅老是红脸笑着，却又推辞不下，接过戒指细细瞧了瞧孔径，当李刚刚说预备……开始时，她倏地便将戒指套紧在徐剑无名指上，众领导哈哈笑将起来，弄得常梅腼腆不已。

今日常四坐着贵宾上席，时不时地向这边飞来几眼，却不敢插科打诨了。

这会儿李刚便不紧不慢道："按规矩无名指是不戴戒指的，但常梅能实学实用，明白多大的孔需配多大的管，'滋溜'一声就套得紧紧的……"

众位便鼓掌助欢，都道正是正是，还举杯恭贺。

金涛闭嘴薄笑，只道："名师出高徒，理所当然。不过，你镇长还得多多培养徐剑同志啊。"

李刚从容笑笑，又举杯敬了金涛，下颌果断地点了那么一下。

这几天石嫂一直都在徐家料理家务。徐大海也不隐瞒二人关系了。徐剑仍像过去那样叫着婶娘，见她那么大方主动地出进于父亲那间卧室时，晚辈自然不敢多言。

屋里不知哪位捣蛋鬼在徐大海房门边贴上了对联：授徒一对新儿媳，用上两套老工具。横批：新老结合。

石嫂瞧着很不自在，让徐大海快点撕下。徐大海却很忌讳，生怕会给今天黄道吉日惹上不祥的预兆。便摇头道："使不得，使不得，至少得过了今天。"

今日一家人都很倦累，徐剑和常梅饭后就入了洞房，徐大海明白今晚是没人闹房的，他燃上鞭炮丢在门外噼噼啪啪地响过，算是为这对新人尽上新婚的最后一道风俗。

第二天早上，饭间徐大海眉开眼笑了："金涛同志那七千块钱还差四千呀。你们金叔和肖阿姨虽然信任我们，但你们还得早点归还人家。"

徐剑明白金蟾伏虎到底还是没有出手，昨日酒水款和平常积攒累加起来还差了那么个数字，便劝着父亲别操心，自会还清。

石嫂破例饮了点小酒，话语就显得开朗了："徐剑就是我亲手剪断脐带再由我穿上衣服的，血糊糊的哩！胞衣就在前面那株苦楝树下。现在看他成亲就在看着我的劳动成果哩！"

常梅举上茶杯敬去："感谢婶娘，让我们能有今天。"她今日感觉头顶有阵发性疼痛，但也不得不忍着，她脸上挂着的多是那层微微的笑容。

石嫂又饮上一口，感慨起来："你们成双成对了，好事儿，徐剑也得帮大毛留意留意，你们是兄弟，别让他光棍一条。"

徐剑"嗯"着应过，道是明白哩！

又想着常梅这几日要转来西江中心医院上班，就催着常梅去看看医院那边的住房。

常梅轻抚一下头顶，道是要去就去呗！

很快就到了第二年的深春，皮家发生了一件奇事。壮实的母狗下了几只怪胎，既像人样又像狗样，在地上爬着嚎叫，皮爷心急如焚了。

他没好气地朝儿子道："快点想法把这些怪物收埋掉，土坑要深点！"

皮才德就只好去后山挖了个两尺见方的土坑，晌午过后就把怪物埋了。母狗却围着土坑不住地哀鸣嚎叫，还不停地用前爪去扒着土堆。皮爷就再次下令："赶紧把四脚畜生收拾掉，以除后患。"

皮才德就用梭镖尖头刺上鲜肉，去刚才埋过的土坑那边唤着乌嘴。乌嘴是母狗名字，它听惯了主人这么称呼，便摇着尾巴怜望着主人，皮才德口里"喳喳"几声，又道："乌嘴，快吃！"

乌嘴缓缓摇尾，迟疑间把嘴巴张了上去。皮才德猛然就把梭镖捅向它喉部，它浑身抖动，嘴里淌出殷红的鲜血。皮才德随着它竭力后退突然瞅准一棵大树，把它挤压在树干上，尖头却缓缓地钉向它体内，乌嘴后腿挣扎几下，低沉地呜咽一瞬就缓缓断气了。那双琥珀般的眸子上还淌着湿雾。下山时皮才德把梭镖扛在肩上，狗头就在他肩上摇晃。

张唯民正好路过，见着道："家狗咋要除掉？不过，现在西江街上的狗肉很俏，可以卖个好价。"

皮才德受了启发，回道："这畜生开始咬人了，再不除掉就是祸害。"

张唯民笑笑，又与皮爷搭讪起来："据说村上要将石灰厂、茶场那些集体财产处置，这都是我们老头子打下的江山，皮爷你还感兴趣不？"

皮爷脸形瘦削了很多，花白胡子就像泛黄的枯草，他道："人到七十古来稀啊，只等哪日进土坑了。"

张唯民一直享受军人优抚款了，便道："老伙计，我还想活上二十年哩！"言毕，大大咧咧地笑着走了。

皮才德把死狗往嘉陵摩托上一绑，一溜烟就往西江街上去了。自从毛公路一通，他与皮柏就计商着添置了天水这台先进工具，好在皮芝也来西江供销社上班了，探望就很是便捷。

皮才德在供销社前头大声叫卖的时候，皮芝闻声而出。瞧父亲正卖着自家母狗，不由得气恼，便粗声道："爹，您咋那么狠心？乌嘴最通人性。"皮芝看着死狗上的血迹，眼睛里蒙上了一层泪水。

皮才德正和买主谈价，不屑搭理。

皮芝气冲冲甩下一句："太没良心！"就跑了。

这年大毛窥准了另外一桩大事。眼下正是李刚分管城建国土，他感觉与李刚关系愈加近了。他曾经在晚上去拜访过几回李刚，腋下总用黑胶袋包裹着几条好点的香烟，李刚开始死活不收，慢慢一熟也就不那么固执了。这次街区改造，李刚就让大毛选定了一个很好的地理位置来建设商铺与住房。这么几年大毛手头居然有了四千多元人民币，他想着一弄商铺四十余平方也就一千来元购地款，除了那点积攒外，只需再筹集五千元左右，就可把商铺以及商铺以上的二三层住房都建造好，那他就成了名副其实的街区商人了。

不过，这五千元钱不得不让他焦头烂额。好在徐剑帮他在农村信用社打过招呼，凭国有土地使用证可抵押贷款三千元。大毛就思考先把商铺建造好，住房再见机而动。万一要是有人相信他，他就愿意按贷款利息借着用上一段。他今后的人生目标就锁定在这四十余平方的土地上。

他回房小睡了一番，脑子里尽是些建房用的红砖、钢筋、水泥……店门并没有严实地关上，他只用一条小竹凳虚挡着。这天，差不多到了学生上学的时候，门板伴随着竹凳的擦地声被大大方方地推开了。

皮芝提着个胶袋立在店中轻唤："大毛哥……在吗？"

大毛一骨碌起来，出来应道："皮芝！你……咋会来这里？"他简直不敢相信皮芝会来看他，而且还来得这么早。皮芝十八九岁了，长得很是高挑，脸庞虽不妩媚，但还算清秀端庄。

皮芝并不解释，扫视着那些破破旧旧的金属品和一米约高的玻璃柜，稍后才坐上那条唯一稍净的藤椅道："佩服！你在哪里弄吃？这辈子是你给了我第二次生命，我咋会轻易忘记？"

大毛心头一热，想不到她居然还记得那些往事，便指指破旧沾尘的布帘道："那后面。妹你还没吃过早点吧？"

皮芝动身掀开布帘，瞧着那个阴暗的角落里摆着一张旧式墩子床，旁边地上两个侧立的土砖上搁置着铁锅，小堆干柴和一把旧扇便是这铁锅的动力源泉。她进去开了后门，让里间光线充盈些，她一边简单地帮着收拾一下满目狼藉的床铺，一边道："我已经吃过了，大毛哥你不能太苦着自己，我看这门外屋檐下可摆个煤灶，这房里就要干净多了。"

大毛难堪了："妹妹，你不讨厌这个乌七八糟的脏窝就让我非常感动了。出来吧，别让你呕吐。"

皮芝又道："后门多开几趟，透透风，霉气就跑了。布袋里有罐粉蒸肉，中午你吃了，下班我再来取罐。"

大毛点头谢过，上回在街上见着她时，皮芝就主动请他去做客，大毛却是婉言谢绝了。他感觉到了自己的卑微，过了一会儿，他竟忍不住将自己的下步发展思路及目标一一详述了，想必皮芝会替他高兴。

果然，皮芝眉间飞扬着喜悦，道是士别三日当刮目相看，可喜可贺。言毕她就辞着向供销社那边去了。

望着她远去的背影，大毛心里居然升腾起一种别样的感觉。

第二十一章 今非昔比

她卷上裤管露出一双白如藕莲的双腿。大毛心口无意间动了那么一下，他把目光转向窗户，但脑海中却不住地浮现着那层白净与光洁，他不愿让她发觉自己刚才那种心动。

这天徐大海独个儿就往武卫那边去了。他心里不能不高兴，茶场、综合厂都按公开拍卖的形式进行出售，而且价格不低，而他锁定的老石灰厂却是按租赁的形式轻而易举地弄到手了。表面上是租赁，实质就是一次性占用，四十年期满。后人是无法去考究这些村规民约了。低廉的价格便是他本次最大的胜利。当然，他给武卫送过五百元红包，皮柏和黄平那儿各一百元就打了开销，这点小钱用废品变卖一番就差不了多少。

徐大海到那先不急着表功，只道："石灰厂一荒，一米多深的黄土不知从哪里飞来的，想爆破几堆石头还得花上不少运土费。"

武卫还是抽着老牌子，顺手向徐大海丢去一支，他道："别夸张，得了好处莫说肚痛。海叔您是最有头脑的老资产阶级，刚听到公路一修你就要垄断石头了，我还算看得清您这招明棋。"

徐大海犯傻地憨憨笑道："贤侄不愧青出于蓝胜于蓝。不过，愚叔这把老骨头抢不起大锤凿不通炮孔了，只能请些年轻后生来经营。武书记也可对外帮我宣传宣传，好处少不了你那份。我清楚皮柏这次本想插手，只因他是村干部不太方便。"

武卫颔首道："是啊，所以承包主你也可找他谈谈，一个好汉三个帮，听说你屋里那个木货没卖成，你尽量拉拢他。"

皮柏现在有很大势力了，但徐大海一直有所忌讳，沉吟小许便岔开话题："武书记可叫武半仙了，我媳妇的五脏六腑那些疙疙瘩瘩都让你看透了，呃……你怕是用半边掌掐算出来的吧？"

武卫一副严肃状显得愈加深沉了，烟雾后听得他道："任何时候要相信我不会乱讲。你大门的朝向改过以后，是不是全部吉利了？"

徐大海忙道很对很对，又辞行笑道："书记方便的前提下也可插手，我绝对保密。"

武卫笑笑，又客气地跟至门外，他突然叹道："现在公路填方全靠肩挑手提，实在是愚公移山。大城市早就使用挖机铲车了，一旦与梅山那边接上了，您那料石场就得有人买车买机械。要打求财卦，必与鬼相连。我建议海叔多向皮柏同志汇报工作，据说他舅子就是专搞石料的，包括碎石、块石、石子灰，情况允许的话，还可烧窑创建粉灰厂。"

徐大海回道："我一定多向皮柏同志汇报，更多的是向武卫同志汇报。"

武卫在他肩上重重地拍了拍，说道："利不可独赏，谋不可众共，这是曾文正公的名言，用在点子上，您就成徐文正公了。"

路上徐大海细细嚼着此话，还果真嚼出些味道来。看来皮柏这会计也不是白吃米饭的，武卫得时刻掂量着他。

池塘边的柳树下，皮才德又在杀狗。自从他杀过自家的母狗以后，倒是杀出了浓厚的兴趣，他大量收购狗源，又大力推销狗肉。儿子开上吉普车以后，嘉陵摩托就成了他的专骑。

徐大海过去问皮会计在哪儿？皮才德搁下剐肉的尖刀，递烟笑道："大海兄，你是问现任会计还是过去会计？你找皮柏的话，就只得去西江街上找。"

徐大海清楚皮柏与人合作鱼店，基本上垄断了西江街区，也不多言就走了。

1990年盛夏的一天，徐剑刚做上爸爸，就让李刚逮住了话柄。他开着徐剑的玩笑道："人家都十月怀胎，你们两口子却是八月怀胎，看来你们举行正式婚礼前就预支了性生活。"

徐剑摇头苦笑："李镇长，您飞快就是镇长了，我这名责任区副书记飞快挂了三年，您总得让我预支一下书记的味道吧。"

李刚笑道："我看大毛是不会文化的生意人，而你是不会生意的文化人。"

徐剑略略愣神，正经道："镇长您一直是我兄长、领导，您该指点迷津，但说无妨，您打灯笼我摸黑路呀。"

李刚沉吟片刻就道："实不相瞒，下月就是我任代镇长了，人事方面还得书记点头，所以我建议该出手就得出手，当然，你不能直接出面。"

徐剑忙道："您帮我送上一千元红包够不够？"

李刚道是坚决不行，缓了缓再道："我作为他同事绝不可能用红包之类，我建议送一件稍有价值的物品，既要让人家动心，又不俗或太过于直露，我觉得像那画……以前金老师给你作的那幅什么《天水春意图》之类……"李刚说话时眼光有意在墙上扫了扫，只是那画已由常梅藏到她那边去了，因常梅偶然听人说起那画的价值目前至少不下五千。

徐剑心口晃悠一下，便道："李镇长，我原来还答应要到金叔那儿给您弄张大样的书画，可一直没碰上好机缘。那幅《天水春意图》就怕有小地名的局限性。"

徐剑只好仍讲着上次那条理由，其实他心里犯忌的是答应过金涛永远珍藏此画。倘若日后金涛在别处看到此画，绝会有某种想法。

李刚笑道："我倒无所谓，只是你的事还得人家点头，如你有这么个想法，建议尽早让我挂好钩，理应今冬明春就能成事，应相信我至少还有些发言权。"

徐剑再没理由拒绝了，又想李刚为他各方各面的疑难问题都一一揽下了，不管如何只得答应送画。再说金涛也非外人，想必会理解支持，思量过后便道："改日我就送来，还得辛苦老上级动点心思。我也明白排队的很多，都闷在肚里，就看各人手段了。"

李刚从容而谈："我会注意的，梅山与天水近年正在飞速发展，公路通达前所未有，私营企业蓬勃发展，各项国家任务排名前列，这些政绩离不开你们父子的努力。据说天水粉灰厂每年为政府创税不下一万！不容易！真不容易！这一些我在党政班子会议上肯定要谈。"

徐剑嘴上并不否认："梅山与天水公路接口问题让我磨破了脚板，公说公有理，婆说婆有理，后来我说了武卫几句直话，总算让天水把百分之八十的责任挑起来，哎，也别完全小看这个武卫，有时他那几招虚虚晃晃的迷信功夫还吓得住个别蛮子哩！"

李刚笑而不语，手掌在徐剑肩上按捺老一阵儿，似乎要亲自把责任区重担放在这张宽阔的肩膀上，良久才轻缓地拍了拍，道是他心里有数，金子随便放在哪儿都会发光，说着轻轻走了。

回家与常梅计商送画一事就听得常梅道："李刚咋会这样低俗？……这书画一来有了落款及内容，二来代表着金叔的一番情意，这不是为难你？"

徐剑轻声叹道："事是这么个事，但人家非常露骨地开口了，送钱他又说不行。"

常梅怜悯起自己的男人了："你说一千他肯定嫌少，再加一千他就高兴了，说是老婆思想不通不就行了？我觉得这方面不要去刻意花上大心思，金叔有这么大的影响力，很快就进省美协领导了，何不直接找他？"

徐剑觉得有理，道是也行，明早送上二千，也算一个了结，理由是常梅把书画已送给别人了，还得请镇长原谅。常梅无声地笑笑，算是支持。稍后她起身弄了小把西药塞在口里，又喝了一口水。

徐剑这才注意到大大小小的药瓶中竟有激素类，难怪她脸上这段时间显得略微浮肿，便问："咋啦？平时都没听你吭过一声。啥时候又出毛病了？"

常梅伸长脖子仰了仰头，好像是药丸哽在喉管处一般，她再饮上一大口水，缓了缓就道："偏头痛有很长一段时间了，子茜还在肚里的时候，我不敢用药，老公别为我操心，我明白你也苦。"

徐剑捏了捏她肩膀，感觉常梅肩胛骨突兀了一些，她脸上浮肿而身子瘦了，心里就难受起来，说道："为了孩子你一直忍着，为啥不早点告诉我？"

常梅朝男人轻叹一声："养崽才知父母恩，我七岁那年，最后见上爹爹那一阵，印象还很深，爹爹从小窗口伸手在我的脸颊上摸了摸，啥都没说，我就抓紧他手指头，当初我并不明白爹爹的指关节被人打断了，只问爹爹为啥手指都一个个胖了，爹爹在窗口那边笑了起来，说是天天吃饭没干事，就胖了。我好不容易才伸手摸到爹爹的脸，爹爹一动也不动，一直让我静静地摸，后来，他就用嘴巴含着我的指头，一口一口地吸着……"说到此，常梅擦了擦眼角，她又指着书架上的大堆新书道："我就要从这些中外名著里更多地了解世界和社会，也要让我们的下代了解更多的故事。"

徐剑过去搂了搂她："身体才是革命的本钱，千万不要强挺，诗集呢？啥时候出版？"

常梅一反常态，道是一切虚名都不重要，重要的是学习学习再学习。

　　过不了半年，大毛的目标总算越来越近，商铺像模像样了。住房主体也已竣工，只仅因为钱的事就余下了住房装修那一块。他想暂时就这么将就一年两载，赚钱了再慢慢还债和装饰。这两天他瞄上了一个令他兴奋的商机，花湖那带有大量廉价的鲜鱼供应，只需在商铺前面砌上鱼池和供氧机，每天就可捞上大把收入。西江长达一千多米的街道只有唯一的一个卖鱼点，店主黑哥与皮柏合伙，在众人口碑里几乎成了西江街区的生意老大，生意红火得自不用说。

　　大毛现在就开始忙碌这事了。傍晚时分，街区商铺的卷闸门渐渐关闭，大毛的商铺却没有这个玩意儿，他手头实在很窘，该想办法的地方都已经想过，他眼下只能用建房遗弃下来的木板阻挡那些无处栖身的流浪汉或野狗之类。

　　大毛正动手用支撑顶住木板的时候，突然来了位肩背褡裢手提布袋的中年妇女，操着一口四川腔："同志，买个菩萨吧，包你大发。"她说话间已从布袋里取出个观音瓷像，一脸的期盼！她着装老式，脸色却是白净端庄。大毛瞧她单身一人，忍不住问了价格，又道："你说两块就两块吧，大嫂还要往哪走？"

　　妇女给了货却不急于接钱，诚恳道："同志，这里有旅店吗？"

　　大毛指着汽车站那边道："有吧，大概五块钱一个晚上。"

　　妇女突然把布褡裢向胸前微摆，说道："同志您要是信得过我，就让我在您这里歇息一晚，这三块钱算是房费，我这袋里还有些大米，可以解决今晚和明早的伙食哩。"她又指了指褡裢。很显然大米是那些无钱信神者的特色产品，这是位比乞丐形象稍好的行乞者。

　　大毛指指还未盖上木板的空缝道："进来吧，不过，我这里条件很差。咸菜倒是有，煤灶也有，你自己弄着吃，我去外边吃。"

他说着带她入了后间厨室，又交代着餐具和楼上歇息之处。

妇女感激起来，忙道："同志，我不能把你挤走……想不到这么大一栋房就住着您……要不，我们先吃了东西就让我在炉边桌上伏上一晚。"

大毛明白她在陌生地有所顾忌，何况那门板只是虚张声势而已，就道："我先弄饭菜，吃了你就睡我那张床上。另外我还有张竹床哩，只要大嫂不嫌弃。"

妇女取下褡裢，打开拉口，道是吃上百家米，百病没一点。

大毛忙道："饭还是要让大嫂吃饱，菜就只有咸菜和剩肉了，大米你留着祟了吧。"

妇女笑道："米不多，我背着也是负担，何况我还要吃上几顿！"

大毛指着米缸道："丢在那缸里吧，如果你当成负担，我给你二块。"

妇女连连摆手，老是客气地说着感激话。

饭后，大毛烧了些水，让她先洗漱。妇女脱袜时并无臭味，她卷上裤管露出一双白如藕莲的双腿。大毛心口无意间动了那么一下，他把目光转向窗户，但脑海中却不住地浮现着那层白净与光洁，他不愿让她发觉自己刚才那种心动。

妇女把双腿搭在桶边，想自然风干。她轻声道："兄弟过来叙叙家常，有幸结识你，真是万分高兴！"

大毛面对面朝她坐下。一层水珠儿如露水般挂在她两边腿肚上，她足背也挺美，白净得让他几乎瞧得见那蚯蚓般的静脉。大毛目光有些凝滞，讪讪道："大姐咋一人跑出来了，家里都好吧？"

妇女道自己姓崔，家里男人瘫痪，还有两个念书的小孩和一位花甲之年的婆婆。这边县城里一表兄开了个鞋厂，她本想进他鞋厂谋生，可表嫂那副嘴脸实在让她待不下去。好在表兄暗暗塞给她三百元人民币。她思考再三，决定学上老家一些弱势群体的这门手艺。她说到兴奋时就道："我十岁的大儿子很懂世事，上月我寄了封信和五百元人民币回去，我能想象到大儿子那份高兴劲儿。开始我很怕羞，但想着家里那一切，我就把脸皮都豁出去了。县城里有人劝我去新办的那个红灯区，小兄弟你或许不懂，红灯区就是过去的妓院，我再穷也绝不去做那掉格的下流事。"

大毛想着自己过去那阵情形，竟黯然伤感，说道："同是天涯沦落人，相逢咋的？崔大姐，这诗我记不全了。"他又细说自己的过去。崔姐放下裤管把双脚插进鞋里，伸腰道："小兄弟，你送我上去吧，我连灯泡开关都找不到。"

大毛便在前面引道，还叮嘱道："楼梯扶手还没装好，靠里些走。"拉亮电灯，大毛很是难堪，床上乱七八糟，他连忙收拾一番，把被子摆晃片刻才道："崔姐你就委屈一下吧。"

崔姐热热的目光扣在大毛脸庞上，只听得她柔声道："你别睡竹床吧，我明白你没有第二张睡被……你想啥我都乐意，小兄弟，有缘才让我们萍水相逢。"

大毛热血澎湃了，头却低得很浅，他几乎能听到自己的心跳。崔大姐飞快地卸下了身上所有衣服，一副洁白的胴体就呈现在他眼前。那两只肥硕的奶子如兔子般摇摇晃晃，又像两块磁铁一样将大毛身子吸了过去。他脱着上衣的时候，裤子就被崔大姐松下了。她手指头在他敏感区滑掠一下，那玩意儿便雄赳赳气昂昂地寻找地方了。

他挺动着下身，如河中捡鱼的那个皮艇一样，一次一次起伏于浪尖，快到天崩海泻的那一刻，他拼尽全力贴上去了……崔姐双手箍着他身子的时候就像一个铁圈那般硬朗："太爽！……爽得无法形容。"她喃喃道。

"太爽……爽到骨子里去了。"大毛舔着崔姐的嘴唇道。

被窝里虽然有些霉味，但两人并不顾忌，蒙着头在被窝里拥得很紧很紧，天刚微亮，崔姐醒了，便推推大毛，她说得早点下去弄饭了，大毛揉揉眼皮，在她奶子上摸了摸，又要干那事。

崔姐笑道："你一试就来瘾了，不过大姐也像干旱的麦苗，急需几场猛雨。"

这回还是那么淋漓酣畅，只是崔姐穿衣下梯时，手掌老撑着墙壁，道是小兄弟这扶手省不得呀。

大毛相跟着，突然怪怪地道："崔姐，你得慢点儿走，别摔倒。"

崔姐饭后便辞行出来，说是还得出去捞些收入，大毛叫住她："请一定保重！慢走。"

崔姐嫣然一笑，脸上灿烂起来，道是小兄弟心好，请问您尊姓大名？

"石大毛。"大毛大大方方说着。

第二十二章 祸福变幻

　　他一把老泪和鼻涕就交错在上唇花白胡子里，宛如深秋的晨光里长串露珠悬在枯草上。他用颤抖的哭声道："去把漆匠请来，把棺木刷弄一下，通知皮柏带些起香盘缠和麻绳，还有白布……

　　有天，徐剑在办公室见到了岳父常四。如今他已是正儿八经的责任区书记了，上班时间回去是没有必要向人家汇报的。公路一通，什么都方便了。

　　"这毛路据说已花了十来万，连石子灰都没铺上一点，我看有些夸张啊。"常四越来越关心政事了，今日赶集他顺便来看看女婿，好让徐剑骑车送他。

　　徐剑不语，瞧着岳父继续说下去："现在村上的财务制度只怕是一片混乱。出纳黄平的发票成了吸水性很强的海绵，可是没人去把这些水分及时挤出来。长此以往，只怕天水会肥了少数人。"

　　徐剑并不特别敬重这位岳父，只道："您别管这些事。"

　　未料常四卖弄起自己的口才来："鲁迅曾经讲过，深到骨子里的深沉是从不抱怨也不随便谈论别人，可天水这些烂事不说不行。"

徐剑有点儿反感，常梅身子越来越坏，他也不过问一下，还有心思谈这些，便道："您去过医院常梅那边没有？她天天是中药西药，又没啥作用。"

常四沉吟着道："她说偏头痛是啥神经方面，我看就是神伤，要不……"

徐剑用手势止住了他的话头，明白他又是要请武卫出场，就犯了态度："医院都是白吃空饭的？……我送您一程，等会儿还有事。"

未料大毛就蹲在樟树下，手臂上缠起了纱布，纱布下还固定了夹板，一瞧便知是骨折。

"咋啦？你这是……"徐剑目光利剑般地射视着他，他心目中已把他当兄弟了，嘴上却老是那么冷若冰霜。

大毛过来详述了过程，下午黑哥带人到他鱼摊前找麻烦来了。说西江街上没人敢在他眼皮底下争生意。以前他黑哥不是没有砸倒过人家的鱼摊，大毛问着理由，黑哥那边就道先卖为君后卖为臣，不允许任何人在西江街上捅坏鱼价，除非按月交纳管理费。大毛道是人一个屌一条，钱没有命倒有，这样双方就大打出手。对方人虽多却没占着上风，一个当场被他踢着胯下就倒了，另一个被他用扁担砸伤了腰部。黑哥用铁棒袭来，大毛就用左手臂支挡，疾速把鱼刀架到了黑哥脖子上，道是下次再闹老子就取你狗命！黑哥脸如土色，走开了才道你等着再瞧。大毛并非畏惧这等烂三流，只想顺利把生意做下去，便独自找李镇长去了。可惜好几个钟头都没打上照面，便来这边寻问主意了。

徐剑感觉事关紧要，便道："你回去，李镇长这边我来衔接，很快就有结果，记住，好汉弯上转，见好就收。"

大毛也不多言，丢下几包烟就走，院里正来了一张摩托出租的熟脸孔。他停下道："老弟，需要老兄跑腿吗？"徐剑明白街上出租摩托并不多，却个个勤快得要命，想了想，竟在头脑里拱出一桩生意来，叫他把岳父送回去，费子当即付了。

徐剑回办公室打了李刚BB机，电话很快回了过来。李刚一听大毛遭人欺侮，就道："要不要派出所把那几个坏渣关起来？"

徐剑先前听大毛一说，感觉大毛也越来越好强了，而且生意还得继续经营下去，不到万不得已尽量少树仇敌。便道："镇长，我建议您给皮柏打个电话，他最听您的话。因皮柏与黑哥合伙，他本人又是村干部，您讲一句能顶我千句。不动用警力，可能更利于缓解矛盾。"

李刚在电话里长笑一声，道是好吧，我正好有他的call机号。

徐剑在办公桌前细思，李刚自从收了他二千元红包，什么事情都敢于为他担当了。他庆幸采纳了常梅不送书画的意见，此后正遇上责任区内部调整人事，他并没有向任何下属开口，却足足进了三千元礼金。徐剑就觉得送给李刚的二千元完全没有冤枉，细细琢磨着，权力这个字眼还真是诱人。

正这样寻思，门就开了，进来的竟是皮芝。徐剑连忙立身倒茶问候："什么风把皮芝妹妹吹动了？"

皮芝脸色凝重，毫无笑意，口气却很诚恳："剑哥，刚才我与皮柏大吵一场，心底里不想把他当成哥哥但又无奈，大毛卖鱼的事你也清楚，我想请老兄与皮柏说一说。这不明摆着就是欺侮大毛？"

徐剑一怔，心里油然而生敬意，连忙领首道："难得妹妹这样考虑，好的，这事交给我来处理。"

皮芝有点微热，她松开了黑西装上的纽扣，露出件圆领紧身白衫，她稍稍吹吹热茶就道："剑哥……没有大毛，就没有我皮芝的今天……所以我内心希望大毛能过上好日子！"

徐剑诚恳地点头回应，又瞧着她的眼睛道："大毛呀，真正的实心眼，这几年打拼还有不少成绩……唉！可惜就少一个内当家，不然，他的生活就不会这么糊涂。"

皮芝扑闪着略带愁绪的双睫，低声道："是……啊！"随即她说声拜托就走了。

天徐徐黑下来，大毛正在商铺里抿上小酒，他就盘算着今日赶集的收入，还真是惊人。五百来斤鲜鱼一卖而光，净利一百元左右。昨日街上飘着小雨，并非赶集，他也卖了三百来斤。这两日下来，他就明白花湖那边的鲜鱼每月能创造多少财富。

突听得卷闸门被急促地敲响，大毛操上菜刀，嚷道："哪位？"

外面沉寂小许，终于听着是黑哥的声音："开门……"

还有一位在旁边搭腔："黑哥的声音你也听不出来？"

大毛走得近了些，还是没有开门，道是有事明日再讲，晚上我不接见客人。

卷闸门又被轻缓地敲响，黑哥又道："开门，怕我吃了你？"

大毛想着不能失了胆气，把菜刀勒在衣服下面的皮带里，开了小门道："天底下还没见到敢吃我的哩！"

黑哥领着二人鱼贯而入，关上小门就轻声哼道："嗨！我就要与这样的好汉较量较量。"

"今晚还要扯点麻纱？"大毛警觉地把裤带扎得紧了些。

黑哥大大方方入里间坐下，跷着二郎腿。道是不管兄弟后面有多大靠山，踩着我黑哥就总会死路一条。何况我的兄弟皮柏你也应明白有多大能量？

大毛暗喜，明白李镇长过问此事了，黑哥只是想下个台阶而已，便绵长而笑，并不发声，只道："我没任何靠山，不过，人不犯我，我不犯人，今日好几个兄弟都为我抱不平，不瞒各位，我打算把命都豁出去了，至于皮柏，哼……他的命总比我的值钱。"

手臂上纹了青龙的汉子就道："兄弟，黑哥出马是从没空手回去的，不打不相识，都是梁山好汉，你看着办吧。"

大毛朗声大笑，说道："好的！兄弟一言九鼎，不让你们放空。"说完就递给各人一包香烟,又洗净苹果,给各位递上一个,用同样的语气继续道,"我这人讲的就是义气,兄弟们要是用得上我粗人的地方,捎个口信就行。"

黑哥放下二郎腿,爽口道:"好的,就冲你这话我就既往不咎。不过,行有行规,道有道法。鱼价也得与老兄我通通气,不能烂了行价,弟兄们都得有饭吃。"

大毛像江湖义士般合拳拱道:"一言为定!改日我做东,请弟兄们好好喝上一杯,如有不对之处就请弟兄们体谅。价格你黑哥做主,我只要有口饭吃就行。"

黑哥立身在大毛肩上拍了拍,又瞧着他的伤臂道:"我打人是从不考虑轻重的,骨头断了吧?"

大毛送他们出门,这又笑道:"今日吃了黑哥一铁棒,只能是哑巴吃黄连,有苦说不出,请慢走!"

皮芝立身门外了,黑哥就瞧着这张并不相识的脸孔玩笑道:"晚上这里是不接见客人的,我们敲了半天才开门哩。"

大毛哈哈大笑着,道是黑哥千万别糗我,皮芝转过脸一闪就入了小门。今日大毛有太多的感想,合门后他就道:"只要你不怕人家闲话,我想请妹妹有空就来店里坐坐。这骨头愈合怕是要一个多礼拜,有钱不抓不是皇家呀!你瞧,我装程控电话了,要货一个电话就搞定,利润可不少!"

皮芝见桌上堆着中药,便帮着煎熬下去,边忙边道:"什么闲话我都不怕……这是我的自由和权利,谁也管不了我。"她说话时已飞扬起坚毅的目光。

大毛心里热热的,却皱紧了眉宇:"你家里人都瞧不起我,唯独妹妹……可我不能让妹妹为难,你是知识分子,我只晓得三担牛粪六箢箕。"

皮芝突然正色道:"我心里惦记的只有你,社会上很多人表面风光,看上去多么高尚、伟大,而思想和灵魂极其败坏。而你完全不是这号人，人就要活得实在，像……你……"

大毛沉吟片刻，就道："只要你开口，我尽量要让你高兴。"

皮芝突然在大毛的脸颊上吻了一下，飞跑着走了，大毛傻傻地摸摸那小圈湿湿的温热，恍然如梦中一般……

有天领导们去讨教张唯民了，张唯民料定并无什么好事。嘴上却是客套着，叫徐琴端些花生来。武卫仍是叫着民叔，这一点素来是武卫的特性，自从任支书以来，他就更加发扬着这个优良的作风，从不把过去叫作叔叔的改称老兄或把过去称作婶娘的改称为姐姐。他吃上花生，用米酒陪衬，道出了村上几桩重大事项。请老书记斟酌斟酌。归纳起来就是完善公路缺钱，村上要把集体林的管理权、使用权一次性承包下去，这笔承包款就将用作公路的铺沙碾石经费。

张唯民也想试探着其中虚实，便道："全村一百五十多亩杉木林，大多已成材，别说还有二十年的再生期，就按现在市场林木价，每棵按半价五元计算，至少也有五十来万，就算铺上沥青路面，主支线五公里也还绰绰有余。"

武卫一时无语，望着黄平，黄平接着就道："先前武书记讲的仅是初步意向，沥青路面不是不可以考虑。不过村支两委的意见是先铺沙碾石，经费允许的情况下再考虑沥青路面。"

张唯民笑笑，偏朝皮柏道："皮会计，你亲戚在我们天水经营的那个石料场还算可以吧？这次铺沙碾石又会拱出大笔生意哩！……恭喜恭喜！"

皮柏谦虚起来："我亲戚的石料场还多亏海叔帮忙，您老书记支持更是不少。"

张唯民自会明白幕后老板到底是谁，徐大海与他谈过此事，却也只能点到为止。

小会儿就见黄平从皮包里掏出大沓发票，道是公路开支十

210

来万全在这。为了给下面一个交代，想由他清理组组长签上证明意见。

张唯民想着上月大会上推脱不了这份责任，又听下面很有微词，便正色道："我今日不会签字，我一人咋能核实清楚？清理组同志必须全部到位，我希望你们思前想后，发票最好自查自审一遍，千万别存侥幸心理。一旦让清理组抓住了把柄，麻烦可就大了。"

武卫眼睛被烟雾熏得半睁半闭，语气却毫不隐讳："公路是专款专一，与村账不能混淆，黄村长你作为公路总指挥，一定要与老书记把公路专账完善好。一个钉子一个眼，一个桃子一粒核。我重申一句，公路发票我是不会审批的，这与村账无关。"

黄平讪笑过后就叹道："一人难满百人意，大家都不签字，我黄某咋办？"

张唯民明白黄平是采取逐个击破的方式让人担责，便道："我建议对公路账务实行集体审核，你村长不必单独去找张三李四了。"

皮柏笑笑，语气很是冷峻："这也不难，黄村长先让那些经手人、证明人签上字再说。"

黄平明白皮柏在帮他说话，有了经手人和证明人，清理组不认可也不行，便道："好吧，遵依会计的。"

过不了多久，皮爷拄着拐杖颤悠着小步去找武一守了。他喘上粗气，左手按住膝盖缓缓坐下，武一守叫过皮爷，不明白他最近几年为啥会这么疾速地衰老，口上却还恭维道："皮爷您一直这么硬朗，不像我真成一把手了。"

皮爷喉管极重地收缩一下，费力地把一团浓痰吐出："能享啥清福？衰了……衰了……一切都衰了，岁月无情啊。"说着他又缓缓用鞋底擦尽浓痰。

武一守似乎明白皮爷的用意。便道："当官的衙门流水的兵啊，想当年我们搭档几十年，天水哪个敢起拱子？现在……张唯民自打与徐大海绑到一块，村上工作到处被动。武卫和皮柏他们还真是有苦难言……当官做不了主呀！"

皮爷骂道："张唯民历来是个混账东西，那年搜查那个牛鬼蛇神的木货就是他提前通风报信了，不然姓徐的哪有这么大猖气？"

武一守把那只空荡荡的袖子搁到膝盖上，又道："这几个月我不去炸鱼了，还留着几个炸弹哩！"

皮爷斜吊着眼皮，轻轻笑了笑，只道："老弟，千万千万保重！"说完就有些倦怠地拄起了拐杖。武一守轻轻地搀扶一把，送到路边。北风袭来，皮爷颈脖不经意间颤了颤，他左手轻轻地拍拍武一守肩膀，右手竖起拐杖指着对面石八屋堂道："那牌坊真个像把弓箭，朝着我皮家心窝哩！"

武一守一怔，半晌才道："皮爷别多想，皮家屋前的大树像草船一样挡着哩！张唯民以前不这样讲过？"

皮爷咳嗽着，用拐杖戳戳地面，生怕地上都是陷阱一般，叹口冷气就蹒跚而去了。

走不多远，便见儿媳号叫着疾呼而来，她正泣不成声："才德……发作了，狂犬病，皮柏打电话回来……"

皮爷瞧着儿媳不像乱话才问："咋？……狂犬病？才德在哪儿？"

"快死了！"儿媳说完，旋即就边跑边哭地去了。

皮爷感到揪心地阵痛，拐杖在地上仓促地响过。到家门口的时候，他几乎快站立不稳了，便一手抓住椅背一手拄紧拐杖，目光紧紧地扣在刚下摩托的孙媳妇脸上。只听得孙媳妇在摇头叹道："完全不行了，医院已经无法控制……"

皮才德老婆就哭着数落起来："真个没良心的东西唻……丢下我不管呀，冤家癫狗寻你对头唻……你不去杀它没邪事呀……"

皮爷心焚气乱，用拐杖在门上戳了戳，道是再哭还有屁用？媳妇哭声刚止，他一把老泪和鼻涕就交错在上唇花白胡子里，宛如深秋的晨光里长串露珠悬在枯草上。他用颤抖的哭声道："去把漆匠请来，把棺木刷弄一下，通知皮柏带些起香盘缠和麻绳，还有白布……"言毕，皮爷就瘫在藤椅里。

皮柏的老婆哦哦点头，去里间操起了程控电话，这是天水的第一台电话，正传递着哀沉的语言……

皮柏接过电话，很快就去了电话给徐剑，客气地请这位发小来帮着料事。此时的徐剑正忙着给常梅按摩头部，一口就应下了。

常梅扭扭脖子，道是舒服一点儿了，药物毒副作用太大，她胃口越来越差，那张漂亮的脸蛋儿就越发消瘦了："老公，我真成为你的负担了，不但帮不了你半点，还要你这样服侍，真的过意不去。"常梅说着时，眼里又噙满了泪水。

徐剑听着难受，训斥起来："叫你加强锻炼，你有空偏就要泡在小说里，还天天写那么一堆废字，干啥呀？命都不要了！"

常梅眼泪又出来了："我该努力的都做了，还是一个废人，医生说神经性偏头痛就是这种磨人的病，我以前就说过，叫你放下我，你偏要让我死不死活不活。"

徐剑明白这女人家的性子又来了，越不让干活或动用脑力，她就越觉得嫌她，她越自卑就越说傻话，他终于动怒了："要死就清清静静地死，大河上没罩盖，莫来连累我……还有孩子。"

常梅无声地坐到沙发上去了，眼泪还是那样落着，老一阵她还是没有说。

徐剑愈加心痛了，窘了窘，才道："你去请个病假吧，我每月五百块钱完全能养活咱们，你想要写啥就写啥，想要活动就活动吧。"

常梅擦擦眼睛，可怜兮兮地道："我实在不愿请假，看来是没有办法了，每月生活补助费一百多元不会少的。"

徐剑话语仍是脆硬："从今晚开始，你不要再伏到书桌上去。"

说归说，今晚常梅还是很晚才熄灯。

睡到半夜，徐剑感觉常梅身子在抖动，而她双腿伸得笔直笔直，徐剑把她搂至胸前，抹抹她眼睛，没有泪水，摸摸她嘴唇，牙门闭得铁紧，他明白老婆正痛得厉害，便把她搂得铁紧铁紧，就像一个慈祥的父亲正在抱紧一个严重感冒的女儿。小会儿，常梅头上冒了微汗，黑暗中她身子不再抖动，又朝男人呵着热气，道是发点毛汗好多了。

第二十三章　骇人听闻

　　警车报鸣器一路响着，很多屋堂和野外就探出许多好奇的脑袋……看着这辆泛旧的警车悠悠缓缓消失在村道尽头。

　　天水的承包方案已实施下去。明眼人都猜定天水村干部横插了一杠，但老百姓历来认为这是情理中的事。好在梅山天水一线公路已平坦多了，虽然还未铺上沥青，沙石底层却是被重型压土机夯压过，骑上去自然会舒爽起来。碍于情面，徐剑必须得去吊唁一番。他骑得不紧不慢，半个来小时就到了。

　　他刚拾级而上，黄平的声音就从喇叭里拱了出来："孝子搭礼！"凡去探葬的人都会碰上这份礼遇，孝子会给探视者下跪致谢。

　　徐剑手中的鞭炮有人接去点放了，小会儿就见皮芝同皮柏一同过来拜谢，徐剑赶忙弯腰拉他们起来，道是不客气。

　　皮芝眼睛微肿，准是刚哭过，她客气地请徐剑入里间坐坐。皮柏就递烟过来道："兄弟，我们穿开裆裤一起长大的，想不到我爹竟会是这种结局。"

　　徐剑安慰小许，又入堂内朝灵柩跪拜片刻，而后就与皮芝在后间的僻静处坐下了："皮叔一世英雄，想不到会走得这么意外、仓促。"徐剑语气中带着哀沉。

皮芝讷讷半晌才默然颔首，道是人生难料。窘了窘，才又道："我爹从屠杀家里的第一只母狗开始，我心里就一直愤恨着，后来奉劝过很多次都是白讲……有什么办法呢？"皮芝脸色一如往常了。

徐剑解释着："李镇长郑重地交代要我代表党委政府表示深深的哀悼，你皮家可是几代基层干部呀。"

皮芝沉吟道："感谢感谢！明日佛事就请老兄帮着料理料理，妹妹在天水最敬重剑哥。"

徐剑笑着谢过，又道："大毛清楚这个情况不？……他理应会来。"

皮芝脸色有点异样，忙道："我告诉他了，但坚决不让他参与。"

徐剑与她对视小瞬，片刻就读懂了她的目光，也就不多言什么。

武卫和黄平为葬地去请示过皮爷了。皮爷想着儿子先走一步，以前为自己备下的生人墓就只好让儿子先葬，就像自己把棺木让给儿子一样。

武卫出来找上皮柏道："现在正是龙年年尾，下葬时生人墓的土坑还得改一改朝向，就怕龙狗相冲，这事我会交代地仙。"

皮柏就道："一切辛苦老兄做主。"

徐剑坐不多时，与皮柏兄妹打过招呼就走了。

回去与父亲闲聊一阵，突然就见电视里冒出一条黄桥新闻：

本台又讯：今日黄桥县公安局成功解救了一名被绑架的异地女子。女子姓崔，以经营小卖为生。据她回忆，前日上午在西江电站因顺便搭乘一辆无牌无照的黑车竟遭车上两名男子绑架，犯罪嫌疑人将她强行扣押在电站对面一废弃砖厂内，并对她实施了轮奸。受害者身上财物也被洗劫，歹徒还用绳索对她实施了捆绑。

四十个小时后，警方才接到行人举报。现在崔某仍是胆战心惊，详述了其中一男子特征，该男子脸上左侧有细微刀疤。如有知情者，请速与黄桥县公安局刑侦科联系。为匡扶正义，铲除恶势力，我台将会继续跟踪报道……

徐剑看着深恶痛绝，社会上竟有这类丧尽天良的败类，父亲也正在看着，搭讪道："过去你金叔在学校雕刻的那道八角门前些日子被人偷走了，过去还有人在上面钉了木板画了大叉，今上午你金叔过来就说这事太诡异了。"

"肖阿姨也来了吧？"徐剑赶忙问。他明白他们一直想来瞧瞧金蟾伏虎的真正面貌。

父亲点头道是："他们用相机拍下了金蟾伏虎，说是至少不下五十万，甚至更高，必要时他会找有关部门进行鉴定和合法拍卖。"

徐剑全身沸腾起来，惊喜半晌又问他们是否瞧过雷打石那边的溶洞。

"都瞧过，还有忠节牌坊。"徐大海今日语气格外平静，似乎是皮才德之死让他这么淡定，"你肖阿姨说这里迟早会成为旅游景点，这些山、这些水……让他们摄了很多镜头。"

徐剑想着明日不用再去皮家，叮嘱父亲去登记个情谊就算了事。

第二天早上刚入办公室，徐剑突然想到西江镇新办了农村合作基金会，就想让姐姐试着当个代办员。这样既可让她的经济状况活泛些，又可锻炼她的工作能力，他便请李刚必要时打打招呼。

李刚却是严肃道："千万别安这份心思，现在农村合作基金会虽是遍地开花，其实我个人认为这样搞起来迟早会出问题，现在党委政府的意见是把代办员指标下放到各村，由基金会负责人具体审定。根据村级地理位置及覆盖面实行合并，例如梅山天水只需一个代办员就够了，各责任区对人员的推荐审定也得严格把关！"

徐剑顺势道："您看梅山天水定哪位为好？"窘了窘，又玩笑道，"书记，我说了也是白说，不说白不说。"

李刚思量着道："我建议在基层干部中选拔，这仅是建议。"

徐剑想想也是，何况姐姐现在还算混得一般，不让她去蹚这趟浑水也行。

午间刚躺下，有人真不知趣，却在门板上敲着，徐剑心里骂娘，门到底还是开了，来者未想是武卫，他黑胶袋往桌上一搁，道是几条烟徐书记别嫌弃。徐剑好生纳闷，道是武书记千万可别吓着我。

武卫坐下缓缓道："基金会领导那边我也拜访过了。徐书记面前我不说假，这代办员我很想干，老弟得尽量帮上一把。今日我抽空从丧堂出来就为这事。"

徐剑沏茶就在思量着此人在他脑海里确实考虑过了，梅山只有八百来人，而天水一千五百多，代办员定天水的基层干部还是说得过去，便顺水推舟道："只要基金会领导审查同意，我绝对会跟责任区打上招呼。"

武卫饶有兴致道："基金会的存款利率虽与其他银行一样，但多了三个点的红利。就是一千块钱无形间让存户多了三十块钱。我还是很有信心把这份工作做好。"

徐剑想着这烟还是可以安稳收下，就道："武书记我估计纳储你是没有问题，就怕你人情面子太宽，把握不住贷款。"

武卫把胸膛拍得叮当响，道是不吹牛，我武卫看人八九不离十，要在我那里做个赖户怕是活得不耐烦了。

徐剑便有意笑他："谁不清楚我们武书记还有神掌？"

武卫此回不敢乱吹了，只是轻轻笑过。道是莫糗老兄，神掌不是一般人能学的，传说都会断子绝孙。所以，只有单身汉才敢试着去学。

徐剑问了村上一些事，感觉他虽然不排除有假公济私之嫌，但比黄平直率些，尾后就客气道："能做的我徐剑尽量会做，烟就拿回去吧。"

武卫摆摆手，不多言就走了。

安葬完皮才德的第三天早上，皮家老少刚用过早点，一辆警车戛然就在门前停下了，皮柏还未拔腿，手就被铐上了。

皮爷如梦初醒，用拐杖敲敲木桌："领导，皮柏犯了啥法？"

一名公安掏出证件晃了晃，押上皮柏就道："到时候你们就会清楚。"

警车报鸣器一路响着，很多屋堂和野外就探出许多好奇的脑袋……看着这辆泛旧的警车悠悠缓缓消失在村道尽头。

皮柏的老婆哆嗦起来："完了，一切都完了……他们肯定搜查了街上那套房子，有些还是我们的血本呀……"

"难道皮柏还偷过？……抢过？"皮爷吞吐着，他明白孙媳妇说的是古董和一些收藏品。

皮柏的老婆低头不语了。她何尝不明白男人与黑哥偷盗过多少处古墓，也何尝不明白他们试过多少甜头。然而她哪会清楚自己男人另有骇人听闻的勾当，仍是与那个连裆的黑哥，黑哥脸上就有一处不很明显的刀疤。

皮柏的母亲这会儿没有哭，却骂起了武卫的粗口："武卫那个狗卵天师，还说龙狗相冲已经制住了，放屁！放狗屁！"

皮爷咳了半晌，好不容易才咳出哽在喉管处的浓痰，稍稍平静才道："无论如何先给皮芝去过电话，叫她给皮柏送点吃的穿的。"

皮柏的母亲闹上了情绪，朝媳妇道："皮芝也不听话，千个看不上万个看不上，偏偏要看上那个野人……好让江花在外面吹牛。"

媳妇听明了婆婆的意见，也不推诿："放心！我生是皮家的人死是皮家的魂，会去监子里探望的。"

皮爷费力地撑着身子回房歇息去了，不住地自言自语："天意……天意呀！"

徐大海刚刚听到皮柏被捕，脑子里居然会莫名地拱出些新点子。他走到张家，正见徐琴和张铜在拌制饲料，这几年小两口以饲养良种瘦肉猪为主，运气倒是不错。张铜天生就能把说话工夫挤在劳动上，总让徐琴多休息。徐琴有时望着两个可爱的孩子和挥汗如雨的男人，心中不免会滋生出一份家庭的甜蜜感。

"去把老头子叫来。"徐大海朝女儿道，刚才徐琴还没注意到父亲。

张唯民从后院踱进来应道："亲家，瞧你脸色怕有喜事?"

徐大海微笑着直奔主题："皮柏一关，天水就没有会计了，我看徐琴对这点鸡毛蒜皮的小业务还是奈何得了……我们就要在我们的圈子里表明这个观点，尤其在党员组长里，上面有徐剑兜着哩，文官走一笔，武官走一期，您看呢?"

张唯民一拍即合，就道："好的，我还要跟武卫好好谈谈。"

徐琴过来歇息听着二位长辈的意见却极力反对："我不愿与那些人同流合污，天下乌鸦一般黑，但我不想随波逐流，现在靠自己的双手还要轻闲实在多了。"

张唯民明白徐琴的个性，也不多劝。他想着皮家这些破事。突又说起了段子："过去黄十举人中举以后，就忘了糟糠之妻，他母亲实在看不过去，才以死奉劝。哪晓得黄十举人仍是不改，有天无意间去测字，测字先生见举人正用布巾擦着嘴角，赶紧劝举人火速回去。举人回来才发现母亲已经上吊身亡，事后测字先生才讲出玄机，布巾的巾字放在口字下面不就成了吊字？”

徐大海轻轻笑过，这段子他隐约也听过，这又再三开导女儿改变主意，徐琴竟噘嘴笑道：“农村的路很远，人心很阴险；农村的路很滑，人心多狡诈。”

徐大海摇头不语，随后才骂着女儿太刁钻固执，叹几声就走了。

有天大毛握着张纸找上徐剑。他道哪个阴谋家在乱放屁话，好多电杆上都有这种白字贴。徐剑接过一瞧，竟是打印稿：

《西江镇镇长李刚全面调研西江镇工作》一文留下的思考

上月黄桥县政府新闻工作者在省日报头条位置编发了一则报道：《西江镇镇长李刚全面调研西江镇工作》，报道称这位新任不久的镇长李刚在两天内“跑遍全镇六十二个行政村及八个行政企事业单位，对全镇的工农业生产、城镇建设、安全生产及群众生活等经济和民生进行了全面的考察、调研，并慰问了部分贫困群众和党员。”

出于对报道的好奇和敏感，很多人对这样的官样文章保持本能的警惕及至怀疑。智者认为西江那么宽的地方，要在两天内跑遍机关、企业、村子、学校等是完全没有可能的事。智者判断：这样的文章要么就是作者故意夸大其词，要么就是李刚同志玩点花架子。

据镇区辖区内知情人士透露：李刚好大喜功，并未把群众与之息息相关的生产生活摆在首位。众所周知，西江水库是全镇最大的小一型水库，这里群山环绕，水面清澈。前几年，这里将利用发展为农村饮水基地，政府投入资金不下二十万。可就在前两月，水库水面上出现了皮划艇、乌篷船、快艇等水上娱乐设施。更有甚者，在离水库不足一百米远的地方树起了数家农家乐餐馆。毋庸置疑，对水质的公共污染是无法避免。而李镇长却置若罔闻。当有人提出建议和质疑，他竟振振有词：质监及环保部门对水质的抽样检测并未出现异样，足见净化器等自动化水厂有着重要的保障。

究其原因，李镇长一心想发展全镇的乡村旅游，以此树功，而从他表态的语气和态度无异于前面报道中的"走马观花式"的草率应付。

表面上看，李镇长谦恭仁和，群众有困难，他一副同情关心的伪相，可此后又无任何实际行动。一个真正急人民群众之所急想人民群众之所想的政府领导，绝不会在实事面前只流连于形式，或仅草率应付。西江镇能否在他任职期内走上康庄大道？哼……智者认为很难！

大家拭目以待吧！

徐剑反复阅读几遍，总感觉作者带有某种个人目的，所述事例也难伤及政治要害，又猜想此人应该就是本镇户口，或因一己之利受到影响而发此牢骚。

李刚其实也获悉此事了，徐剑刚入他办公室就听得道："天底下竟有这样的畜生乱放狗屁！县城里都飞着这些胡言乱语，严重蛊惑人心，影响社会治安。"

徐剑狐疑道："您估计会是哪种小人？"

李刚弹弹烟灰，又猛然抽上一口，他并未注意到徐剑没有抽烟，所以没像往常那样递烟过来。他静静地瞄上徐剑一眼就道："就算发展乡村旅游也不算错呀！何况上次包括金涛在内的省人大代表还向政府提案，要求将沿河一线的所有行政村合并为一个新的特色乡镇，发掘旅游品位，可偏有这些黑心人乱放臭屁。"

徐剑应和道："这确实是黑心人！真要是发展了特色乡镇，借鉴乌镇的成功经验，那么地方就会大步阔进。"

李刚再次弹弹烟灰，静静地瞧着徐剑小许，又道："上回关于你姐想经办农村合作基金会的事不会介意吧？我是直肠子，有啥说啥，就怕容易得罪朋友和兄弟。"

徐剑忙道："哪里哪里，我们啥关系？亲兄弟一样，而且后来确定武卫还是我提议的哩。"

从李刚房里出来，徐剑感觉有些怪味，难道他多疑到如此程度？不容多想……饭后散着闲步，小瞬就到了大毛的店门前，卷闸门已经安装上去了，徐剑便敲了敲小门，门很快就开了。

"哎哟！还是剑哥！"皮芝立在里间道，她声音清清亮亮，毫无皮柏被捕的那份困扰。供销社越发像清水衙门了，市场经济一兴起，供销社职工就大有下岗之险。

大毛正在后间忙着下厨，徐剑就朝皮芝笑道："有妹妹当家，大毛就不怕不会发财。"说完，他又往楼上梯间走了走，但见扶手和房门都已新装上去了。

皮芝相跟上来，指着每处房间道："我清理了一整天才算像个样子。"

徐剑点头说好，还笑道："大毛的卧室像洞房一样，今晚你们要点上花烛吧。"

皮芝呵呵薄笑，并无羞色了。

徐剑明白这几日大毛的鱼店更是红火，黑哥与皮柏一被抓，肥水自然会流向这处，他问着皮芝："皮柏到底是个啥情况？……不很严重吧？"

皮芝脸色凝重，半晌才道："无论是我的哥哥还是别人，我总认为只有触及灵魂深处的教育才能改变那些丑恶的本性。所以皮柏这次关起来，我觉得并非全是坏事，不然只怕更会造成大祸。

实话说，家里人除了我的母亲是无辜的可怜者或可怜的无辜者以外，其余的都老让我快活不起来，有时还真是说不清楚。"

徐剑静心听她说得如此冷峻、深刻，本不吃惊却装出一副吃惊的样儿。又道："你真算女中强人，而且有情有义！妹妹说得也是。我记得马克思说过，资本来到世界，每个毛孔和血管都沾着肮脏的东西，我衷心希望皮柏能浪子回头金不换。"

皮芝眼里有了湿雾，又道："昨日我母亲去监子里送东西的时候进不了铁门，想不到她会沿着高墙喊叫皮柏，我实在有些心痛，她以为皮柏在里面会听到她的喊叫……"

大毛递上毛巾让她擦擦，皮芝又道："嫂子已远走他乡，积蓄也被一扫而光，爷爷还是这么个爷爷……看着这一切，我非常痛苦。"她窘了窘，又凝视着徐剑道，"哪日老兄约上常梅姐，我们一同去定云庵瞧瞧，也想让心灵洗练洗练。"

徐剑欣然应允，又瞅一眼大毛。大毛今日吹烫了头发，抹过的摩丝还油光锃亮，他憨憨地朝徐剑笑道："要走了？……吃点鱼肉再走。"

徐剑作生气状："你都起身送客了，我还赖着不走？"

大毛还是那个憨样儿："我拦着老弟哩！不让你走。"

徐剑用指尖频频在空中点画，道是大毛兄还真有造化，鬼点子多了起来，说着就辞行出来。

医院那边的住房宽敞多了，是个完整的套间。徐剑晚上回去的时候，小孩已经睡下了。常梅洗澡后穿着件绸质睡衣在书房，她腰身仍然婀娜如柳，只是头上那该死的痛病让她瘦了些许。

"回了？"常梅放下书稿，立身又扭动脖子，这是她每日重复最多的动作。

徐剑嗯过一声，明白她停下的原因是怕要挨训，男人是心痛她的身体。这会儿他倒是让语气柔缓起来："你到底要写啥东西？霸蛮要糟蹋自己的身子。"

常梅揉揉太阳穴，轻声道："一部长篇小说《莲花江畔》，你不会见笑吧？"

徐剑缓言道："我历来相信你的天资和耐力。不过，真正的作家不是想做就能做的，不单纯是文笔和想象力的问题，更要丰富的阅历和素材以及通过这些素材精选出典型人物和鲜明性格，又要把握政治，迸发正能量，难呀！……难就难在高品位，高内涵，难就难在读者欲罢不能或掩卷沉思。大学时候，我曾有过这样的梦想，业余写到一篇类似天水那块风土人情的小说时，后来却是写不下去了，再也打不起精神。"

常梅静静地望着男人，平声道："想不到你还大有说头。不瞒老公，《莲花江畔》描写的就是几代人几个家庭生活在莲花江畔，贯穿着他们几十年的沉浮、博弈、情爱及勾心斗角，见证着社会变迁的家园情怀，我一定要写完，当然不敢大话说有多高质量。"

徐剑眨眨眼睛，不忍太伤她，只道："万一写不下去就和我大学时候的那堆废纸粘到一块。"

常梅并不反感，只道："不管什么结果，我都要尽心尽力做下去，哪怕是到了生命的尽头，我都要坚持到最后，不是作秀，也很明白曹雪芹、凡·高……那些人的悲惨命运，当然，我无法与他们比拟。"

徐剑心里痛着自己的女人，只是不愿她活得这么艰难、痛苦，就道："就算你圆满完成，又能咋样？……流芳百世？"

常梅黑眼圈上的双睫扑闪着，却又摇头叹道："我只想完成一桩心愿，也说是心路历程吧。"

徐剑瞧她一眼，本想鼓励一番，却怕她真会垮下去，就道："你头痛的时候出点毛汗，是不是好受一点？"

常梅微微点头："所以，我经常用姜汁洗发水，不过，用腻了效果就差了些。"

徐剑上床的时候，常梅跟着上了。徐剑万分意外。刚拉灭电灯，常梅就主动热情起来。

俩人好久没有那个了，今晚就格外火热起来，像一对久别的情人那般。徐剑趴上去的时候，就明白她的心眼，待粗气过后就道："傻瓜，我懂你，你顾着自己吧。"

常梅好久都没爽声笑过了，这会儿却笑了，她抚了抚男人胸膛，低声低气道："我这不是好着吗？别老想着我这个包袱，好吗？"

徐剑和她缠绵了许久。他刚刚发出鼾声，常梅就蹑手蹑脚地去书房那边开了台灯……

有天出门不多远，就逢上武卫正停下摩托，后面还坐着黄平。徐剑瞧二人都身背挎包，猜定是给基金会送存款去了，便笑道："武书记的业务还行吧？你抓住黄村长这样的殷实大户就事半功倍了。"

二人笑笑，并不否认。武卫道："开张并不久，我是代办员中业务最好的一个，存款突破二十万，都是朋友们的支持关照啊！"

徐剑眼里堆满赞许，无声地拍拍武卫肩膀。

黄平打开皮包，丢来一包中南海香烟，轻描淡写道："我外甥在审计署混着，这种烟倒是给我邮回不少，我就批评了这个后生，高档烟可是严禁走私，不论职位站得再高也得注意影响呀。"

徐剑轻轻笑着，心想平素黄平小气得要命，往常姐姐收蛋的时候，黄平总要把稍大的鸡蛋拣出来留着，今日怎么如此大方？便道："审计署不是一般人能入的，下属财政单位见着他们就像老鼠见了猫似的。您可别浪费资源，帮家乡作点贡献多好！"

黄平下了摩托，正色道："贤侄，不论你什么官职我都喜欢这样称呼，其实……只要政府思路明确，引些资金算是小菜一碟。"

徐剑瞧他脸上抹上了沧桑，毕竟已五十挂零，而他眼神仍不失精明伶俐，便给二位递上香烟，道是做了官不怕没轿坐，百分之十的回扣我百分之百保证，于公于私都是好事哩。徐剑想着上次政府专题通过了引资报酬方案，就胆敢这么表态了。

黄平夹着大中华香烟在鼻孔上闻了闻，似乎要与中南海较比较比。这才点上道::"放心就是，昨晚我还专题向李镇长汇报过，贤侄美言几句就是。"

这会儿武卫也下车过来道："昨晚做了个怪梦……梦见电影公司来到我们雷打石山脉那边的石洞里来拍摄电影了，觉得还真是怪！"

徐剑惊愕道："真的？武书记怕真要成武半仙了？"

武卫这回谦让了，道是梦不准道不灵，梦嘛，终究是梦！

黄平眼皮向上翻了翻，露出些白底红丝，催道："上路吧！"

徐剑挥挥手，道是一路走好！话一出口，就觉得易让人产生歧义，稍后再去细究每个文字并不觉得有误，心里就无缘无故地感慨起中国文字来。

来到政府大院，他心里还是怪怪的。停下摩托，正见李刚在二楼走廊朝他招手，徐剑解开上衣纽扣，三步并作两步上去了。李刚合上办公室门板，说道："黄平的外甥也姓李，跟我是家门，在审计署挂了个处职，他昨日打电话来了，说财政厅给西江镇带帽解决了二十万扶贫资金，后来我通过财政厅一位朋友打听，确实有这么回事，所以……我就回了电话给他，承诺在镇财政里帮他舅舅解决二万元费子。当然黄平作为牵线人肯定会给上李处长好处。"

徐剑静静地瞧着李刚，揣摩小番就道："行啊！镇长您给打个招呼不就成了？……当然，您可能还得与书记计商计商。"

李刚沉思小番便道："这些大事我从不越权，总要征得书记同意再做决定。"说完又丢来一包中华牌香烟，边嚼槟榔边道，"我和书记商量过，决定不在会上宣扬此事，我们现在说的回扣其实是一种名不正言不顺又经不起审计的乱付款。哪天哪位知情人嘴巴打滑，祸事就避免不了。"李刚脸色越发深沉了，先前边说边嚼时，两边面腮时舒时缩，此刻停下咀嚼时面腮依然微胀，他又道，"我找你商量没别的意思，我会安排财政以抗旱经费解决给你们责任区，当然不止这二万，你安排责任区财会把文章作好就行，一般说来，责任区财务是不过审计的。"

终于听明白李刚的旨意了，徐剑心想这个责任就落到了自己头上，但也只能应承，他努力让自己保持若无其事的模样。只道："好嘞！我安排财务去多开些水泵或机电之类。"他说话时，眼光盯在李刚脸上，看他是否持有异常状态或不满情绪。

李刚把槟榔丢在烟缸里，伸伸腰来了个冗长的呵欠，这让徐剑明白该走了，他开了门板，回头道："这事我就办去了。"他琢磨着白字贴准是李刚推测黄平所为，黄平与其外甥用敲山震虎之技赢取私利。又想那二十万元财政拨款怕是虚与委蛇，不然，是不会让他徐剑来曲线救国的。这样想着时，他就感觉李刚骨子里还缺少一点什么。

第二十四章　后起之秀

所谓特色乡镇就得有特色，我在电脑网络上学到不少东西，真要发展乡村旅游，还得花上大心思和大力气，关键在于思路。

有天，武卫想询问黄平这段为啥老往书记镇长那儿跑，他区区一个村长哪有这么大面子。

徐剑生怕授人以柄，佯作什么都不清楚，只道："理应没什么大事。"转念间突想到张唯民前些日子打听过灾销粮一事，便问这几年灾销粮到底下发了多少到村级，村上又到底扣留多少列作了集体收入？徐剑目光如炬，他潜意识里感觉其间不会那么纯净，而且之前还耳闻过父亲透露出所谓关系费、好处费等。

武卫这个这个了半晌才道："灾销粮的具体业务由黄村长主管，据大体了解，扣留部分变卖收入后都用作其他非正常开支了，差不多每年四千来块吧。"

徐剑语气尖锐了："什么是非正常开支？你们没在村级作支出报销？不查个水落石出，有人是不会放手的，到时你们书记村长会要吃不了兜着走。"

武卫一时语塞，支吾道："非……正常开支……实在有一些，肯定在账面上摆不过去，当然……并不是全部。"

徐剑听明白了，这灾销粮扣留变卖的差价没作收入了，书记村长就大权在握，可以想象这基本就成了他们的灰色收入。说着徐剑激动了："听说你们给了我父亲每年二百元好处费，没留纸条，理应就是你们说的不正常开支。我限他今晚就送来，还有多少类似情况……呃，上次你还给了武书记两条香烟，也会原封不动地退给你。你们最终是要陷害人家，也要陷害自己。"

武卫瞠目结舌良久，感觉从未这么尴尬地面对着一位小了自己七八岁的年轻领导，先前那种风趣的调侃已荡然无存，想了想他才道："徐书记的叮嘱我听入耳了，回去一定找黄村长好好对症下药，有则改之，无则加勉。"

徐剑趁热打铁，道是皮柏为何会要关起来？现在虽然不很清楚，但至少可以肯定他得了不该得的钱财，请你们迅速来个亡羊补牢，千万别后悔莫及！一失足成千古恨啊！

武卫并不抱怨，像是理解了，洪声道："书记千万别提我俩的私人交往，那样就让我武卫无颜见人了。"

徐剑听出是香烟的事，心里稍稍舒顺点，这又缓言道："我明白武书记本性并不坏，只是搭档鬼点子多了些，所以你就要时刻敲人家警钟，别把老兄你带下水。从今开始，责任区会要求各村把到户的实额花名册造好，并签字认证才会将指标下发。"

武卫感慨起来："黄平帮儿子说了几次好话，想利用村级茶厂发展机砖厂。其实我明白黄家也暗下联系了外地老板，我一直还没有松口，就怕羊肉没吃沾身膻。"

黄平的儿子怕有二十三四了，未想竟能瞄上那大块茶林。徐剑想想便道："天水的年轻人只要敢干敢闯都是好事。不过，平心而论，据说我们那一带要发展乡村旅游，尽量莫影响环境，发展产业一定要三思而后行啊。"

武卫唯唯称诺地告辞着。出门居然莫名其妙地抛下一句："还是老话说得好，子孙强于我，买田干什么？子孙弱于我，买田干什么？"这话让徐剑如丈二和尚摸不着头脑。窗户开了两道玻璃，微风拂在脸上，他心中不觉泛起了涟漪。

随即又打了父亲电话，那边接过便是高声笑语，徐剑只道："再不去把灾销粮那点好处费退给村上，我怕是要被您拖下水，人家不安好心还不清楚？"那边沉寂片刻就"嗯"着挂了。

今日电话机很累，少顷又响了，徐剑猜想父亲是舍不得那点好处费，便接过话筒问："还有啥？"

未想竟是金涛淡淡的一笑："什么？……哦，你还以为是骚扰电话？"

徐剑赶忙诚恳地叫过金叔，又致歉道："您日理万机，还记得我晚辈的座机，太让我感动，给您添加麻烦实在太多太多。"

俩人简单地叙聊了一些工作情况，金涛朝话筒里一呼气，说了件高兴事："我在省美协挂职了，下午司机回黄桥给贤侄带了一幅作品，你要努力啊！另外，你管辖的那个范围再加上西江水库一带很可能将合并成一个特色乡镇，所以贤侄大展宏图的机会就会越来越大。"

徐剑高兴地谢过，道是一定会记住恩叔的谆谆教诲。

金涛又轻声道："请告诉你爹，我和香港、深圳那边联系过了，金蟾伏虎很有希望捞过大价，不到万不得已不要出手。"

徐剑再次谢过金叔，又代请向肖阿姨祝好，这才缓缓挂了电话。

下午，金涛的司机果真送了书画来，图文并茂中有这么几行注释：

> 刘大官人路遇村夫斗殴者不问，再遇路中盗抢弱老者不理，前逢一壮牛伏地粗喘，却当即停住，下马车细察其详，随从不解，官人释曰：村夫斗殴为地甲保丁之

事，刑罚盗抢者为县衙之事，而壮牛无故粗喘为气象之灾兆矣，关于社稷存亡，乃吾等宰相之己任也。

徐剑细看画面上端，书写着"喘牛图"三个大字，构思立意纯属大师手笔，激情冲击着他全身血液，让他坐立不安了，这些意外收获不是那么轻易就能得到的。

电话机再次响了，徐剑"喂喂"几声，就听得对方在介绍道他姓李，在北京审计署上班，刚从办公室打听到号码就打来了。徐剑连忙叫声李处长好。又问："处长有何吩咐？"

李处长在电话里笑着叫了徐书记，道是感谢徐书记和李镇长对我舅舅给予的关怀和温暖，以后有了机会，我李某是必定要回报政府的。

徐剑一怔，听话意并无二十万扶贫款到账，便赶忙道："没事没事，有这么一片故园情就非同一般了……李镇长这人嘛，确实挺好！从不把事情挂在嘴边，所以他也有个独特的个性，外人一般都不很清楚。"

李处长在电话里惊讶地"哦"了一声，道是说说看，我就喜欢有个性的领导。

徐剑认真道："他最反感有人清楚他工作底牌或某些工作细节，例如他交代过什么，安排过什么，怎样帮你舅舅作好文章……所以，还得请李处长多关心支持我们李镇长，李镇长已安排我这几日把钱付给你舅舅。"

电话那边显得心花怒放了，道是感谢感谢，万分感谢！老兄不用叮嘱，回西江再专门拜谢徐书记。

徐剑搁好话筒，很得意刚才那番唇舌，却在心底里蒙上了一层有关李镇长的阴影，难怪他不愿让其他人清楚。

这天傍晚，徐剑正去机关食堂吃饭，黄平就在数十米远的地方嚷道："贤侄，喝酒去，武书记还在等着哩。"

徐剑回头一笑，摆摆手，道是谢谢，我就怕喝马尿。

迟疑间，武卫的摩托就到了跟前，非要拽着去喝上几杯不可，天水的父母官就这么粗俗无礼，仗着都是天水人，级别就不那么严格分明了，徐剑苦苦地拍着肚皮道："你瞧，肚皮隆得像要生崽了，还天天喝马尿？"

说归说，去还是去了，他感觉武卫人还可以，上次挨了重训并不记仇。

西江饭店是镇上最好的饭店，大家跟着抿上一口，武卫谈起了公事，言下之意也在征求徐剑的看法。他道："茶林有人想承包下来，三十年的承包款差不多能把油路完善好，我中意的就是投资商不带来任何环境污染，相反，倒会营造一个更好的绿色阵地，大概想建油茶林基地和圈养山鸡吧。实话说，常四叔正牵头引进这名老板。"

徐剑脑中闪过一个激灵，却不便多言，他明白岳父引荐别人是要得上介绍费的，天底下都没免费午餐，就点头赞许："天水山水相映，自然风光独到，迟早有所发展，切不可给环境带来严重污染或毁灭性开发。我建议石场子到期立刻停办，不管我父亲以前租赁了多久，与石业承包期限是不相牵连的。"

黄平干咳过后，就插上话："徐书记，你爹会同意？"

徐剑清楚父亲历来是村上挡箭牌，利益其实是几个人分摊下去了，便坚定了语气："不同意也得同意，考虑大局，考虑将来！"见二位面面相觑，他又说了，"灾销粮事件你们能紧急刹车，我非常欣慰，我希望你们把灾销粮差价全部补入收入，让大家都安稳下来。"

黄平满口酒气，话语并无醉意："贤侄，李镇长……叫我找你……二万块钱的事。"

徐剑见黄平不顾武卫在场，干脆就把事情豁了出来："今天我和你外甥通了电话，二万块钱我会代表政府付清，但是，您和武书记必须保证未入收入的灾销粮差价都入上来，要么我只能先付一半，要么你们写出承诺书，并承担相关法律责任。"

武卫只听出个大概，忙问："二万块钱到底是啥钱？"

黄平生怕露馅儿，赶忙主动担当起来："徐书记，为了保障我外甥的利益不受损害，那么政府再加五千，所有灾销粮差价缺口就由我黄平一人承担，与武书记概不相关。"

徐剑猜想他们二人的灰色收入已不下一万，又想李镇长那儿他是说得过去的，终于点头了。黄平沉思良久，表了硬态："就按徐书记的指示落实，实不相瞒，我有阵发性癫痫，也算是站好最后一班岗，以后请你们另选贤人。"

饭席总算和谐地散了。街上冷风袭来，徐剑不由得打了寒颤，头脑倒是清醒了很多，天上星疏月朗，他突然记起了常梅曾经描写过的星星：

你给夜一双眼睛，瞧人，也给人一双眼睛，瞧夜……

回屋入卧室的时候，他吓得惊叫起来，一个面目狰狞的魔鬼正斜倚床栏，他退却那一阵，脚步显得踉跄。

"傻瓜。是我哩！"终于听到是常梅的声音，"一个老中医叫我用粉剂敷面，促进血液循环。"

徐剑惊栗得吞吐起来："你快去演《神秘的大夫》那部电影。或者……《雾都茫茫》，胆水都吓了出来！"

常梅不敢顶嘴，也看不到她脸上是什么表情，就过来用纤细的手指在男人额头上反复抹了抹，只听得她低声道："现在女人们都时兴海藻面膜，我这个，不是哩！"

不知她哪里学了老一套，徐剑只记得小时候惊吓的时候，母亲也那样抹着他额头，他心头一时又热了，握紧着常梅手掌，说道："粉剂有用的话，就坚持下去。"

这年腊月，徐剑顺利当选了西江镇常务副镇长，主管全镇重点项目和库区工作，李刚也顺理成章地正式担任了西江镇党委书记。与此同时，新立特色乡镇的工作也正如火如荼，编制及行政区划只待上级最终敲定。李刚私下与徐剑又聊上了："老弟，大好时机很快就到了，我会极力推荐你去新镇负个主责，级别无形就升了半级。虽然老兄我舍不得手下强将，但为了你的前途我只能放行。"

徐剑心里明白与李刚的关系不再像往常那般铁心，只是表面功夫显得愈加亲热。他便道："感谢老兄的看重和栽培，只是老弟朽木难雕，还想傍着老兄这棵大树歇上几年阴凉哩，老兄就想赶我走？"

李刚朗声笑道："真正的大树还是金大师，他一言九鼎，近年历届县长、书记谁不买他账？所以老弟千万得把握机遇。"

徐剑不卑不亢地道："金叔的面子确实非同一般，这个事情我还没同他老人家斟酌哩！"

二人相视一笑，出来时，徐剑突然想到武卫那句莫名的老话，这下真是领悟了。要是子孙强于上辈，根本就不需要上辈们去置买什么田土；若是子孙弱于上辈，置买了田土也因下辈守不稳家业而沦败。

翌日早上，常梅和徐剑都起得晚了些。常梅就递给徐剑两个香蕉，道是早餐就打点折扣，抓紧去上班。说话时，她眼里满是自责和愧疚。

徐剑明白她睡得很晚，身体也是这么个身体，对于她创作再要阻止或泼上冷水已没有任何含义了。对于这种女人，实在没有一点儿办法！他啃一口香蕉就道："放屁还有个臭味，我的话连臭味都没有了，由你吧。"说完就走了。

其实离上班时间还相差半个来小时，徐剑感觉先前的两只香蕉还对不住肚皮，便往数百米远的大毛店里去了。门外就嚷道：
"大毛，快弄几个荷包蛋。"

应话的却是皮芝："好哩，来得正是时候。书记……还是叫哥吧。"她出来时已是大腹便便，徐剑就笑他们功夫不错。

徐剑进去，大毛就在收拾牙刷了。道是老弟天天来吃上几个荷包蛋，我天天高兴。皮芝也道正是。她脸态稍稍胖了点，却越发白净光润了。看着大毛日日成熟，大清早就不便教训了，他只朝皮芝道："这货色要是变质，你就及时告诉我。"

皮芝正从锅里捞着面条和荷包蛋，就笑笑，"暂时还没有变质。"

三人哗啦哗啦地围着小桌扒光了面条，徐剑开了香烟。说道："你们夫妇听着，特色乡镇一建立，我估计你们生意会要更加红火，到时我得入点股份。"

皮芝明白这是玩笑，倒认真说起了政事："所谓特色乡镇就得有特色，我在电脑网络上学到不少东西，真要发展乡村旅游，还得花上大心思和大力气，关键在于思路。"

"哦?"徐剑惊羡地瞧她一眼，缓缓吐口烟雾道，"妹妹你谈谈思路看。"

皮芝仍很自然，居然侃侃而谈："我早就听说这事了。能不能发展，还得靠当地如何下棋，天上掉不下馅饼。恕我直言，政府一般都推崇锦上添花，没敢去雪中送炭。所以，就得以点带面，发展硬件和软件。我看天水、梅山就是最好的点。既有自然优势，又有人文历史。你看……雷打石、忠节牌坊、石岩溶洞、金涛故居、徐一鹏烈士、定云庵……这些都可以好好利用。你的前辈徐一鹏在全县都有名气，完全可以修造纪念馆。梅山定云庵和天水乌鸦山就可以用索道连在一起，金涛故居还可创造写生培训基地。忠节牌坊可建仿古木房，并用墙画对当年故事进行复述。石岩溶洞更是千古一奇，只要稍稍利用就是摇钱树。其次，黄十举人的故事，虽然褒贬不一，但在封建社会能中举人就是很大亮点。这些文化元素注入到自然景观里，完全就是一篇很大的文章。同时，宗教信仰也是一种文化，雷打石、定云庵……因此，文化算是硬件。这硬件还包括交通、设施、景致。人气一旦旺了起来，软件必须紧紧跟上。环境、接待、服务等，要使人家有留念感、舒适感、新鲜感……总之，这个点塑造好了，也就是核心区域发展好了，周边的行政村就可慢慢辐射过去。新湖、石门、莲江、古坝、木兰等等，任重道远啊！"

徐剑听得如痴如迷，眼睛如哥伦布发现新大陆那般激动兴奋，半晌才讷讷道："隆中对呀！今天下三分，益州疲惫……"

皮芝抚抚隆得很高的肚子，又道："乡村旅游与大城市或大名胜旅游区有些差异，但同样得让人家玩好、吃好、住好。既要有土味、野味、俗味、古味，又要有洋味和文化味。城里人历来与乡里人作对，城里人骑自行车的时候，乡里人用双腿；乡里人骑自行车的时候，城里人用上摩托；乡里人用上摩托的时候，城里人要用小车；乡里人用上小车的时候，城里人就跑步到乡下来……因此，梅山和天水这个点是关键的关键。据说有位城市投资商在附近一个乡村建了一个乡村酒店，酒店周围就是千亩稻田，就像是从稻田里长出来一样，住进去能感受到蛙声、稻香、荷风晃月，生意红着哩！"

徐剑风趣起来："阶级矛盾又会出现，你是香风酒肚，农大哥正汗流浃背，不闹事才怪？"

大毛插嘴进来："你们是相公谈书，屠夫谈猪，越扯越宽。"

徐剑突又说笑起来："我这个大毛兄呀，读小学二年级的时候，老师问赞成的反义词是啥？大毛说是不赞成……老师又问反对的反义词是啥？我大毛兄回答说是不反对……瞧瞧，我这位老兄还是有点专利品的。"

皮芝抹嘴大笑："这呆子真是个呆子，老师给他最好的评语肯定就是热爱劳动，勤俭节约。"

徐剑笑着告辞，皮芝又正经道："老兄，你要为家乡当好真正的领头雁。我认为，在没有政府投入和经济困难的情况下，可着手作点文章。至少可以吸引外界眼球，让梅山和天水先动起来，说不准有了人气，政府和地方就会重视。"

"啥文章？老兄洗耳恭听。"徐剑静静地瞧着她那张能说会道的嘴唇，感觉这是块隐埋于沙石中的金子。

皮芝缓缓而道："梅山和天水连在一起，三面环水，一面临山，完全是个半岛。我私下认为在公路沿线、成片荒山以及各家屋后种上花木。以桃花为主，兼种月季、梅花、菊花、海棠花、桂花、梨花、山茶花……分季分段而开。既要有成片花海，又要有零散的五颜六色，不同季节、不同区块，有不同的奇异感。先走休闲农业和乡村旅游结合的发展之路，以后再作大文章。"

"佩服！你完全就是最好的领头雁，后起之秀！"徐剑合拳拱道，"妹妹的话钉进了我的脑子里。"

第二十五章　滚滚红尘

生从何来，死往何去；不即不离，随缘而往。

过不了半月，已近年关，有天晚上，徐剑和常梅刚睡下，床头柜上的座机就响了。皮芝在那边道："剑哥，我爷爷……死……了，一个钟头前。"

"怎么死的？"徐剑说过后，感觉自己讲了一句愚昧至极的话，皮爷已这么大年纪，也算寿终正寝了。

未料皮芝在那边回道："烧死的，我娘下午忙活去了，他握着个啥木雕在火炉边烤火，不小心掉在火炉里，引火上身……"

徐剑连忙"嗯"着答应下来，心想皮芝正是妊娠临产期，不宜劳神伤体。又道："我马上过来……"

突然，电话铃声再次响了，电话是父亲的声音："徐剑你给我听着，也让你老婆好好听着，你们砸锅卖铁也得给徐家养个后代来。屋里那个'金蟾伏虎'最后就是你们的保障，少说也得上五十万。"

徐剑在床头边按了免提键，道是爹您咋就越活越糊涂？您这不是让我们开除工职、开除党籍，变成三无人员吗？

徐大海吼道："三无咋啦？以前老子一条扁担不也养活了你

239

们？你们要是不把这事帮我弄好，我死不闭目。"

徐剑便直言相告："常梅身体差得很，您想逼死她？"

那边哑然小许，声音仍是很高，想必喝过一些酒："有病先给她治一治，不行也得行，哪有这么多病？总不能不要后代吧？"

徐剑火气就来了："子茜不是后代？您哪儿这么封建顽固？"

这可惹急了老头子："你娘给你留下一个宝，你就这点出息？生也好带也好，徐家总得要多一个人种，万一不行你就借着别人的肚子生。"

越说越不像话了，徐剑猛然挂了。他明白常梅的病其实越来越严重了，只是她不露声色地强忍着，中途还陪她去省医院看过，还是无济于事。刚才她正听得清清楚楚，想必很是难受，就安慰起来："别往心里去，老人只想多个守孝的，你安心养病吧。"

常梅善解人意，她是聪明人，话语总是打动人心："老人家的心情我也理解，我们打听打听，看有没有男婴带养？万不得已就生吧，我保证不乱服药，我们还有金蟾伏虎撑腰哩！"

徐剑明白她性子，绝不是空话、乱话。但她身体是这么一个状况，明摆着就是加害于她。就道："以后再说吧……小说写得咋样了？"

常梅眼睛刚才湿润了，她明白男人是让她心里好受一点儿，便轻轻回道："十多万字了，差不多三分之一吧。"

徐剑头次鼓励起来："静心写吧，不过你得答应我，不能在我入睡后偷着去书房，行不？"

常梅轻轻叹过一声："这毛病老爱作梗，我也弄不明白，晚上稍微轻点儿，大白天子茜上学了，我有时要把自己蒙在被窝里，发点毛汗，睡眠也就补上了。"

徐剑吻了吻她那双湿润的眼睛，灯光下又指着她的面容道："你本就是个十足的美人。现在我找到了另外一个词语，凄美！"说着下床，披上大衣要往大毛那边去了。突然他目光触到桌上无数长长的乱发，常梅的梳子就躺在旁边，她头顶上的黑发分明稀疏了很多。他心里难过得挺不住了："梅子，你咋要这么憋着，我明白你很痛，头发都痛掉了大把，我们去北京看看吧。"

常梅摇了摇头："我中专一位同学的母亲得了偏头痛，去过北京和上海，坚持了很长一段时间，最后还是不行了……"

徐剑心都凉了，只是安慰她："梅子你会慢慢好的，别熬太晚！"说完就拉开了门把。路灯下，他倾斜着自己的身子，好想为心爱的女人哭上一场，寒风滑过脸颊时，他终于咬了咬牙齿。

很快就见着大毛的店门了。皮芝正在交代着大毛："下去代我披麻戴孝，发点慈悲，要把你自己当作主人用。"

大毛点点头，就叫徐剑坐入三轮车副驾驶位置。又讪讪道："镇长不镇长，也只能跟我委屈一下了。"

徐剑想着还是给大毛撑点体面，便把政府院里的吉普车调了出来，司机与徐剑关系不错，过来就道："这一段没卵事，徐镇长你随唤我就随到。"徐剑朝他微笑一声，并不多说。

路上司机就夸徐剑没一点官架子，不像有些领导老甩官腔。

徐剑笑道："我没当官，哪有官架子？"

很快就到了，堂中只有稀稀零零的几个人，一派冷清！皮芝的母亲与石嫂正在叙聊，俨然一对亲密无间的姐妹，看得出来，以往的一切不乐都抛之云外。大毛和徐剑过去叫了长辈，皮芝的母亲感动得眼泪双流了。她紧挽着徐剑手臂，支吾道："徐镇长……太感谢您的看重。"窘了窘，她就破涕为笑，"这个老冤祸一死，什么都解脱了，不然，这屋里天天不会清静。"她脸上完全看不到悲沉了。

"听说失火！……烧得不太严重吧？"徐剑轻轻拍拍皮芝母亲的手背，像是要安慰似的。

皮芝的母亲指着已经盖好的棺木道："脑壳和手脚怕是留了个三股一，像焦木炭一样都放进了这个千年屋里。我怕吓着亲朋戚友，先叫装殓师放了进去。"

徐剑安慰道："老爷子七十四五了，也算寿终正寝，您就节哀吧。我和大毛会协助丧事的。"说着就踱到了后边火炉边察看去了。皮芝的母亲一边谢着一边轻盈地相跟在后，这阵儿，大毛就和石嫂扯上了滔滔如水的家常。

火炉边一个黑黑的块状焦木上，还余下小半块未燃部分，徐剑蹲身握在手上细瞧一瞬。一个留下三分之一的佛像，头部上端仍可辨识"福禄双至"四个中楷浮雕，徐剑顷刻百感交集。这正是金涛手笔，就因这个所谓诋毁毛主席碌碌无为的木雕让金涛整整二年受尽冤屈……

"喝茶吧。"皮芝的母亲恭敬着递来热茶。徐剑接过，好不容易才平稳了自己的情绪，他拿出手机拨打了武卫电话。不多时，无线电波就把武卫扯了过来。

徐剑待他坐下便道："武卫兄，皮柏是我们的朋友，也是你的伙计。如今皮爷登仙，你来主持一下，皮芝拜托过我了，我又很忙，就只能依靠老兄了。"

武卫越发对徐剑恭谦了，似乎还有受宠若惊之感。忙道："镇长开口了，就请一切放心，保证圆满完成任务。"

徐剑又提起皮芝种植花卉及今后发展的思路，武卫听过就犹豫不决了，好像不可企及一般。徐剑便直言道："我是看重老兄的，我希望你不要过一天和尚撞一天钟。黄平同志年龄已不小了，老兄往后继续要当好领头雁。我建议你把皮芝推上来。皮芝你千万不可小看，思路、胆识及智慧，绝对在我俩之上，合适的情况下，你还可考虑把徐琴派上用场，写算方面应该也不是问题。"

武卫这下庄重了，表了硬态："有镇长这番话我就有底了。老弟还前途无量，老兄一切听从调遣。那就在正月先发动各组种植花卉吧，皮芝和徐琴这二人我就放在心上了，明年村级正好换届。"

徐剑徐徐吐口烟雾，又道："梅山那边我会找村干部沟通，天水你就抓紧，我争取给村里捞上二三万，花卉的事你先与黄平商量商量。"

武卫点点头，道是放心，送徐剑出来又道："黄平这个人还真是说不出味道。早些天，我给他在我朋友酒店里开个房，我朋友后来打电话说这个黄主任把房里的避孕套、浴帽、杯子、拖鞋等全部拿走，像个垃圾工。"

徐剑又问起灾销粮事件，武卫愤恨不休，最后道："黄平这个小人，屙屎都不能与他共坑，上回讲得清清楚楚，灾销粮差价由他补入村级收入，他把政府的钱一接就反口了，现在他要求辞职，一个十足的赖皮汉。"

徐剑怒气难忍了："承诺书上白纸黑字写得清清楚楚，明日我叫纪委来找他，这事他推脱不了。我看他是想把你拉下水，武书记你得小心谨慎啊。"

武卫表了硬态："现在老百姓要深入核查公路开支问题，我问心无愧，黄平的问题可能不少呀！"

徐剑轻轻笑过，又问："老兄还弄那些九流三教的事情不?"

武卫微微点头："老兄从不用欺诈手段捞财，只图几个烟钱，收费不高。"

徐剑听他终于露底了，就劝道："老兄，基层干部就得用科学观、发展观来处理问题，那些三教九流尽可能不用。这样才能充分体现基层干部的一身正气。"

武卫终于点头，却是无语了。

徐剑又找上大毛叮嘱一番，这才回自家老屋里去了。徐大海见儿子突然回来，以为是因为那个牢骚电话，便放下了架子："崽呀，毛主席生前就讲过，人类是创造世界的真正英雄。徐家要是没有后代，我们愧对列祖列宗呀！"

徐剑缓下道："您的心情我理解，我和常梅好不容易跳出农门，又要我们返回农村来？您打听打听，有合适的就带养一个。"

徐大海沉吟着道："我先托你肖阿姨在县城打听打听。"

徐剑刚才听到列祖列宗，突又问起徐一鹏有无记载或历史资料之类。徐大海赶忙去翻阅族谱了。一边翻着一边骂道："绝无天良的皮麻子终究得到报应，找着了找着了……"徐大海把《徐烈士一鹏家传》折页拿来，又道："县志和省文史馆应该还有其他资料。"

徐剑细细看了看。

公讳一鹏，字海滨，房祖炳昭家嗣也。大父礼让公佐曾延，以武功官长江水师游击，家素丰。公年少不羁，读书不求甚解，虽从师讲课，值南北纷争，常抱投笔请缨之志。适先总理创办黄埔军校，逐奔赴广东，考入军官班，毕业后会陈炯明阴蓄异志，叛迹渐著，先总理召集诸先于堂上，问谁愿去侦察逆谍者。公与某等四五人，不顾生死，同声请行，大有荆轲去秦之慨，及命驻汕头密探详报，抵汕月余事露。为逆党执送陈部问罪，既至，陈见其风仪娴雅，倜傥不群，不忍加害，多方诱其去彼就此，共图富贵。公谈笑自若，谓今日尚有何言，但以未斫尔头为恨耳。卒被极刑，以死耗闻全体，长官同学，咸为惊悼，时民国十四年乙丑二月七日。年方二十有八，公弟征夫收其尸而葬之。未几，讨平陈乱，奉命改葬于黄埔公园烈士冢。与东江殉难者同志春秋附记，年颁恤金有差，可谓虽死犹生也，论曰：陈炯明之叛变也，实为国民革命之一大阻障，烈士奉命侦探逆谋，使大勋克集，得制陈逆于机先，而一鹏奋不顾身，见危授命，殆所谓临大节而不可夺者耶？公娶成氏生一子，名孝谦，字长生，兹以四修族谱告成，属编次事实以传焉！

阅毕徐剑慨然道："今后看能否想法帮这个老祖宗创建纪念馆。"说完，他又与金涛通了电话，详述了自己的思路和决心。

　　金涛喜出望外，兴奋道："好样的，这才像干部作风，我全力支持。"

　　徐剑到底还是忍不住说了皮爷烧死一事。金涛听到"福禄双至"的木雕，沉静良久，似乎在追忆往昔，半晌才叹道："用佛语说就是善哉善哉！"

　　年后新正的三级干部会议要持续三天，徐剑提早就去了。肖燕已是县委宣传部常务副部长了，他先去拜访了心中最尊敬的肖阿姨。肖阿姨虽已五十挂零，头发却仍是乌黑发亮，那张和蔼的胖脸越发让人生敬了。最后那天只有半天会议，正好逢上生日，徐剑昨日在大会堂见着肖燕时俩人就商议好了，中午不吃食堂，决定去外面馆子里庆贺庆贺。下午再一同去定云庵瞧瞧，还把皮芝也预约上了，皮芝坐完月子一直就记着这事。

　　不到12点会就散了。徐剑一眼便瞄见肖燕的小车停在县政府院外的马路边，他近前敲敲车玻璃。车门一下就开了，徐剑说了声肖阿姨久等了！肖燕就微微笑过，时令还冷，冷飕飕的寒气和湿气时不时地从脖子上滑过，徐剑进入车里，顿时感觉身上温馨而又暖和多了。肖燕启动了马达，道是定云庵山下有家小店，吃斋吃荤都可，味道还行。

　　徐剑笑道："今日咋能吃斋？"他掏出香烟想点上，却又怕破坏里间空气就忍着。

　　"想抽就抽吧。"肖燕让玻璃自动摁下一小道空间，她见徐剑还是继续忍着，就道我的好侄儿当官了还这么体贴阿姨，几十年以前的事还历历在目哩！徐剑就长长地讪笑着。

　　车子经过西江街区时，徐剑就在大毛店前叫停，他摁开玻璃唤声皮芝，皮芝便飞快地闪身进来了。徐剑赶忙给二位作了相互介绍，皮芝便笑着恭谦道："肖阿姨您好，久闻大名，久闻大名！"

"皮芝?！哦！皮才德之女，我亲自接生的哩，有印象有印象。"肖燕和蔼地回道，"你家里人都好吧?"

皮芝却不隐讳："爹死了，哥关了，爷爷也死了，衰败到了极点。"缓了缓，她又凝重地感谢道，"肖阿姨，您是我来到这个世界的第一位恩人，今日真是有幸！"

肖燕微微笑过，道是别客气，别客气！

徐剑忙道："肖阿姨，皮芝是皮家的中流砥柱，更是天水的后起之秀，这是千真万确！"

皮芝就哈哈长笑一声，道是过奖过奖，别让肖阿姨见笑。

小会儿就到了店门前，店是小店，约有六七个客人围坐在中间一张方桌上。三人进去就在靠墙的小桌边坐下。徐剑要上一份蛋糕一份扣肉还有两个小菜。肖燕却是叫了碗面条，道是长寿面共同分享分享。肖燕举了茶杯道："祝贤侄生日快乐！"

徐剑用茶杯微碰一下，道了谢谢。

"味道确实挺好！"皮芝出门还道。

车子就停在山脚下，三人慢悠悠地登山上去。

山路还算平缓，徐剑相跟于后，突然想到这庵内主持法印很出名，便道："肖阿姨您肯定熟悉法印，不然今日不会来这里。"

肖燕在石级前整整衣襟，低声道："法印说来与我有缘，她原来在西莲寺从道，我经常去听她讲道，发现她满腹经纶。后来听说她敬仰定云寺隐智大师佛行深厚，硬要拜在门下。隐智临终前便将主持托付给她，后来，定云寺才改名定云庵。"

徐剑内心感慨着，嘴上却笑道："出家人修行再深，其实还是免不了私情！严格讲，违反了佛道两教规矩哩！"

肖燕在他胳膊上轻拍一把，道是静心下来，再不许乱讲。

进入庵内，一老尼正在诵经，她低头含目，一手在胸前竖着，一手击着木鱼，口里不知念些什么。肖燕近前道："打搅法师了，主持在吗？"

老尼睁开眼睛，双手合一，一声阿弥陀佛，道是施主稍等，说着就出去了。小会儿就见法印和一位年轻尼姑出来了。法印果真认识肖燕，微笑过来，只道肖施主还香来了？肖燕朝法印点头鞠躬，口头谢过。法印瞧瞧尼姑，尼姑就点香燃烛了。这尼姑约莫三十挂零，面目清秀，徐剑暗想她如此年轻俊秀怎么就成了出家人？正在纳闷间，外面就响着鞭炮了。这尼姑定是明白主持与这位肖施主关系不一般，就格外主动热情了。

法印敲敲木鱼，肖燕立刻肃然跪伏。二人似乎很是默契，少顷就见法印撒手一卦，尼姑进来立刻拾卦交与法印，道是阴卦。法印念念有词，再撒一卦，尼姑又拾，道是保卦。法印喜形于色，朝着神位上众菩萨作揖谢过。肖燕往功德箱里塞入一百元，又朝法印行着鞠躬礼。法印默然颔首，又瞧瞧徐剑，徐剑忙道："辛苦大师给我们烧炷太平香，以后还来拜谢。"

法印瞧瞧徐皮二位却道："不急不急，先让我闲话几句，相公生得一副好鼻梁，笔直粗实，不留尾钩，顶天立地而有佛心，这名女施主天门饱满，地阁匀称，眼含慈光灵气，也是大福大贵之相，你们二位也可高枕无忧。"稍后法印面朝肖燕笑道："肖施主，名师带高徒啊！"

肖燕红着脸笑笑，却不便多作解释，徐剑也是不露声色，只道："谢法师抬举，请法师开恩，求个吉利。"

法印连道好好好，亲自燃烛点香，待徐剑、皮芝一起跪拜三四下，法印才念诵小许，却未撒卦，只道施主心诚则灵，吉人自有天相。

徐剑谢过，想往功德箱里塞钱，法印双手合一，道是善哉善哉，肖施主行过善了，就免了吧，徐剑窘了窘，还是塞了进去。

法印颔首薄笑，又指着旁边一尊稍异的菩萨道："这是隐智大师的肉身真体，又称全身舍利，绝非一般修炼，全国十例，大师排行第八，我们佛界一大盛事啊。"

徐剑早就耳闻隐智大师的神奇人生，未想便是眼前的这尊镀金菩萨，两旁留有对联，他细细瞧了瞧："生从何来，死往何去；不即不离，随缘而往。"

法印脸色没有先前那么庄重了，说道："师父临终前叮嘱过，他死后不埋不烧，放入棺木也会不烂不臭，顶多干缩而已。弟子谨依教诲，将棺木放入庵后塔内，三年后开棺果真出现奇迹，法师依然栩栩如生，肉身完好，连胡子都已转青，这使弟子感叹不已，再次请师父出棺，按佛法裹上纱布，再又涂漆镀金，师父精修一生，应现真身，请三位施主相信正法。"法印说话间显得有点神采飞扬了。

三位惊叹不已，赶忙朝肉体真身叩拜。

法印又从容而道："师父从西藏云游过来，对针灸研究已出神入化，弟子仅略学了皮毛而已。"

三人寒暄着一阵客套话，这才辞行出来。肖燕在山顶道："法印对相学、医术、佛道都深有钻研，他对你们的面相评价很高，看来你们两位年轻人还挺有出息。"

徐剑边走边道："我看法印有些夸大其词，有时还显得尘缘未尽。"

肖燕却道："她可还是市佛协副会长，政协常委哩……当然隐智作了很大铺垫。"

徐剑本想玩笑说或许法印年轻时也给隐智作过铺垫，却怕挨肖阿姨责骂便罢了。

皮芝噘嘴欲笑，终于还是没有笑出声来。

林中飘着零星的白雾，山间鸟雀歌唱，余晖洒落下来，石上翡翠镀金。群峰如披万缕金丝，到处熠熠发光。肖燕道："上山还是阴阴沉沉，下山竟霞光万丈，今日怕是托侄儿生日的洪福吧？"

徐剑便开心地回道："还是托阿姨洪福哩！"

皮芝雅兴大发，边走边道："所以，老兄要迅速组织落实，为特色乡镇打好基础，梅山、天水的花木一种就会收到效果，桃花为主，就命名桃花岛。尽量种植中等偏大的花木，今年还能看到不同的花开花落哩！游客一多，旅店餐馆就有了。只有下好这步棋，大文章才有眉目，电视、报刊、网络都可宣传。同时，要尽量用特殊手段创造特殊效应，让桃花岛更能深入人心。"

肖燕惊异地闪动着双睫，微笑道："嗨，皮芝还真有大智，当初给你取名的时候，我还赞赏哩！那你说说看，有啥特殊手段？"

皮芝落落大方道："众筹！发动我们的朋友和我们朋友的朋友，我们的亲戚和我们亲戚的亲戚，捐款！也接受本地捐款，这不单纯是钱的问题，而是把各处的人心人气吸引过来。设立众筹碑，还可让爱心者亲自植树并保持记号，满足他们的体验感和成就感。一个人的梦变为一大群人的梦，我建议众筹桃花岛，先让外界人员来了解天水梅山这个地方的质朴、秀丽、好客，而又人文蔚起……"

徐剑深表感触："妹妹，你这不是空话，大话，更不是梦话，今后这个桃花岛岛主就非你莫属了。"

皮芝忍俊不禁地笑道："岛主非黄药师莫属，我顶多做个蓉蓉……蓉蓉都不配哩！黄药师嘛，只能找金大师扮演，艺术泰斗！内功到了那一层唯有金大师。"

肖燕笑露着皓牙白齿，道是服了你们这班鬼崽子！缓缓她又道："正如《红楼梦》里说的满纸荒唐……不明白我屋里老头子在纸上涂涂弄弄，为啥这么被神化？老金那里我会好好说一说。"说着就领先入了车内，二位相跟着上去，都说永远跟着肖阿姨。

车子在大毛店门前停下了，徐剑与肖燕寒暄几句就挥手而别。

徐剑见着大毛正抱着小孩递向皮芝，便过去问小孩啥名字，皮芝嫣然一笑："今日登了山峰，取名子峰。大毛叫你爹是海爹，你取子茜我们就取了子峰吧。"

　　徐剑心里感觉一派温热，辞行道："我会尽快把梅山、天水这篇文章作一作。"

第二十六章　初绘蓝图

这种形式在我省还是头一次。这一次众筹，筹的不仅是资金，更是人心人气。

三日后的大清早，肖燕就来电话了，声音脆亮而又微带磁性，"五十万！你金叔已经明确表态。你们抓紧把土坑、苗木规划好，甚至可以迅速动土。"

徐剑尴尬起来："不能让金叔掏私包，这样的话就失去了众筹的实际意义，我计划也去众筹五至八万。"

那边打断了话头："当然是众筹呀！他非常赞成这种方式来吸引人心和人气，众筹碑上都要刻上你金叔的那些朋友。好让人家来观光体验，当然……你金叔和我都略微有所表示。"

徐剑这才谢过，挂了电话。他马上给武卫和梅山的曹书记去了电话，议定下午3点在天水村部召开紧急联村会议，党员、组长及所有热心人士都可参加。

武卫和曹书记回应非常响亮："行！"

徐剑和皮芝坐吉普车到达村部的时候，不禁傻眼了，村部前已挤满了二百多颗脑袋，前方还备好了主持台，可笑的是台上居然还铺上了红色地毯……

徐剑也不客套，登台握起了话筒："同志们，在召开这个大会以前，我听取了智囊星皮芝的宝贵意见……"说到此，徐剑有意停下了，并看了看台下的皮芝。大家就不约而同地把目光投向了她，皮芝并不红脸，倒很自然地朝大家挥挥手。

徐剑干咳一声，接着道："我经过认真分析后，向著名艺术家金涛作了汇报，没想到他老人家两天内就众筹到五十万！同志们，你们想过没有？五十万，这不是一笔普通的数目。仅仅三天，他金涛就以个人名义筹集而成，说出来令人不敢置信。然而，这确实是千真万确。五十万，也许可以建一栋房，也许可以修一段路，也许可以买一台大型机械……但是，这都不能改变天水、梅山的外观形象，甚至可以说无法改变。而今天我们把这五十万或更多用在花草树木上，大家想过没有？……路边、河畔、山上……不同季节、不同色彩、不同区块，红的绿的蓝的黄的白的……使天水梅山变得像花海，像天堂，你们说有没有外来人员观看？"

下面人潮中响起了高呼声："有！百分之百会有！"人群中举起了很多只手臂，像工人运动那般强势。

徐剑又道："我们可以利用抛荒的集体林或屋前屋后新植些名花异木，修些林荫小道，造点竹亭木岗、假山怪石、路灯广场，老式机船换成皮划艇、快艇、豪华游船，外来人员在这里看有吃有玩有住，你们说会变得热闹不？"

"热闹！热……闹！"高呼的人群中又抢起了手臂。武卫递了杯水，徐剑抿一大口就搁下杯子。

只听得他继续讲道："我先不提这里的人文历史，也不提千古奇观的溶洞、雷打石。更不提皇帝御赐的忠节牌坊和定云庵真身菩萨，因为这是以后的大文章。我只希望大家从现在做起，从小事做起，梅山、天水统一行动，专款专用，本地捐款的也积极欢迎，我至少还承诺五万元……当然也是众筹……"

台下已翻滚起巨大的掌声，徐剑用话筒挥了挥："众人拾柴火焰高，我认为这次众筹，众筹的不光是资金，更是人心人气和目标，在此，我宣布，请武书记和曹书记从速落实如下三桩事情：一、聘请专业人员合理规划、布局；二、既要众筹，又要合理使用资金，都用中等偏大的花木；三、成立植树队，责任到人，明日行动！"

武卫和曹书记也登台作了热情洋溢的讲话和部署，人群这才缓缓而散。

车里皮芝笑望着徐剑老一阵，轻声道："剑哥的口才算得一绝！"

徐剑朝车外吐口烟雾，回道："我是捡着你的话变通一下哩！"

司机搭腔了："我们徐镇长就是实在、谦虚，从不抢功。先前我在台下听他讲到皮……皮芝的时候，他有意停下来。其实，我们镇长心思长着哩！"

皮芝呵呵笑过，道是细微处见精神。以后我回来弄个酒店或餐馆就让人家多了信任。

徐剑平心静气道："你得准备回去当个村主任，为人民作点贡献。"

皮芝忙道："别抬举妹妹，朽木难雕哩！"

第三天头上，武卫就来了电话，语速有点儿快，听得出他的兴奋："镇长，今天就来了三百多外地人。拍照的、登山的、钻溶洞的、帮着剪枝的……热闹得不亦乐乎。他们问了很多村民的程控电话，下次要预订伙食或坐船观光……老弟，现在还只有少数花苞，很多才钻出绿尖，真正到了开花旺季，我们这里会人山人海，只怕难以招架啊！"

徐剑惊异地"哦"过一声，笑道："还怕人多？韩信点兵，多多益善哩！我众筹了四万多一点，一定要迅速立碑，加强透明度，千万不能砸自己的饭碗。"

武卫沉思小番就道:"二万多株花木差不多要四十八万,加上其他费用等怕是五十二三万,不过,我们当地也捐了八万多,所以情况还算乐观。这叫一期,还可弄个二期三期……"

"对!很对!"徐剑振振有词,"你们要迅速考虑停车场……路灯嘛,也可着手规划,一步一步走稳,千万要与老百姓打声招呼,文明待客,诚信服务。"

武卫就道:"那是那是。今日很多百姓就卖了不少茶叶、干鱼、豆笋、酸菜、鸡蛋……放心,我和曹书记会严抓不懈。"窘了窘,他又道,"黄平今日把灾销粮那个漏洞补上了,一万来块钱分发到了各组,老百姓就更加怀疑他主管的公路项目,幸好,公路专账与村账无关,不需我审批,不然,我怕真会要扯下水。"

徐剑明白纪委的同志督查灾销粮事件了,便严肃起来:"这种人切不可姑息养奸,让老百姓一个一个查,吃多少让他吐多少。"

电话一挂,心里就无法平静下来。他正在胡思乱想时,办公室的门就开了。李刚立在门边,手里还提着个商品袋。徐剑赶紧立身招呼:"书记!近旬忙啥?"

李刚合上门板,把商品袋搁在桌上就道:"老弟还真算有把刷子。不错!非常不错!刚才我陪县长和肖部长一同在你们老家转了一圈,突飞猛进呀!实话说,领导们都是积极的众筹对象哩。"

徐剑明白肖部长就是肖阿姨,她定是起了不少推波助澜的作用,便递上热茶去,缓缓道:"感谢书记高抬,万里长征才开始,还得老兄继续关照呀。"

李刚摇摇手:"老弟历来深藏不露,终究会铸成大器,天水梅山的众筹已经引起县委政府的高度重视,这是一股不可抗拒的正能量。宣传部门会进行大力弘扬,或许,近日省电视台要来采访,你是具体发起者,就请代表党委政府作好相关配合和汇报。"

徐剑递上烟:"我历来帮老兄打工,您说咋办就咋办。"

李刚抽上一口,不易觉察的轻叹声伴着烟雾徐徐而出。稍后听得他道:"天下没有不散的宴席,我们兄弟情同手足,可是我们都得服从组织安排,很快我就要离开西江了,关于你个人方面,我已极力向县委政府和上级组织作了推荐。特色乡镇这个词眼一直还是个词眼,上级领导可能还要研究研究,我已推荐你上任西江镇镇长,主持政府全盘工作。"

徐剑自会明白这是顺水推舟的事,之前,金涛透露过相关内幕,他仍是满脸热忱:"衷心感谢书记!来日方长,书记荣升以后,还得再请一如既往地支持、栽培。"

李刚今日情绪似乎稍显不稳,居然道:"来日方长确实是来日方长,有些事……我离开以后,老弟得留点心眼儿。"

徐剑听得糊涂了,却又不便多问。只道好的好的,老兄交代就是。

李刚一口饮尽茶水,在徐剑肩膀上轻拍小下就走,徐剑赶忙挽住他手臂,道是还有袋子哩。李刚笑笑,开了门,轻声道:"几条烟熏熏你的牛屁眼!"他说着时,眼皮时扯时眨,像是有某种秘密似的。

徐剑就道:"恭敬不如从命,感谢老兄,熏牛屁眼这句土话您咋会捡上了?"

李刚走了,左手手背还朝后面扬了扬,其意是不让远送和多言。徐剑关门瞧瞧,心口晃了一下,四条大中华香烟下放着个信封,拆开一瞧竟是二千元人民币。何意?徐剑思索来思索去还是不得其解,心想以前给他送过二千元红包,但那是去打点原任党委书记,况且已经过了多年,李刚就算要加深这段感情也不至于如此吧。细细琢磨,又觉得黄平与其外甥那二万五千元引资费虽有蹊跷,但也以乐平责任区名义变通到了抗旱经费中去,不至于另有节枝……徐剑感觉自己在此事上还算稳妥,当初所有发票都请李刚签了证明意见,而且复印了数份。那又缘何呢?他隐隐觉得这商品袋很沉很沉……

正想着，电话就响了，大毛请他火速过去。

姐夫张铜额鼻上正鲜血直流，帆布袋里的不锈钢菜刀也被胡乱地抛撒于地，这段时间他一直在街上卖刀。很多哑巴卖刀发了小财，平常见着那些哑巴在买主前用头发往刀口一吹，头发就断了；往铁丝上一剁，铁丝也断了，刀口仍无丝毫影响。买主与哑巴讨价还价又很是费力，哑巴总会"呜呜"几声，摇摇手，又朝刀子跷跷拇指。货是好货，钱不能少。据说很多街上就全是假哑巴，甚至以次充好，收钱了就不会承认换货，想必姐夫眼红就跟了这门行当。大毛说他刚从花湖那边回来，皮芝正往上面那个方向追查打人凶手去了。

徐剑收拾好他的刀袋，指指医院，道是先治。张铜可怜兮兮地瞧他一眼，相跟着大毛去了医院。不多时，二人回店了。张铜额头上缠上了白纱，脸鼻上还粘着些血渍，看来也是表伤而已。徐剑掏出三百元人民币给姐夫，又指着袋子道："我找人给你全卖了。"

张铜却摇头不肯，钱也不收。徐剑明白他的心思，又指指镇政府，又用双手模仿着握刀的样儿唰唰地剁在砧板上。张铜这才以为政府食堂里要的就是刀，就把钱收下了，硬又塞上五十元给徐剑，他微湿的眼睛里堆着感激和高兴。

徐剑心痛着，脸上却荡漾着笑意，姐姐嫁与他虽然没有语言上的沟通，但他心眼儿特好。徐琴患上坐骨神经痛的那阵儿，张铜坚决不让她下床干活，每三天还要背上她去河对面的一名老中医那儿去针灸理疗。五公里山路就让姐姐压着他后背，一个多月从不叫怨。

皮芝气喘吁吁地回屋道："那人姓张，李家村的，上次在假哑巴那儿买了假刀，误以为是这个真哑巴的货品，张铜不赔他就打人。"

大毛操起鱼刀，怒目圆睁："李家村张……啥？老子也让他流点血。"

皮芝痛口骂道:"蠢货!你就晓得握刀,先把铜哥送回去。"大毛还在迟疑,皮芝就狠狠地瞪他一眼,语气不乏威严,"癫狗咬你一口,难道你要去咬癫狗一口,不是大事儿就不要去弄成大事。"

大毛把鱼刀往台板上一剁,刀就进了很深,"老子就容不下让人欺侮,这口气咽不下去。"

徐剑明白大毛的个性,也怕闹出大事,就道:"你先把姐夫送下去,我找派出所同志来处理。姐夫年满四十了,两个书包也缺钱,大毛你尽量带他一把。"

大毛听徐剑这么一说,气消了大半。坐下道:"不瞒老弟,这几年赚了这栋房子,手头上还余了三五万,合适的投资项目你帮我留意留意,姐夫不用出本,我带他一把。"

皮芝脸上和气起来,又出了新点子:"天水、梅山要是有合适荒山可发展一个陵园经济,城里人都提倡火葬,又看重风水。陵园一发展,人气就会更旺,当然只能选择僻静的荒山,投资下去有较好前景。"

徐剑眼睛一亮:"值得考虑,你肚里有的是谋略,大毛兄请放心,姐夫的本钱,我会帮着想些办法。"

大毛憨憨笑过,骑车送着张铜去了。徐剑把帆布袋交给皮芝道:"能卖就卖,卖不出去你就自己用。叮嘱大毛,千万不可让姐夫知道。"

过不了十日,宣传部领导带着省卫视主持人来找徐剑了。这日正好晴空万里,鸟语呢喃,空气里一切都是新的。徐剑仍坐着肖燕的车子,刚进梅山地段,氛围就全然不同了,路边桃树上正绽出粉红的花蕾,成片山坡已盛开着绚烂如血的茶花,还有海棠和一些叫不出名字的绿叶下正含羞地收敛着花苞,很有规则的一大片或很是匀称的一大行，抑或大圈围着小圈……每棵树都修剪得风韵十足。

曹书记和武卫早就候在金涛老屋前，肖燕抬脚迈过旧木槛，走到一位银发满头的老太婆跟前，大唤一声娘！老太婆虽然瘦黄，精神却很矍铄。应着握了肖燕的手，问着金涛呢？肖燕就对准她耳朵大声道："日本去了，住到我们那里去您不高兴？"老太婆笑着摇头："土生土长在梅山，看着你们那些磁地板就头晕。"旁人就"哈哈"笑了起来。

堂屋中曹书记和武卫向领导们作了详细汇报。领导们边听边记，曹书记最后道："我们现在都是免费开放，让众多游客来休闲观光。唯一创收的就是老百姓用低价饭菜满足外来人员的胃口，其次就是正常的坐船费。我们的目的就是要外来人员高兴，让老百姓也高兴。真正到了能够收取门票钱的时候，那就成气候了，现在我们缺少资金，只能小打小闹！"

肖燕对曹书记的发言表示赞赏。又给卫视主持人介绍着徐剑，说起本次众筹的起始就因这位年轻的后生。女主持人便笑吟吟地向徐剑递来名片，并说要作个专题采访，另外得配摄一些图片，徐剑讪笑几声，相跟着去了。

忙完就一同去政府那边吃午餐了。肖燕在车上道："心急吃不得热豆腐，饭要一口一口吃，你先得把自己个人的事情干好，才能稳下心来发展地方。"

徐剑疑惑不解，说道："肖阿姨，我没啥个人事情呀？"

肖燕以长辈的身份正经道："地区行署专员出了问题……李刚长期攀附着这棵大树。所以阿姨提醒你，这个时候你要高度冷静，切不可失足。"

徐剑一怔，连忙说了李刚送商品袋之事。肖燕沉思良久便道："李刚是城府较深的人，这点钱和烟严格说摆不上桌面。无非让你欠他一个人情，或许要你担当一些过去的事，因你很可能就是下任镇长。"

徐剑谢过提醒，又道："阿姨您放心，我明白了。"

下午还未到下班的时候，徐剑就缓步向医院的宿舍区那边去了，这几个月光景里，常梅的稿纸越堆越厚，而身子越来越差了。以前她坚决不吃除痛片，道是既缩短阳寿又影响思维和灵感，现在实在不吃不行了。她身上肌肉消瘦到不足九十斤了，做男人的，心里就越痛越沉。每天的家务他只好揽下了大部分，有时中午还从政府这边弄些饭菜回去，每当这个时候，常梅就总要尴尬地朝男人讪笑几声。

徐剑进屋刚坐下，书房里一条竹椅擦着地板的声音就传了过来，很快就见常梅撑着椅背立在门口。

"你……你要撑着走路？"徐剑赶忙过去搀扶，他真不敢相信。

常梅抓紧他手腕缓缓挨着坐下："老公，找个打字员吧，你拿着稿纸去打印，顺便也修正一些，我把余下的部分继续写完。"

徐剑喉管里满是悲怆，"哦哦"着点头，脸上僵着的肌肉笑了一瞬："梅子，也别急于求成。"

常梅苦笑一声："我非常明白这个时代想当作家是极其愚昧的，很多大文豪都停下笔耕了，何况我还是无名小卒。但我不管别人如何耻笑和鄙视，总记得那句已被大多世人淡忘的名言，当一个人回首往事时，不因虚度年华而悔恨，也不因碌碌无为而羞愧，在他临死的时候能够说，我把整个生命和全部精力都献给了事业。尤其在这种充满铜臭和浮躁的氛围中，我更加坚定了决心。"

徐剑不由得搂紧了那团可怜的身子，"呜呜"地哭了："除了事业，还有爱！我们一直都爱得很深很深。"

常梅低泣起来："没有这份爱，我也坚持不到今天，我写到这二十万字左右已流过不少眼泪，很多故事就像在我们跟前。"

徐剑心里已是汹涌澎湃，却说不出什么……

晚上，一家人在桌间吃饭的时候，徐剑朝女儿道："子茜，快开卫视，看看你爸爸的镜头。"

子茜"哎"一声，按了遥控，差不多过了二十分钟，电视上终于出现了激动人心的一幕：

大观深察，拥有温度的发现，回忆时代的善变。大家好！我是乡村观察主持人毛丽，欢迎进入乡村观察。就在前一段时期的周末，很多人都回到了自己的家乡，抹不去的乡愁就在家乡的一草一木之间。在本省黄桥县西江镇天水村和梅山村，当地常务副镇长徐剑就在自己的家乡发动了一场众筹桃花岛的创举。以每株二十五元认捐一棵树的形式，把天水村和梅山村众筹成一个桃花岛。这种形式在我省还是头一次。这一次众筹，筹的不仅是资金，更是人心人气。徐剑希望通过众筹能连接城市和乡村，建设自己家乡的同时，更能通过乡情把外来的资金和人脉吸引过来。众筹传乡情，为游子们建立一个情感上的故园。这个带着温度的桃花梦能实现吗？

我相信能，一定能！一个人的梦，变为一大群人的梦。

天水和梅山人们的梦，变为了受乡情感染的很多人的梦。

徐剑先生没有正式邀请我，但是我听到了朋友圈里的消息，悄然来到这里，试着摄下一些镜头。我舍不得走了。原来天水和梅山还有这么好的底子，这是块难得的净土、沃土，无数桃花正盛开，众筹桃花岛一定不再是梦，下面请看我们的采访：

毛：请问您当初为何会萌发起这个众筹桃花岛的念头？

徐：一个偶然的机会，一位女士皮芝和我在登山途中她突然这么提议，她说我们这个地方山清水秀、人文历史深厚，通过众筹就能把更多的人心人气聚集而来，我觉得很有道理，就坚定了信心。

毛：哦！还有其他原因让你花上这个大力气吗？

徐：有！我一位大学同学出生在一个非常贫困的小山村，后来他毕业找到了好的工作。有年寒假，他邀上儿时的几位朋友在一个大水库前面的荒坡上种下了三十五株桃树，后来这三十五株桃树茁壮成长，婀娜多姿。开花的时候，这个荒坡就成了花坡，很多外地人都来观看，同时在水库里垂钓。这周围慢慢就有了餐馆、商店，后来还有了酒店……这个小山村最后就扩种了很多。地方也发展起来了。我也出生在一个小山村，我降临下来的胞衣就埋在天水，所以那同学的创举激励着我……

毛：从众筹碑上反映这次众筹一共筹到了近七十万，您哪有这么宽广的社会圈子？

徐：这众筹成绩的取得，来源于我一个最为尊敬的长辈，他是省美协副主席金涛，著名艺术家。这款项里就有他老人家众筹到的五十六万元，也是因为这位德高望重的文化泰斗树立起我顽强的斗志和决心。

毛：哦！哦！哦……金涛老师是我们全国的文化名人，是你们村里的？

徐：梅山村的，我老家在天水村，与梅山唇齿相依。

毛：众筹以后，筹到了更多的人心人气吗？

徐：肯定筹到了，已经明显地初见成效。

毛：发展梅山、天水的乡村旅游，您有没有其他思路和新的计划？

徐：这还是万里长征迈开第一步。今后条件成熟了，要着力推出这里特别出色的人文历史、溶洞、忠节牌坊、徐一鹏烈士、金涛艺术大师、定云庵等等。

毛：好的！期待这一天。感谢您的支持！

常梅眼光一刻也没离开过屏幕，她脸上先是露着微笑，节目一完，就显得阴郁了，只听得她低低道："皮芝与你在哪里登山？"

徐剑看她心里起了疙瘩，忙道："金叔老家的定云庵，就在山顶，我们一同陪肖阿姨去了。"

常梅嘴角动了好几下，终于道："给我烧了太平香没有？"

徐剑心如锥刺，结巴道："下……次，我背你上去……真的。"

常梅眼光幽幽地看他一眼"哦"过一声。

子茜拿她妈妈的一张草稿纸出来，嚷道："这是妈妈的一首新诗……"子茜又竖着拇指"嘘"了一声，笑道，"只是还没有发表。"

二位大人忍不住笑出声来，只听得童声在朗诵：

击鼓
我越是用力
你就叫得越欢
我担心力过了
将你敲破
你会变成哑巴

翌日大清早，徐琴提着只土鸡和一些鸡蛋来了。看着常梅病成这样，她眼泪就来了，徐琴是实心人，吃过不少苦头，明白女人身上的经络一痛就不是好事，她以前坐骨神经就痛过，痛得不重不轻，忘记不了，头发掉过一些，但远没有常梅掉的这么多，身上的肌肉也跑了二三斤，而常梅的肌肉跑了十五六斤，这痛苦就不用说了。她用残掌在常梅瘦削的指尖上摸了又握，握了又摸，让常梅也感染起来，徐琴擦一把泪，朝着弟弟说："天水对面那个老中医的银针刺得不错，我就全靠那点银针，明天我就把他接过来，钱的事，我还拿得出手。"

徐剑作了主张："好的，我想总没有坏处，钱不用你出，你有钱就去买套像样的衣服，叫花婆一样，莫浪费了身材和脸格子。"

徐琴泡过苦水舍不得，衣领坏了，就缝了一块碎布，听着弟弟批评，也不难过。默然把鸡杀了，又朝他们夫妇道："清蒸一下就吃了，常梅身子亏了，不补不行。"

常梅道："好姐姐，真好。"

徐琴走的时候，又抹一把泪，道是明日见。

第二十七章　力挽狂澜

　　在这个期限内，你就要扎实壮大自己的势力，吃不下几口土也要咬几口牙呀！

　　很快就到了村级换届的时候。武卫又找上门来："徐镇长，基本上是按您的指示去落实，估计不会出岔。"

　　徐剑以前和他谈过皮芝与徐琴，却不知黄平如何对待。便问："这段时间咋不见黄村长露脸？"

　　武卫皱紧了眉头："老百姓经过核实，发现了不少问题，海叔抓的把柄最多，上回还闹了起来。"

　　徐剑明白父亲的个性，也怕恩怨闹得太大，就道："你最好找黄平私下谈谈，能够内部消化就尽量消化。"

　　武卫却骂起了粗口："别人的钱他是雁过拔毛，他自己的钱就一毛不拔，归根结底恐怕会有群众告到纪委去。"

　　徐剑感觉武卫越发向自己靠紧了，而且忠心耿耿。便道："乡村旅游真要是发展起来，我建议你以个人名义成立公司和合作社。既要流转农村土地，又要吸收合适的村民在公司入股，你可以充当法人代表。没有公司运作，就不能有大发展。"

　　武卫也有同感，辞行道："现在天水、梅山的影响力越来大，一切遵依老弟的主张和建议，慢慢再看吧。"

选举已揭晓，徐琴就来电话了。徐琴说："老弟，我本来很不情愿掺和进来。你们大家都劝，我就糊糊涂涂听着你们的意见。武卫的为人好转了很多，只是……他个人经济怕有窟窿，我只是听外界说。"

徐剑训斥道："你管人家个人经济干啥，管好你自己就行，不要杞人忧天。皮芝任村长从不这样想。"

徐琴岔开道："常梅的身子怕真是个问题。医生跑了好几趟，都不理想，就怕偏瘫呀。"

徐剑叹道："命啊！今日我打算给她配上轮椅。"

徐琴语塞，想要安慰，却不好怎么说，就道："我问过八字先生，常梅生肖属龙，与咱家的老虎相对哩！"

徐剑越来越易患情绪了，声音高高的："哪来的老虎？"

徐琴就道："金蟾伏虎呀！不是虎是啥？"她听这边没有回答就挂了电话。

五一长假那几日，天水、梅山人流量猛然增多。桃花、茶花、月季都已谢了，桃花岛上已经看不到桃花，然而很多游客偏要把闲光打发在这原始土地上，尽量来狩猎他们心中的那份好奇和新鲜。山上、河面、洞穴、坡前、树下到处都有人，偶然人群中会传出些议论：

"洞里还要带着手电，吓人！地下到处都是水……"

"其实就是一河水，一些树，一块石碑，一个洞子，一个庵堂……"

"现在当然还没有看头，我们是消磨时间哩！"

"总比我们到街上去吃那些潲水油卫生多了……"

"那是那是，到这里能吃饱吃好。"

……

各种声音不绝于耳，徐剑或多或少也听到一些。他就把曹书记、武卫、皮芝、徐琴都请到了自家，大致想了解他们的思路和决策。

曹书记下坐就掏出张纸来，道是哪个臭知识分子在梅山入口的电杆上张贴出来，他路过就拆下了。徐剑接过细细看上一遍：

梅山天水升温，脾气就能见长吗

也许我是个不甘寂寞的人，因此总喜欢到外面走走。今天我在这个桃花岛口渴了，想去就近的一家民户讨上几口白开水，我不知这户人家尊姓。只见一个十二三岁的男孩正坐在门前，一只毛色发亮的大黑狗正趴伏在他足弓上。我笑着上前叫声小朋友，能不能让我进去喝口水，大黑狗"霍"地冲了过来，我吓得不住后退。小男孩哈哈大笑着，口里还"哧哧"地给黑狗助威，我极其恐慌地退出危险圈。一个大人正好回来唬住了黑狗，我远远地朝大人说："你家孩子用狗吓我太过分了吧？"大人回答说："他开玩笑吧，这狗不会咬人……"

作为一名热心桃花岛的众筹者，作为前期大奔呼喊的参与者，我心寒了。今天桃花岛就像一位三代单传的男人喜得贵子，傲气显了！仅是玩笑吗？是因为天水梅山升温，所以这里的人脾气见长了。虽然这户人不能代表桃花岛人们的形象，但如果有老鼠屎掉在汤里，仅一颗，也没人咽得下一顿美食。桃花岛再美，也会毁在一只鼠上。

近年来，城里人对乡村风光的向往与日俱增。绿色的田野、老旧的农具、新鲜的农家菜，重新唤起了人们对于乡土风俗的某种眷恋，也为乡村旅游在不停地提着速度。然而，除了山美水美，更要看的就是民风美不美！

什么是淳朴的民风？动不动就放狗追咬，应该不行。待人接物，以诚相待，淳厚朴实，敬老爱幼，和睦相处，待客如宾，童叟无欺，夜不闭户。这就是乡村旅游开发应该注意的吧？而不能只注意桃花的开与谢……

徐剑铿锵而道："这个警钟敲得很好，迅速复印，每户印发一份。"

武卫就对一塌糊涂的环境卫生谈了看法："我们两村是不是应该成立垃圾集中存放点？各村都选派几名环卫工，定期进行清扫维护。"

曹书记点头说行。皮芝却道："有个旅游区原来固定了二十名环卫工，但都是过一天和尚撞一天钟，工资少不得一分，责任到不了位。后来有个领导出了点子，不发固定工资，按垃圾重量付酬。这样一来，二十名工人速减到六名，这六名工人的工资比原来稍微多了一点，但总体开支少了大半。"

武卫笑道："那就按这个点子去试试。徐镇长上回提到注册公司和合作社的事，我认为刻不容缓，只有通过公司经营和合作社流转土地，才能把这盘棋下活。我们迅速摸底，发动村民入股。"

曹书记附和道："梅山那边包在我身上。"

徐琴最后道："我们都是摸着石头过河，趁热打铁吧。"

1999年初秋，徐剑正式上任了西江镇镇长，而李刚却正式上任了黄桥县民政局局长，两人在电话里互相恭贺一番，李刚就深有感慨地道："徐剑同志，我们兄弟十三年的交往，合作无懈可击，情同手足，也可说我的历程就是你的历程，你的历程也就是我的历程，我们都是从井冈山出发，到延安会师的。"

徐剑慨然回道："是啊！李书记您是我的良师益友，亲兄长。"

就在这期间，莲花地区正式更名为莲花市。地改市的政治之风席卷中国。与此同时，西江镇政府接到了上级通知：从速取缔合作基金会。

担子自然就落到了徐剑头上。

这天周末，徐剑回了天水，闲着就拨了武卫电话。

武卫接道："徐镇长有何指示？"

徐剑说过来聊聊吧，武卫迟疑间还是答应了。

徐剑待他坐下就问起基金会情况，并说了上面的紧急措施。

武卫一个劲儿地抽烟，很快就吸掉了很大一截。突然他把烟头一砸，道是政府越来越不像个政府，放鬼捉鬼都是政府。牢骚过后他又道："开始为了把业务壮大起来，我不惜手段建立关系网，通过关系网吸收存款。又鼓动很多投资商，摊子一倒，一下咋能收上贷款？"

徐剑依着政策道："本次取缔。实行责任包干制。存款和贷款本息都由代办员负责到底。政府只协助追贷，难点户、钉子户就申请法院执行。"

武卫脸色阴郁，一时又激动不安了："很多贷款户刚把钱投进去，有的还没动机子，到哪里印钱出来？"

偶尔听说武卫在贵州与人合伙了小煤窑，却不知真假。便委婉道："武书记在基层这么多年还算勉勉强强，若是把握不住这次风浪，恐怕会要惹火烧身啊。很多代办员见了大把票子，就暗投资到其他门路里去了，赚钱了倒是好说，亏了就不得不砸锅卖铁了。"

武卫颧骨痉挛着，沉思半晌才道："有些情况特殊的，一时还不清，难道还要关人？"

徐剑语气不乏坚毅："肯定，不强硬不行，我就希望朋友们不要撞在枪口上。"

武卫终于道："实不相瞒，八十多万贷款中自己差不多占了百分之三十，一下哪儿来这么多钱？"

徐剑瞧他尤为忧戚沉重的脸色，也怕他烂船当作烂船扒。就劝道："我看武书记不妨与信得过的存款户沟通一番，以你私人名义向他们借用一些，尽早抵消自己那笔贷款。至于其他贷款户，你带队入户就行。工作组不怕人家拖欠抵赖，关键是你投资的项目不能亏损，否则这个债务老兄就背上了。"

武卫发起了牢骚："这世道简直乱七八糟，私人随便就能凌驾在集体之上。"

徐剑一怔，从没见他发这么大火气，只得由他说下去："凭什么你们政府就能解决黄平和他外甥二万五千块钱？平心而论你们给天水解决过多少？"

徐剑惊愕地望着他，生怕他抓着此事不放。就道："此款是李处长为政府办事应得的回报，黄平是牵线人而已，一事归一事嘛，再说你们的灾销粮问题不也在这里面消化了？"

武卫正在气头上，愈加激动了："搭帮这个背时鬼，引荐我与他外甥合伙，要不我也不至于这么被动。他外甥你不清楚，典型的吞蛇精，什么鬼处长，停职下海了。"

徐剑心想黄平得了好处还到处炫耀，实在可恨可恼。就道："老兄是有心思的，千万不可意气用事，要是他手头上有点存款，你不妨开口相借啊！"

武卫哑了半晌，"嗯"着就走了。

父亲又在厅堂中吧着水烟筒。现在徐家完全可以消费高档香烟了。可老汉老是隔三差五地要用烟筒透透气，只是烟丝不再是旱土里晒出来的那点土货。徐大海宁可将过滤嘴香烟拆开用在烟斗上，这种土洋结合就能让他大饱烟瘾而不发咳。

"交六千个块块给我，余下的我老头子凑足。"徐大海击着烟斗灰，满脸悦色地朝徐剑道，"你肖阿姨说这个婴儿非常保险，这是外地一名未婚女子跟上人家后，那男性在交通事故中死了，女子想去医院打胎，幸好让你肖阿姨劝住了，还答应给些营养费。保险，绝对保险！"

徐剑明白父亲一直在想着这个问题。就道："今后就上在您的农村户口内。万一再是女孩您不会嫌弃吧？"

徐大海眯笑起来，说是没有户口也行，我六十岁的老头子带个孤儿也错了？男孩！有把哩！千万别跟外人说，你肖阿姨托人用机子照出来了，这几天就要临产。

徐剑便道："您不要以为就是天大的好事，您得天天侍候他。"

徐大海不语了，脸上却是笑意绵绵。

常梅让徐剑心里挂着，午后就回了西江。刚至医院后院，就老远瞧见岳母正推着常梅的轮椅在缓缓悠着。徐剑过去叫了声娘，道是您进屋休息去吧。岳母老了一些，两鬓冒出些许银丝，她声音颤动着："儿呀，娘过意不去，常梅都累着你了。"

徐剑接过轮椅，朝老人家笑笑："您千万别说，常梅是诗人、作家哩。我不服务还有谁？"

常梅呵呵轻笑起来，这笑声不知久违了多少时光，她仰头瞧瞧蔚蓝的天空、飘浮的白云，说道："娘您进屋去吧。让我和你女婿转转，好久都没这样享受过了。"

过不了几日，徐剑刚到老家，张唯民就神情凝重地走上门来，寒暄小番后，就听得他道："武家聚集了大堆人，可能都是向武卫逼债。有些存款户并没有正式存单，只是武卫用白条代替。这些钱就是他账外经营，属个人往来，生意一亏武卫就要彻底垮下去了。这样的话，地方不仅不会稳定，更不会有丁点儿发展。蛇无头不走，鸟无翅不飞啊！"

徐剑就道："张伯父说得很对，实在不知怎么帮他，心有余力不足啊。"

张唯民沉吟着道："武卫行的时候，咋都行；他不行的时候，咋都不行。关键问题就得让他有个创收点，至于欠下的债务，只能承诺对象们慢慢偿还，逼着牯牛也下不了牛崽，武卫有了创收点人家心里就会踏实。"

徐剑颔首称是："可这个创收点哪里弄去？旅游开发，买个游艇他出不了钱，办个饭店也没钱，生意都要有本才得利呀。"

张唯民缓缓道："大毛和徐琴说不是去办个啥陵园经济？这个我看投资不大，而且都是现款现生意，我建议让武卫插上一股，而且有些事还需要他支书去出头露脸，这不就让他有了翻身机会？"

徐剑想着这经济压力将会全落在大毛头上，便道："姐夫姐姐肯定也出不了多少本钱，这大毛夫妇……肯定会有想法。"

张唯民笑道："你不要担心你姐姐姐夫的本钱，我出！再说武家的自留山全部坐落在乌鸦山边缘。据我了解，当初队里下分山林土地的时候，谁也不想接受这一块，既偏远又有鬼邪。后来是面积打了很大折扣，他武家受住了。真要发展陵园，还非得那块地方不可，既僻静又宽阔。武卫利用这荒山不就盘活了家底？"

正聊着，常四就打徐剑电话了，道是快点来趟武家，不然会出大人命。徐剑问是为何？常四就道："武卫不知躲到哪里去了，武一守就用炸药包堵住大门，谁也不准进去。欠钱本该还钱，他说偏就不还。"

徐剑明白事急，答应马上就去，路上他又打武卫手机，关机！再打，还是关机。"畜生！"徐剑不由得骂起了粗口。

二三十个人就围堵在武家大门前，常四远远地在人群后面拦上徐剑："很危险，是不是报个案，让派出所来捉人？"

徐剑摇摇头，又近前朝人群大呼一声："让开一点！让我进去。"

大家见着镇长都亲自下来了，赶紧都退至两旁。武一守满脸正红得像关公，定是喝过不少酒，他横坐在门前的板凳上，手里握着个药包，燃着的香棍就夹在两膝之间，另一个药包便躺在凳面上。

"老书记，想做董存瑞？"徐剑大大方方过去，在离他三米约许的地方就停下了。

武一守晃晃药包，仍是那种气势："别过来，我不管你镇长、县长，别进老子这道大门……"

徐剑轻轻笑过，明白武一守在酒精的刺激下下不了台，就转过身去朝两旁的人群道："同志们，先回去，天快擦黑了，有事明早来徐家找我，武卫这混蛋少不了你们半个铜角子。回去，快点回去！"

个个都认识徐剑，心眼里都很佩服。梅山曹书记的一位堂弟就带头道："回去，我们大家都回去，镇长下了指示。"

人群瞬间就散了。

徐剑反头瞧着武一守的裤裆没有系好裤扣，便笑道："老书记，你下面的大门还没关上哩。"

武一守低头瞧瞧裤裆，一副赖皮样儿，说道："大白天关啥大门？"

徐剑依然那样笑着："老书记最好穿女式裤，不用关门。"

武一守这会儿轻松下来，把香棍丢得远远的，他把药包夹到怀里，又请徐剑进屋里坐坐。徐剑进去就见武卫的老婆和两个孩子正坐在炉旁。他扫视一下，屋里仍是那么一点老式家具，土砖房依旧是土砖房，熏制的干鱼倒是成串成串地挂在土炉上方。

"武卫人呢？叫他赶紧回来，这躲……也不是个办法吧？"徐剑又摸摸武卫小儿子脑袋，"几岁了？"

武卫小儿子瞧他一眼，用拇指和食指叉成一个"八"字，偷偷地瞧过徐剑一眼就跑开了，在门槛边他就朝他妈妈嚷道："我去把爸爸找回来。"

武一守合上大门，递烟过来："徐镇长，三十年河东，四十年河西呀。子孙强于我，买田干什么？子孙弱于我，买田干什么？

我武一守任一辈子书记，他又是书记，想不到这个败家子烂到这等地步！"

武卫老婆这会儿递上热茶，在徐剑旁边坐下道："徐镇长，你真是好人，刚才你在外边的一举一动我全都清楚。只怪我屋里这个没用的男人，给自家屋里留下这么大一个窟窿，三十万！到下代都还不清楚。"说着她已泪眼盈盈。

徐剑喝上一口茶水，武卫正好进来，他眼睛不敢正视这边，口里叫过镇长，轻叹着坐下了。想必武卫根本没走，干脆就躲在自家屋里，难怪武一守坚决不让人进来。

徐剑见着他们一家人都这么唉声叹气，就大声道："武卫兄，你可是家里的顶梁柱又是村上顶梁柱。任何情况下都不能垂头丧气，更不能丧失斗志和勇气。三十万，目前说是个大数，找准了方向，赚了大钱，这点小钱算什么？大男人一个，咋这么没有底气？没钱人家真会杀你？只要跟人家限个时间，一年两年三年……不就暂时稳下了？在这个期限内，你就要扎实壮大自己的势力，吃不下几口土也要咬几口牙呀！"

武卫找了酒杯，与徐剑对饮起来，很快就红了眼睛："镇长，我明白你一向支持关心我，我打心眼里也想顶天立地，可是现在很难找到东山再起的突破口，这欠款我逐个去打声招呼并不难，问题是我目前没有底气去面对。"

徐剑便和盘托出创办陵园一事，还道："你们武家的自留山就是最大资本呀。"

武一守听过就用独臂敲敲桌子，来回踱着："天不灭曹，徐镇长一语道破天机，让我老头子感动。惭愧，惭愧呀……贤侄，当年你们泡在苦水里，我武一守没有尽责。"

徐剑合拳拱道："老书记别见外，我一定全力协助武卫兄，只要他用心做事，我坚信会有出头之日的。"

武卫道："我仔细思考过，旅游的大文章只能聘请大公司来经办。小文章就可由当地的小公司经营，例如您说的陵园、水上娱乐等，总之，今天我总算取到了真经。"

徐剑颔首而笑："很对很对！仁者无敌啊，老兄身为支书本应是一个地方的典范。至于开发问题，你说得并非没有道理，特色乡镇很快就会挂牌成立。到时候会专设旅游管委会，负责统一规划、部署，你要紧的就是先把自家的事情办好，明天再没人找我就说明你的工作到位了。"

武卫的老婆千恩万谢地非要留着吃了晚饭再走，徐剑便笑笑："来日方长……"到了门槛边，他突又朝武一守道，"老书记，请把炸药包给我，今日要不是你，我非得叫派出所把您关上几年，这个洋相武家出不起啊！"

武一守唯唯诺诺，把炸药包提了过来，又道："我不是不清楚，卵子孬不过大腿巴。人民政府真要是搞我，别说这点炸药……贤侄聪明……贤侄聪明。"送出门外，他还道，"这最后两颗子弹我就交给政府了，请镇长作证。"

徐剑心里爽爽的，回头一挥手，正见武卫夫妇坚毅而不舍地站在门前挥着那一高一低的手掌，徐剑便笑着大呼一声："你们进去，这不是《驼铃》里的送战友……"

徐剑到家就发现很多村民簇拥在父亲身旁，有点众星拱月的味道。

正听得父亲在义愤道："他村长算个鸟，只要你们个个签字，我愿意牵头。"

村民就个个举起了手臂，道是全听您的安排。

徐剑就劝着大家先回去，有事再找政府。村民这才散了。他便没好气地说着父亲："你就是英雄？非你出头不可？"

徐大海正在气头上，跺起了脚板："先生眉毛短后生屌毛长，你比老子还大？"

第二十八章　浩然正气

　　徐剑亲昵地搂了搂常梅，哽咽道："四十个年头……就像是昨天……

　　第二天上午确实没人来找了，徐剑就明白今天大早武卫都忙了些什么。这才挂了电话给司机，道是在老家等着哩。他越发懂得自己的分寸了，要是再骑自己那辆摩托，别人看着不会说啥，但眼光里都会掠过一层怪怪的光芒，何况政府的车子闲着也是闲着，他不至于那么低贱。

　　石料厂拆迁，父亲更加清闲下来，他见儿子要走，便放下架子了，他朝徐剑微笑起来："我搭个便车去西江，下午我得往县城赶。这几天我没在老屋，你没事就待在政府。家里就由你姐夫看管几天。"

　　徐剑诧异不已："去县城干吗？不要轻易去麻烦肖阿姨他们。"

　　徐大海把布裤带松了下来，道是男婴生下了，肖阿姨帮我们带着哩，啥都顺利。他笑着时，又把布裤带下面的老式裆裤拿出来瞧了瞧，大把票子就装在裆裤里。稍后才紧了紧布带，徐剑瞧着心酸。六十多岁的老人了，一生还未用过一根皮带，连过去那种低廉的帆布皮带他都未曾试过滋味。他沉吟小许就苦苦地笑了一声："爹，你的流动保险柜时刻带在身上，去县里顺便买根皮带呀。"

徐大海"噢呵"几声，道是人就要先苦后甜，千万不可先甜后苦。人生的全部意义在于闭眼死去的时候，身边到底还有几个说得起大话的后代。

徐剑并不分辩，又记起岳母前日说过愿意承担带养小孩的义务，便朝父亲道："常梅她娘愿意帮我们带着哩！"

徐大海惊乍一声："千万使不得，你老婆本来姓戴，现在姓常，你难道还要你的下代姓常？"

正说着，车子到了，徐剑哀叹一声，叫父亲坐到前面去了。

刚到西江街上，徐剑正安排司机把父亲送上去，李刚就来了电话，问能否在县城见上一面，聊聊一桩小事。徐剑心里正挂着陵园批办的问题，便回复马上就来。

那边手机里就拱出爽笑来："兄弟永远就是兄弟，好的，香格里拉218。"

把父亲送至目的地，徐剑下车与肖燕寒暄过一番后，就迅速上车了。他脸上的高兴劲儿不愿让司机瞧见，那婴儿白里透红的嫩脸上扑闪着一双非常聪颖而又大气的眼睛。他想着这个孩子今后便是徐家的人，也是他与常梅的部分寄托和依靠。他嘴上不能说，但心里发狠一定要让这个孩子今后说得起大话，父亲不就是要有说得起大话的后代吗？

司机就在大厅沙发里等着，徐剑上去刚拉门把，门就开了。

李刚笑笑，指着茶几上的热茶道："老弟喜欢的毛尖，我计算着时间刚上的。"

徐剑谢过，感觉他笑容里藏着一层不快，便道："老兄有何吩咐，尽管直说。"

李刚打了倒锁，坐下道："特色乡镇终于批下了，你听到消息了吧？唉……为了这个特色乡镇，我是花了心思呀……"

徐剑递烟过去，不语。眼睛静静地瞧他往下说，李刚今晚用上了宾馆里那种长长的火柴，他划燃点上香烟，凝视着那根燃着的火柴，火柴梗快燃尽的时候才猛地丢到一边，他说道："为了争取这个特色乡镇，我到处求神拜佛，当初我就找过地委一位主要领导，还送了件很有纪念意义的物品……菩萨！金菩萨……记得西江政府总计付了十八万余元，那时我就考虑到发票的安全性，都分散变通到了其他开支里，招商引资啦、出差开支啦、接待费用啦等等，但是，这个地委领导一旦供出菩萨，我就担心有点说不清楚。"李刚忧戚的目光重重地扣在徐剑的脸上。

　　徐剑并不渴，他习惯性端上了茶，嘴唇沿着杯口吹了一圈。抿上小口才道："发票已经变通……又是一种政府行为，我想不带个人目的和企图……对你个人而言也不构成太大威胁，退一万步说，是违反了纪律规定……当初党政班子会议上提到过没有？"

　　李刚反掠着自己的长发，缓了缓又道："老弟没有听清，哦……是我没有说清。当时我代表党委政府还在省里几个部门走访了一下，费用也全在这十八万多元里面。很多同志不知内情……所以，拜托老弟这段时间跟财政所的同志打个招呼，万一有人问起来，就说发票已经全部分类装订了，具体哪些细节也记不太清楚，其余不要多讲……"

　　徐剑顷刻明白那个所谓的金菩萨根本没有花上这么多钱，便疑惑道："地委那位领导不会清楚这菩萨的价值？"

　　李刚讪笑道："当时我跟这位领导就讲了，这菩萨仅是代表政府一点心意而已，并非全金。我记得这位领导大笑着拍拍菩萨的头顶，好嘞！感谢你们这番心意……"

　　徐剑沉吟下来，以前偶尔听人说铜像镀上金粉也会金光闪闪。按说李刚在这里面有说不清的蹊跷。但一细思，这个招呼也无太大的原则性风险。就算嘴皮朝财政所的同志动了那么几下，也不至于上纲上线地授人以柄。他就朝李刚彬彬有礼了："老兄，你交代过的事情我会尽心去做，我觉得不能说得太细，大方向跟他们打个招呼就行。"徐剑说。

李刚眉开眼笑了，跷了拇指："很对很对，刚才与你说的实情就兄知弟知，千万莫与任何人提起。"

徐剑看时间不早了，便提起了陵园批办手续的事情。

李刚在胸脯上拍了拍，道是小事小事，我交代一下孙副局长，你派人来对接就是。

该说的已经差不多了。徐剑还怕李刚万一出事就会怪怨，便握着他手掌摇了摇："兄长，无论如何，我们永远是兄弟，你一定要理清自己的思路，往最坏的地方做些防备。世事多变，人心难防啊。"

李刚感激地看徐剑一眼，就"嗯嗯"着点头，徐剑轻轻把门把一带，缓缓下了梯间。

司机出门道："刚才这里不能停车，您在这里稍等，我去开车。"

华灯初上的县城车水马龙，徐剑伸伸腰呵欠一声，突见得茶馆旁边一按摩店门外立着个体态丰腴的女人。她目光直视着徐剑，好像认识徐剑一般。徐剑有意射她一眼，还略带些笑意，那女人就把一只手掌放在肉色长袜上端的短裙上，她带着媚意的目光里尽是温热，徐剑刚移开视线，那女人居然近前道："您是西江镇的干部……好像姓……"

徐剑纳闷间又听她道："您认识西江街上的石大毛吗？我在西江政府墙壁上见过您的头像哩。我没别的本事，就有好记性。"

听她口音明显是外地人，便故意挤着眉头道："大毛是我的兄弟，你和他睡过？"

那女人笑得放荡起来："领导何必大惊小怪，我姓崔，请您捎个口信，有空就请大毛来玩，隔壁那家按摩店我在经营。"

徐剑明白现在流行的按摩店是个啥概念，便道："好的好的。"

缓了缓，他又补充道，"扯了萝卜留得坑在，大毛会明白的。"

崔女人笑得越发起劲了，原来她竟能听懂这里的土话，稍后才见她收敛住笑容，道是大毛真算个好人。不多时，司机在按着喇叭了，徐剑倏地钻了进去，脑海中居然不时回荡着刚才那一幕。

到西江街上徐剑觉得饿了，这才记起还没吃过晚饭，二人便在一家夜宵店里糊弄一番。到家门口时他看看时间，已是9点。

常梅还在书房，瘦得越发不像个样了，徐剑进去道："坐在这里面就不痛了？"

常梅苍白的脸庞上绽出微笑："写完了，你抓紧打印好，再校对一次，还得与金叔叔说说，这方面他有熟路。"她坐在轮椅上，一块胶木板就架在身子前方，所有工作就在木板上展开。

徐剑不得不高兴了，苦了这么多年头，终于完成了她最大的一桩心愿，平常他也看过部分稿纸，文笔和构思都是他做男人的不可企及的，他帮着收拾一番，就道："我早就跟金叔联系过了，这几天我就会抓紧落实。"

常梅脸上欣慰起来，终于诉苦了："白天我尽量少喝水，就因你和子茜都不在家，书房里胶桶我不能乱当马桶！你们闻着臭味更会嫌我哩！"

徐剑佯作生气了："我嫌你了？"

常梅就求饶起来："玩笑哩！世界上就你这么一个好男人！"

不出一个礼拜，金涛来了电话，徐剑按过接听器，大呼一声："金叔！"

金涛绵长地笑过，便道："两个喜事，你都听着，特色乡镇正式批下文件，百分之七十是你的老地盘。另外是从邻镇切补过来的。县委主要领导的意见是拟任你去担当书记。所以你得做点成绩，很快就是千禧之年，我建议你迅速安排下去。那个溶洞卧虎藏龙，连金蟾伏虎都在里面藏过，我看先可以动起来，完全可收门票呀。"

徐剑觉得有理，就回道："争取2000年下半年就让它进入营业状态吧，取名千禧奇洞，您看妥不妥？"

金涛沉吟道："也行。另外我与深圳一家文化公司衔接好了，金蟾伏虎可以要个高价。他们已经透露意向，四百五十万，只要你们父子同意。"

徐剑心口扑腾得厉害，口齿不清地道："叔父大人……四百五十万？您没有搞错吧？"

那边却一字一字地传递过来："千真万确！一点也没错。"

徐剑感觉头皮都在微热，信口道："那我带头捐款五十万，用于公路拓宽改造，五十万用于建徐一鹏烈士纪念馆。您看呢？"

金涛笑过，又道："贤侄没有喝酒吧？应该不是酒话。我今天喝了点小酒，就说句酒话，我也捐款五十万，基础设施是重中之重。金蟾伏虎你们来个准信再说。"

几日过后，回到老家，徐剑就正经地与父亲谈了金蟾伏虎。徐大海正给婴儿喂着奶粉，竟是泰然道："你看着办就是，金钱再多老汉我也不会动心。"他认真地用指头擦擦婴儿嘴角的余沫，又用这根指头让孩子吮吸小许，似乎这孩子的一生一息便是他的所有乐趣。

徐剑急了，问道："您到底是同意还是反对？我才好答复金叔呀。"

徐大海默然望了儿子一眼，良久才道："我说过，你自个儿做主，愿意出手就出手吧。"窘了窘，他竟然笑了起来，若不是听他说话，还以为他老人家大脑有点异常。他在缓缓道，"这叫花子我让武卫给他上户了，子骥……徐子骥哩！"

老人们平常都深受八字先生的言传身教，总爱用"叫花子"一词来避邪求吉，实话说，徐剑还挺喜爱这名字，感觉有千里马的那份大气。徐剑口里说着那就好那就好，手上就拨通了金涛电话，四百五十万。就这么敲定！

徐大海见儿子要走，便跟至门外，突然道："黄平这狗日的，在外面放风说我们父子拐卖儿童，要告到上面去，这不是个事吧？他想吓住我不再查他。我偏要一查到底。"

徐剑沉吟着道："由着那个狗东西去吧，您得提防些。"

儿子刚走，石嫂就提着块五花肉来了。徐大海把小孩递给她，竟到墙上取下了二胡，他调试了很久，到底还是把音色调试好了，他闭着眼睛思索半晌，不知要拉什么曲子，似乎这二胡已与他生疏了。

石嫂呵呵地笑道："拉呀，还愣着干啥？"

徐大海默然颔首，就拉了《孟姜女哭夫》，今日他指头似乎有些生硬，那种颤音和滑音都无法淋漓酣畅，腔板和调子倒是听得清楚，他自个儿都感觉到了枯乏。

石嫂还是那样呵呵地笑，如今她牙齿都泛着显眼的黄斑，她偏就要这样笑着露出黄斑："蠢汉！今日咋的？《孟姜女哭夫》你也拉上了，好听！……我还很少见你露过一手哩！"

徐大海一边拉着一边注视着婴儿那双黑溜溜的眼睛，突然他把弓线拉至极限，止下了。

石嫂不笑了，静静地盯住他，很久才道："还不饿？去弄点吃的吧，我帮你带着叫花子。"

徐大海点点头，突又怪怪地道："今日上午给叫花子打完疫苗回来，后门不知咋的开了？也没见屋里丢啥。"

石嫂见怪不怪地道："你经常丢三落四，准是忘记了门闩。"

徐大海含糊地想过一阵，还是没想出什么，就入后间下厨了，弄熟饭菜，却不知石嫂疯到哪儿去了。他在外面叫唤几声，还是没有回应，这些老女人就爱东跑西跑，茶杯一端，就要七扯八凑地说长道短。

徐大海实在有些饿了，尤其是热气腾腾的五花肉香味钻入鼻孔里，忍不住就要鸡啄米似的吃将起来，好菜还得好酒陪衬，女婿是个实心眼，正宗谷酒帮他弄了一大缸，还隔三差五地常来看望，说不出话，却会热乎乎地"哦"几声。这门婚事，他老汉一点也不后悔了。

突然间，他感觉胸口急速蹿动，脑子里也冒着金星，一切东西在他眼里似乎都在摇晃。瞬间，就见石嫂抱着婴儿正摇曳在他视网膜上，近了，近了……石嫂刚踮脚进来，他就倒了下去。

石嫂歇斯底里唤过几声，他这才微微睁开眼睛，摇头轻叹了："快去告诉徐琴……"

石嫂抱着婴儿飞也似的去了。

一切来得太突然！如晴日里突然来了一场暴风雨。

徐剑闻讯赶到县人民医院的时候，徐琴正在急诊室门外啼哭，张铜眼里也布满了无声的泪水。

医生认识徐剑，过来说："徐镇长，属严重中毒，检测有毒鼠残留物。"说着他摇了摇头，又道，"人已经死了，我建议你们查清原因。"

石嫂一直蹲在旁边石级上，本来难过得快挺不住了，手里还要抱着小孩，听医生这么一说，就气呼呼地过来叫骂起来："放屁！难道我还要害他？他喜欢五花肉，我就送了。"

医生并不搭理，仍朝徐剑道："徐镇长，老人家没有自杀倾向吧？"

徐剑痛苦地坚决摇头，他眼里没有泪水，而心如刀绞："不可能。绝不可能，今上午我还和他聊过。只是没和他一起吃饭。"

医生沉吟小许便道："那就先把尸体放在太平间，迅速请公安展开刑侦工作。"

石嫂哭了起来，一把眼泪一把鼻涕地擦过不止，婴儿也被弄哭了，徐琴便过去接了过来，又道："姊娘，我们绝不会怀疑您，只想查明真相。"

石嫂哭着哭着，突然停下了，哆嗦起来："你爹说带叫花子去打疫苗的时候，后门被人开过……"

徐剑一怔。看时候也并不很晚，就报请公安火速去了现场。

晚上8点许，刑侦科一名加班的技侦的同志就来了电话："徐镇长，毒鼠强掺在食盐里，我们从食盐罐上提取了指纹。屋后我们捡到一个烟蒂，DNA鉴定与你父亲的完全不同，从后面足迹分析，初步断定案犯身高在一米六五左右，男性。"

徐剑不容思索就道："黄平！就是这个坏渣。请你们迅速抓人。"

这名同志犹豫小会儿就道："好吧，先叫派出所的同志过去。"

不出一个钟头，龙所长就打电话来，道是黄平逃了，从黄家核实的情况看，完全能够锁定黄平就是凶手。

徐剑明白龙所长是尽心尽责的好同志，就道："一切辛苦所长。我们先让老人家入土为安。"

一行人护着骨灰回到天水已是凌晨时分。大毛、皮芝和武卫早在徐家作了丧前准备，几声哀炮一响，就哭倒了一大片……

常梅从轮椅上下来忍不住也跪拜下去，她哭着的时候不会数落，只是一个劲儿地哭，瘦削的肩膀一抖一抖地起伏，可她再要试着爬坐到轮椅上的时候，已经爬不上来了。子茜搀她一把，还是不行，徐剑痛得难挺，赶忙抱她入了里房，让她老实待着，常梅泪眼涟涟："我连拜都不行了，还算徐家孝眷？"

徐剑哽咽着点头："算！你是徐家的优秀儿女。"

常梅挽了男人手臂："北京那名专家的药方有点作用，没以前那么痛了，只是脚还没有气力。"

徐剑泪光闪了闪，叮嘱一番就去了外面。

今晚都深更半夜了，参与葬歌的却不少，有些显得哀沉，有些显得激愤，有些就是出于好奇来看着热闹。武一守、张唯民、常四都大把年纪了，还争先恐后地握起了木槌和铜锣，曹书记也从梅山那边带了歌师来，徐剑就过去一一打着招呼。

拂晓时分，大毛从漆黑的野外进来。他把徐剑拉到一旁："我刚才在几个渡口和船主那儿打听过，也在梅山入口的一个兄弟那里问过……我估计，黄平就躲在山上，通知一下派出所，明早我来带队。我猜他就躲在那个洞子里。"

徐剑点点头，大毛一直是这么个大毛，总为徐家着想。便在他肩上着实拍了拍："你海爹会保佑你的。"

早晨豆腐席刚吃过，龙所长和几名民警就到了，还道刑侦大队马上会增派出力量。徐剑一一谢过，还请大家注意安全。

过不了多久，金涛和肖燕也来了。昨晚在县城，这对老人还陪着去过火葬场，肖燕在那里哭过不少，还道："大海兄虽然不是共产党员，但他的人格魅力和品性远远胜过那些肮脏的共产党员，他是天水的优秀儿女，我永远都忘记不了这位老兄。"

徐剑和徐琴赶忙给二位行跪，金涛拉他们一把，难过起来，只道："你们更要发扬光大！"

肖燕和徐琴聊着时，金涛道是要见见常梅，徐剑一直没与长辈透露过常梅的身体状态，这会儿就只好全说了，金涛长长地惋叹一声，相跟着去了里间。

里面有些暗，徐剑拉亮电灯叫了声常梅："你看谁来了？"

常梅惊喜地瞧了瞧："金叔！"

金涛沉寂良久才道："《莲江河畔》还有潜力可挖，出版社的同志跟我反馈情况了，总之还算非常不容易，四十多万字，跨度很长，主题还算明确，不同人物也有不同性格，但是……"金涛点上一根烟，吐着烟雾道，"不足之处还有很多，从基本功说起，小说的语言不像诗歌、散文、报告文学，讲究简而精而带有弹性，你那么多形容词和概语用上去干啥？其次，起伏色彩不强，也就是不能引人入胜，更不能扣人心弦，你以一个读者身份看下去就会明白，你的小说过于平淡，最大的一个问题就在于小说没有高度，你大量的素材来源于生活，但是没有高于生活，简单说就是缺少震撼力和冲击力。难啊！看花容易画花难。话得说回来，在现有基础上，你只要再花上一把功夫，甚至大气力，潜力就可以挖掘出来。"

常梅坚毅地点头："叔叔请放心，我明白了差距，只要还有一口气，我就要坚持到最后。"

金涛鼓励起来："只要功夫深，铁棒磨成针……不过你也要注意身子。"

常梅感激地迎视着这位长辈，轻声道："现在稍稍好了一点儿，您别担心。"

金涛又说起了金蟾伏虎："我下周约好深圳那边的受主，你安排一下，送到县城就行了。"

徐剑立马答应下来，还道："常梅属龙，家里这只虎一处理，理应就不会龙虎相斗了。"

正说着，外面人声嘈杂起来。黄平正被大队人马押向了这边。他浑身都湿了，蓬乱的头发上布满污浊的泥浆。

武一守过去用唯一的一只手掌扇了黄平嘴巴："党旗下你咋个宣誓的？冤枉老子一片心血。"

张唯民瞧他那副狼狈样，便道："秦桧害岳飞还要用上刀子，你这个共产党员杀人不见血了，不搞你个'户'横遍野你不会服气。"

肖燕过来大唤一声黄村长，黄平双手被铐在后面，眼皮不敢向上张开，她再唤了一声黄村长，他还是那样。肖燕长叹一声："几十年就看错了你！"

两行泪从黄平脸上滑下……

警笛已经响起，两名干警就夹着他向那边迈去……

安葬父亲后的整整三日内，徐剑关了手机，他什么地方都不愿去，就憋在家里。他思考了许多许多，如梦一般混乱。

常梅问他想啥？徐剑叹道："变人难。难变人！"

常梅嗫嚅着："人难变！"

花镇！一个新名词伴随着千禧之年的新春到来而到来，花镇，自然是一个有花的新镇，宛如一个新生儿的名字一样，正焕发出特色乡镇的生机与活力。徐剑便是花镇的第一任书记，西江电站那栋闲置的办公楼就临时成了花镇的党政机关。

有天，武卫刚来，徐剑就问起陵园批办情况，武卫便郁郁而谈："我看手续一时还下不来，李刚局长叫我们去找那位孙副局长，孙副局长就说要察看一下并与国土部门商定好意见才行。"

徐剑就道："我会尽快与他们对接并报请县委政府。"言毕，他便拨打了李刚电话，可是传来的却是一连串"嘟嘟"的忙音，过一阵再打还是老样儿，他便糊里糊涂地打给了肖燕，那边刚刚喂过一声，徐剑便道："肖阿姨，李刚……是不是出啥问题了？"

肖燕沉吟着道："我以前就和你说过……都忘了？"

徐剑忙道："没忘没忘！谢谢阿姨。"

武卫旁听得并不怎么清晰，便岔开问："书记您说天水、梅山的公路要大肆拓宽，经费呢？"

徐剑轻声道："你和曹书记动工吧，一百万以内先不着急。"

武卫肃然立身，凳子在地面上"咚咚"响过，他讷讷道："书记……您不是开玩笑吧？"

徐剑仍是那种语气："我跟武书记开过玩笑吗？该做的请一定迅速做，不该做的请一定不要做，听清了吧？"

武卫连道听清了听清了，耳朵管用哩！

不觉又到了清明。花多，人多，车多！……

徐剑悄然来到了后山的坟前。这里杂草丛生，椿萱并茂，他立着默念老久，心中不时呼唤着爹娘，稍后就戛然跪下了。他头部磕伏在嫩绿的白茅上，伴随着心中的祈祷，他长长地叫了一声爹，又长长地叫了一声娘，很久他没有抬头。地下那两双仍很慈祥温暖的目光闪电般地掠入他脑海，他默默念道："爹娘啊，你们的'金蟾伏虎'全在儿子身上……"叩完几个响头立身的时候，他听到了右方山腰的低泣，徐剑放缓脚步向那边移近，蓦然便见一个短发圆头趴在皮才德坟头上。

"皮……柏!"徐剑高兴地疾呼一声。

那圆头男人向数十米远的这边瞧上一眼，倏地立身飞跑起来，很快就见那团身影消失在密林深处……像一叶小舟隐没在望不着边际的大海之中。

"皮……柏!"徐剑把声音拉得好长好长。

只有风儿在林海中掠过，那后就一直没有见着这位发小。直至2003年花镇旅游人次达到八十万人的时候，有人说雷打石山上有个精神恍惚的男人，溜了几圈就跑了，那人就很像皮柏……

也就在这一年，《莲江河畔》由出版社正式公开发行。居然列入畅销书之系。此时的常梅离开轮椅并不久，只能靠一根不锈钢拐杖支撑着蹒跚而行，当文艺界领导与记者一同来采访这位一鸣惊人的青年作家时，不禁傻眼了，他们哪会相信这是真的。

有天晚间，徐剑轻轻翻开了首页，看着看着竟是泪眼蒙眬。

常梅瞧他这副模样儿，眼睛不觉也湿了，她喃喃道："老公，我们都已到不惑之年，经历的太多太多……"

徐剑亲昵地搂了搂常梅，哽咽道："四十个年头……就像是昨天……"

图书在版编目（CIP）数据

天水 / 邓彪发著 . -- 北京：作家出版社，2019.11
ISBN 978-7-5212-0767-5

Ⅰ . ①天… Ⅱ . ①邓… Ⅲ . ①长篇小说 - 中国 - 当代
Ⅳ . ①I247.5

中国版本图书馆CIP数据核字（2019）第251412号

天　水

作　　者：邓彪发
责任编辑：李宏伟　秦　悦
封面题字：王跃文
装帧设计：薛　怡
出版发行：作家出版社有限公司
社　　址：北京农展馆南里10号　　邮　　编：100125
电话传真：86-10-65067186（发行中心及邮购部）
　　　　　86-10-65004079（总编室）
E-mail:zuojia@zuojia.net.cn
http://www.zuojiachubanshe.com
印　　刷：玉田县嘉德印刷有限公司
成品尺寸：152×230
字　　数：235千
印　　张：18.25
版　　次：2020年1月第1版
印　　次：2020年1月第1次印刷
ISBN　978-7-5212-0767-5
定　　价：56.00元